U0137316

PATIENT X

The Case-Book of Ryūnosuke Akutagawa

芥川龙之介的病历

[英]戴维·皮斯 著 陈正宇 译

中国友谊出版公司

献给A；

纪念马克·费舍尔[1]与威廉·米勒[2]，

以及我们人生中所有的幽灵。

1 马克·费舍尔（1968—2017），英国作家、评论家，著有《我人生中的幽灵》等书。若非专门标示，本书所有注释均为译者所注。

2 威廉·米勒（1934—2009），编辑、出版人、文学经纪人，生前是戴维·皮斯的经纪人。

目　录

《河童》的诞生源于我对众多事物的厌恶[1]，

尤其是对我自己。

芥川龙之介，1927年

1 原文中“厌恶”一词为法文。

作者前言

以下是我们某一座铁城堡里住着的X号病人的故事。他会对一切有耳可听、有时间愿听的人讲述他的故事。

有时他显得比实际年龄年轻，有时又显得苍老；有时消瘦，有时又浮肿。三个世界的诱惑与苦楚、幽灵与幻影，将他的容貌撕扯得支离破碎。他一边重新经历此前一生的恐惧，一边分崩离析出一千个自我，在被带到这里之前，他是如何……罢了，罢了，此中细节暂且不说。

他详尽地讲述着自己的故事，我和主治医生则在一旁听着。讲述时，他始终用两个手臂紧紧抱着膝盖，来回晃动身子，不断朝狭小的铁窗外张望。窗外的天空阴沉而黯淡，预示着将要来临的无边黑暗。

我已尝试尽可能准确、忠实地用文字去记录下他的故事，那些他所讲述并经历过的故事。但若有人对我的笔记不甚满意或有所怀疑，尽可以去找当事人。X号病人会礼貌地向你鞠躬致意，领你在硬椅子上坐下，然后带着无奈又哀愁的微笑，平静地再次讲述他的故事。

但请注意，当他的故事讲到尾声时，他脸上的神情会随之一变。他会一跃而起，狂乱地挥舞双拳，朝你怒喝：“噶，噶！滚出去！懦夫！骗子！你这个唯利是图的家伙，你们都一样！噶，噶！滚出去！你这个吃人的家伙！你这个吸血鬼！你这个偷窥狂！噶，噶！滚出去！救救孩子们……”

蛛丝之后，蛛丝之前

在棕榈花间，在竹丛间，

佛陀已然入眠。

在道路旁，枯萎的无花果树旁，

基督似乎也已死亡。

然而我们需要歇息，

哪怕是在布了景的舞台前。

（若我们向台后望去，

只会发现一块打了补丁的画布。）

——芥川龙之介《河童》之《托客全集》[1]，1927年

1《托客全集》为《河童》中虚构的诗人托客的作品。

1

现在，孩子们，我来给你们讲一个关于乔达摩和耶稣的故事。

这一日，乔达摩正在极乐净土的莲池畔踱步。池中绽放着如珍珠般洁白无瑕的莲花，花朵中央金色的花蕊散发着永不消逝的芬芳。此时想必正是极乐净土的破晓时分。

乔达摩正信步之时，忽闻一阵哭泣之声，这在极乐净土实为罕闻。乔达摩迈步下到莲池边，只见在一片芳香的莲花前方，耶稣正跪倒在池畔，透过布满莲叶的池水望向下界的景象。极乐净土的莲池下方正对着的，恰是地狱的深处，因此耶稣透过这水晶般透彻的池水，可以清楚地看见那罪河与孽山的景象，如同在看西洋镜一般。

祂正是为所见之事哭泣：

只见下界一个叫龙之介的人，此时正与其他罪人一同在地狱翻滚。此人曾是一位著名作家，但生前极为自私，甚至不惜伤害爱他的人。

可此时，乔达摩回想起龙之介至少也曾行过一件善事。那一日，龙之介正在不忍池[1]畔悠闲地散步，看见一只小蜘蛛正沿着路

---

1 位于日本东京台东区的上野公园内。

边爬行。他的第一反应是将其踩死，可当他抬起脚时，却又对自己说：“不行，不行。哪怕是这么个小家伙，也是一条生命。无缘无故夺去它的性命，未免太残忍了。”

于是龙之介让蜘蛛毫发无伤地从他身旁过去了。

乔达摩听着耶稣的哭泣，看着祂沾满泪水的脸，于是决定：若有可能，就给龙之介一个逃出地狱的机会，作为他的善报。恰在此时，乔达摩转身发现一只净土蜘蛛正在闪着翡翠微光的莲叶上吐着银丝。乔达摩轻轻拾起蛛丝，递到耶稣手中。只见耶稣径直将蛛丝从莲花的缝隙中垂下，穿过水晶般的池水，直往至深深处探去。

2

此时，在至深地狱的至深深处，龙之介正与其他罪人一同在罪河里无休止地浮沉。无论他望向何方，都只有一片漆黑，偶有一缕刺破黑暗的幽光，乃是恐怖孽山上针芒的反光，更加重了他的绝望；一片死寂之中，偶有一丝打破沉默的微响，乃是罪人们无力的叹息。可以想象，跌落至如此深处的罪人们，必已在另外七个地狱中饱受折磨，现在已连哭喊的力气都荡然无存。纵然龙之介生前是个大作家，如今也只能像一只垂死的青蛙挣扎着，在自己的罪孽中呛咽。

那么，接下来，孩子们，你们觉得会发生什么？是的，没错：

龙之介此时恰好抬头，看见罪河上方的天空中，悬着一根闪着银光的蛛丝。那蛛丝是如此纤细，从远在天边的极乐净土悄悄穿过寂静的黑暗，直朝他的方向垂来！

龙之介欢喜得直拍手。如果他能抓住蛛丝往上爬，那么，他或许可以从这地狱逃离。如果运气好的话，他甚至可以一路爬上极乐净土，这样就再也不必被驱上孽山或被抛入罪河了。

一想到这儿，龙之介立马抓紧了蛛丝，开始用尽全力往上爬，两手不停地交替着，越爬越高。

然而，地狱和极乐净土之间，可是隔着成千上万里，龙之介想要逃离并非易事。他很快就累了，累到再也无力抬起手臂。他只能无奈地停下歇息。他紧握着蛛丝，开始向下望去。

这时龙之介才意识到，自己先前拼命地攀爬，并没白费力气：罪河已消失在黑暗深处，就连闪着幽光的恐怖孽山都已远远地被他抛在身后。按照这个速度，要爬出地狱可能没有他预想的那么难。龙之介两手紧紧缠绕着蛛丝，放声大笑："我就要成功了！我就要得救了！"

你猜他接下来看到了什么？在蛛丝的远端，他的自我，众多的自我——作为人子和人父，丈夫和朋友，情人和作家，东方之人和西方之人——都跟了上来。除了自我，还有他笔下的角色：良秀、保吉[1]、托客，以及他创造的所有其他角色。当然，还有他

1 良秀为芥川龙之介《地狱变》中的人物，保吉则为《保吉的手记》等一系列以堀川保吉为主人公的作品中的人物。

的罪，他那数不清的罪：他的傲慢，他的贪婪，他的色欲，他的暴怒，他的暴食，他的嫉妒，他的懒惰，等等。它们全都跟在他后面，就像一列蚂蚁，正拼命沿着蛛丝往上爬！这纤细的蛛丝光是承受他一人的重量都已不堪重负，怎么可能承受得住他如此多的自我、角色还有罪孽？若这脆弱的蛛丝半路断了，龙之介可又要跌回他如此拼命想要逃脱的地狱里去了。然而，在漆黑的罪河那边，那由他的自我、角色和罪孽组成的不可断绝的队列，正浩浩荡荡地顺着闪着银光的蛛丝向上蠕动着。龙之介知道，他现在必须做点什么，不然蛛丝就要断成两截了。

龙之介又抬起头来，向蛛丝的上方望去。他离极乐净土已是如此之近，如此之近呀。他已经可以看到池水的波光，可以瞥见耶稣的脸庞，可以听见祂的哭泣，甚至可以在自己的脸上感受到祂那湿润的眼泪。然而，不管他多么努力地向上爬，不管他爬得多快、多远，龙之介知道，他的自我、角色和罪孽都会一直跟着他，并且会追上他。

龙之介松开了蛛丝。

就在那一刹那，就在龙之介要跌回至暗深处的那一瞬间，蛛丝在龙之介原本握着的那个地方断开了。

在龙之介身后，只留下从极乐净土那头垂下的小半截蛛丝，在无星无月的天空中闪着微光。

3

在极乐净土的莲池边，佛陀和基督目睹了这一切。龙之介最终又沉回罪河之中，佛陀又踱起步来，但此时祂的脸上露出了一丝哀伤。基督却仍旧跪在池边，透过莲叶望向下界，看着那如西洋镜一般的景象，泪水止不住地往水晶般透彻的莲池中流去——

In girum imus nocte et consumimur igni[1]……

我们在夜里兜兜转转，在这没有尽头的夜里，被烈火吞噬，被烈火，在夜里，被烈火——

烈火被烈火吞噬……

然而，莲池中那如珍珠般洁白无瑕的莲花仍在摆动着，花朵中央金色的花蕊仍在散发着永不消逝的芬芳。而此时的极乐净土，想必已近黄昏时分。

---

1 拉丁文，采用了回文结构（正反读一样），意为“我们在夜里兜兜转转，被烈火吞噬”。

地狱变

在郊区那座房子的二楼，有许多次，他问自己，

为什么相互爱着的人却带给彼此如此多的伤害。

地板怪异地倾斜着，让他充满不祥的预感……

——芥川龙之介《傻子的一生》，1927年

从前，在一株赤松底下，一座发黑的墓碑前，男人对孩子说，这些是你曾对自己讲述并且仍在讲述的故事，过去现在，现在过去，诉说着记忆中的场景，在那竖立的屏风上……

1 出生

黑暗之中，一个声音顺着通道穿过羊水向你传来。

“你在里面能听到吗？你想不想被生出来？”

你的父亲把嘴凑到你母亲的肚子边上。

“请慎重思考后再回答我，但是……”

他蹲在活动屏风后方的地板上，他的嘴和她的肚子齐高，他像是在讲电话一样，朝你问道：“你希望被生到这个世上吗？希不希望？”

他每次问完，在等你回答的间隙，都会伸手拿起桌上的一个瓶子，往嘴里倒一口消毒药水，漱一漱，再吐到你母亲旁边的一个金属盆里，然后又继续蹲着的姿势，把嘴对着她的肚子，再次问道：“赶紧！赶紧！你想被生到这个世上吗？想还是不想？”

在通道的另一头，沉浸在羊水中的你，正摇着头说着：“不要，不要！我不想被生出来！人生悲剧的第一幕，便是从为人子女开始的。你问我想不想被生出来，可你甚至都不知道你是否想要我。你曾经失去过一个孩子，现在你们两个都到了大厄之年[1]。为了化解自己的厄运，你们已经计划将我抛弃在基督教堂的台阶上，再从神父那里把我当作弃婴领回。还问我同不同意被生出来？一想到我将要从你和我母亲那里遗传的一切，我就不寒而栗。光是疯病这一点就已经够糟糕了，更何况，我坚信，人类的存在本身便是邪恶的，人人都生活在地狱里。所以，感谢邀请，但我还是要拒绝，谢谢。我宁愿不要出生。”

但是没有人能听见你的话，没有人在听你的话，或真正在意你的话，你的话语被淹没在羊水之中，迷失在通道之内。因此，没过多久，羊水就破了，你顺着通道被冲出，穿过帘幕，来到这个房间，你出生了——

“新原龙之介。龙之介，龙之子……”

正当辰年辰月辰日辰时[2]，在月落日升之时，你初次见到了这世上的光，你又哭又喊，独自一人，你一遍遍地哭喊——

2 “母亲 / Haha[3]”

你正在一间疯人院里，在一个巨大而骇人的房间里。所有的疯子都被强制穿着一样的灰色和服，这让人感觉更压抑了。一位

1 日本阴阳家认为男性四十二岁、女性三十三岁为各自的大厄之年，按照当时的风俗，在父母大厄之年出生的孩子形式上是要被遗弃的。

2 地支的“辰”对应生肖为“龙”。

3 日语中妈妈（はは）的发音，类似“哈哈”。

病人坐在管风琴旁，一遍又一遍地弹着同一首赞美诗，越弹越紧张，越弹越热烈；还有一位病人则在房间中央随着音乐蹦蹦跳跳地舞蹈。在一个身强体健、足以为健康形象代言的医生身旁，你继续仔细地观望着。疯子们的身上有一种特殊的气味，在他们的气味中，你嗅到了自己母亲的味道——

土气息，泥滋味[1]……

“走吗？”医生问道。

你的母亲生前也曾是个疯女。一个美丽、苗条、优雅的疯女。她出生于武士之家，下嫁到一个暴发户人家，愈发变得沉默、怯懦和孤僻。然后你的大姐夭折，接着你出生，最终幽灵向她袭来，黄昏将她吞没——

将她迷住，将她困住……

你的母亲将姐姐初子的死怪在自己身上，认为夺去初子性命的脑膜炎是由一次她们共同外出时她所染上的风寒导致的。你是在初子死的第二年出生的，因此你从未见过她。你只见过家里祭坛上至今仍摆放着的那个带着酒窝的圆脸女孩的遗像。但你和另一个姐姐久子不足以成为母亲的慰藉，无法帮她抵抗那些幽灵，那些幽灵和黄昏——

将她囚禁……

在位于芝[2]的新原家楼上的一个房间里，她日复一日地独自坐

---

1 出自芥川龙之介《点鬼簿》:“有一次我读《西厢记》，看到‘土气息、泥滋味’这句话，我忽然想起了母亲的脸。”

2 地名，位于今东京港区，芥川龙之介生父新原敏三家所在地。

着，从早到晚，对着一根细长的烟管吞云吐雾。她的头发用一根发簪盘成发髻。她瘦小的脸庞如同死灰，瘦小的身躯毫无生气，仿佛她已不在此岸，亦从未真正抵达彼岸，只是日渐憔悴，日渐凋零——

阴影将她笼罩……

但是你看见她了，那时曾见过，现在仍能看见。你的养母曾特意带你去见她，带你爬上那陡峭的楼梯，到那间昏暗的房间，教你给母亲请安。大多数时候，母亲并不回应，只是一言不发，把烟杆凑到唇边，那白色的烟嘴，黑色的烟管。只有一次，她突然露齿一笑，倾过身来，用烟杆敲了一下你的头，说道——

“敲你的头！”

但大多数时候，她是个非常安静、平和的疯女。可要是你或者姐姐请她为你们画一幅素描或彩色画，她就会拿出一张信纸，对折再对折，开始画起来。有时是用黑色墨水画，有时则会用水彩作画。画那些开花的植物和远足的孩童。但她画中的人物，所有的人物，都长着一张狐狸的脸。

“走吗？”医生再次问道。

你跟着医生，沿着走廊进入另一个房间。在角落的架子上摆着许多巨大的酒精瓶，里面浸泡着脑子和其他器官——

保存着……

比起她的生，你记得更清楚的是她的死。在你十一岁那年的秋天，她因日渐消瘦、身体衰弱而死。当时一封电报发来，你跟着养母上了一辆黄包车，连夜从本所[1]赶到芝。你的脖子上系着一条薄丝围巾，上面印着中国的山水画，还有一股香水味——菖蒲香。

你的母亲躺在客厅的一张床铺上，正上方对着的就是她平时住的房间。你跪倒在她身旁，和姐姐一起哭起来。

在你身后，有人低声说道："大限将至了……"

就在这时，你的母亲突然睁开双眼，说了句什么。

你无法记起母亲说了什么，却记得你和姐姐当时忍不住咯咯地笑了。然后姐姐又哭了起来。

你自己的眼泪已止息，不会再流。但你整夜都和流泪不止的姐姐一起跪在母亲身旁。你相信，只要你不哭，母亲就不会死。

有几次，母亲会睁开眼睛，看着你和姐姐的脸，接着眼泪便止不住地往下流。但她没有再开口说话。第三天夜里，你的母亲最终过世。你哭了，哭了又哭。

一位你几乎不认识的远房姨母，用胳膊把你搂到身边，说道："你实在是叫我感动！"

你不明白她是什么意思，她为什么要这么说。感动什么，你心想，太奇怪了。

母亲出殡那天，你和姐姐爬进一辆黄包车，在从芝到谷中[2]的一路上，姐姐捧着牌位，你抱着香炉。在秋日的阳光下，当送葬

1 地名，位于今东京墨田区，芥川龙之介养父母家所在地。

2 地名，位于今东京台东区。

队伍在街道中曲折前行时，你忍不住地打瞌睡，又总在香炉快要从手中掉落时惊醒。这条路似乎总也走不到头。

直到永久……

“这边放的是一个商人的脑子。”医生说道。但你正望着窗外，望着一堵长着苔藓的砖墙，墙顶上插满了碎玻璃瓶。这是防止里面的人出去，还是防止外面的人进来？

“不知何故，”你对医生说道，“我对那位素未谋面的姐姐感觉比对我母亲还要亲一些。可要是初子还活着，现在也该四十多了吧，也许她也会像母亲那样，在楼上的房间里吸着烟杆子，画着长有狐狸脸的人。”

医生点点头，微笑着说道：“请继续……”

但你没有继续。你没有再说什么。你没有告诉他，你总感觉有一个四十来岁的女人在某个地方注视着你的生活，她可能并不完全像是你死去的母亲，也不完全像你死去的姐姐。也可能这一切只是你那被咖啡因和烟草损坏了的神经在作祟。但是，也许真的在某个地方，你得以窥见这个世界之外的另一个世界。

在某处，在彼岸……

你姐姐的忌日是4月5日。你母亲的忌日是11月28日。母亲的法名是归命院妙乘日进大姊。

你不记得生父的忌日，也想不起他的法名。

3 “父亲 / Chichi[1]”

你正在大森町[2]一家叫“鱼荣”的餐馆里一勺接一勺地吃着冰激凌，父亲则在一旁恳求着对你说：“回来吧，龙之介。离开本所的那个房子，和我一起回家吧。你会衣食无忧的，龙之介。来，再吃一碗冰激凌……”

那时你母亲发了疯，父亲又忙碌，他便将你送了人。他将你送给了你母亲的兄长芥川道章和他的妻子俦子。这对夫妇膝下没有儿女。而你也乐意他将你送走，你为此感到开心。但是他并没有放手，他并没有走远。他试图夺回你，把你偷走，用香蕉、菠萝和冰激凌来哄骗你。“来，儿子，再吃一碗，吃完还有……”

你父亲是做牛奶生意的，而且显然生意做得比较成功。用孔子的话说，他是一位“巧言令色[3]”之人。但他同时又是个脾气极为暴躁的人，参过军，并曾经历了1868年的戊辰战争[4]，与萨摩藩的倒幕派一同在鸟羽、伏见之战中迎战德川幕府军，并获得了胜利。你父亲可不是个习惯失败、接受失败的人。

有人得到许多……

---

1 日语中爸爸（ちち）的发音，类似“七七”。

2 地名，位于今东京大田区。

3 出自《论语·学而》。

4 戊辰战争是日本明治新政府与德川幕府势力的一次内战，以新政府军的胜利而告终，为日本建立统一的近代国家奠定了基础。

“再来一次！”他面红耳赤地吼道。

这年你读中学三年级，在和父亲比试摔跤。你使出你的柔道绝招“大外刈”[1]，轻松地将他摔倒在地。但父亲很快便站了起来，张开双臂，摆好架势，又朝你攻来。你再次轻松地将他摔倒，不费吹灰之力——

有人失去许多……

“再来一次！”他吼道。

你知道他发火了。你知道如果再把他摔倒在地，你就要再和他比试下去，一直到他赢为止。他的火气会越来越大，攻势也会越来越凶。不出意料，他又向你攻来，而你又一次和他缠斗着。这次你让他和你多僵持了一小会儿，然后故意摔倒在地，故意输给了他，故意——

“废物，”父亲洋洋自得地说道，“废物！”

你站起身，拍了拍身上的灰尘，父亲此时正得意地在房间里迈着大步。你瞥了你母亲的妹妹一眼，她这时已是你父亲的第二任妻子，刚才一直坐着看你们俩摔跤。她朝你微笑示意，向你眨了眨眼。你明白她是知道的，她知道你故意让父亲赢了，让他这天可以高高兴兴。就只是这一天，这最后的一天——

“父亲住院了……”

收到这封电报时，你二十八岁，正在横须贺[2]教书。父亲得了

1 柔道招式。
2 位于神奈川县的军港城市，芥川龙之介当时在横须贺海军机关学校担任英语教官。

西班牙流感[1]。你赶回东京，在他病房的角落里睡了三天。在他临终的病床旁，你感到百无聊赖。

第四天，你接到朋友托马斯·琼斯[2]的电话。他即将离开东京，特邀你去筑地[3]的一家艺伎茶馆吃离别饭。你抛下命悬一线的父亲，动身去了茶馆。

当晚有四五个艺伎作陪，你快活极了。大约10点光景，你起身离开，正沿着狭窄的楼梯下楼，一辆出租车已在楼下等着了，这时你听到一个温柔动人的女声从身后传来："芥君……"

你停下脚步，转身朝楼梯上方抬头望去。一位艺伎正目不转睛地注视着你。你没有说话。你转过身，走出门，上了出租车。

在回医院的一路上，你都在想着那位艺伎年轻又娇嫩的脸，她那西式的发型，还有她的双眸，那动人的双眸。你一刻未曾想到你的父亲，那在医院将死的父亲。

他正焦急地等待着你。他打发你的两位姨母退到他床边立着的双扇屏风外面。他示意你近前来，紧紧握着你的手，抚摸着你的手，开始和你述说那些早已过去的、你未曾听闻的事：他和你母亲初识的日子，他们作为夫妻共同生活的日子，他们一起去买衣橱，他们点寿司外卖到家中来吃。诸如此类的琐事，微不足道的事。可当他和你说着这些事时，当你听着这些事时，你感到自己的眼睑愈发滚烫，你看到他憔悴的脸颊已泪流满面，

---

1 人类历史上致命的传染病之一，主要于1918—1919年流行。

2 托马斯·琼斯（约1890—1923），爱尔兰记者，曾任路透社驻东京办公室特派记者。

3 地名，位于今东京中央区。

你自己的眼中也充满了泪水。父亲此时已神志不清，他把手指向了屏风——

“战舰来了！战舰来了！快看那旗帜！看那飘扬的旗帜！万岁[1]！诸君，万岁！”

父亲次日早晨过世了，走的时候没有什么痛苦，至少医生是这么和你说的。

你完全回想不起父亲的葬礼。但你清楚地记得，那个春天，在将父亲的遗体从医院运回家时，有一轮巨大的满月高挂在城市上空，灵车顶上洒满了月光。

4 东京：精神图景

你恨你的亲生父母，他们抛弃了你，抛弃了你两次。但是你爱你的收养家庭，他们接纳了你，给了你一个家，特别是你母亲的姐姐——你的姨母富纪。你在收养家庭里感到快乐，你和姨母在一起时感到快乐。你在这里是快乐的，在这个快乐的家庭里，在这个几乎算是贫穷的家庭里，你是快乐的。

你热爱你家周围的街区，在隅田川[2]的东岸，位于本所的街区。整个本所没有一条漂亮的街道，没有一栋美观的房子。店铺都是

1 原文为Banzai，意为“（天皇）万岁”，为日本军人冲锋时常喊的口号。

2 位于东京的河川，也是贯穿东京市中心的河川中最宽的，古称墨田川、角田川。

单调的，道路在冬天时是一片泥泞，在夏天时是一片尘土，而且只通往“大沟渠”——那个漂满杂草的沟渠，那个散发着屎臭的沟渠。

但这里是你爱的地方：回向院、驹止桥、横网、榛马场。这些是你余生都会魂牵梦绕的地方。那些尘土飞扬的街道，那些泥泞潮湿的街道，那些破旧的房子和露天排污渠，还有那大自然的身影：屋顶上长的草，春天倒映在水坑里的云，寺庙旁高大的树，以及露天排污渠边上的柳树。这是你自始至终最爱的那种自然，那种在所谓的人造文明的包围之中微妙地盛开着、绽放着的自然，带着全然的美和残忍。

带着全然的神秘……

每天早晨，你会和养父一起在本所散步，你们边走边聊，你的心喜悦地跳动着，如此快乐而好奇，充满了奇趣与爱意，直到——

直到一天早晨，天将大亮之际，你和养父正往隅田川边的百本杭走去，那是你最喜欢的散步地点。那里总有钓鱼的人，你喜欢坐在那儿一边看着人钓鱼，一边听你的养父给你讲他在路上遇见狐仙的故事，那些奇妙而魔幻的故事。你们到了百本杭，但是这天早晨那里空无一人，只有海虱在宽阔的河岸边的石墙缝里爬动。你问钓鱼的人都去哪儿了，为什么今天没有钓鱼的人。养父把手指向河面，说道：“看那儿……”

于是你朝那儿看去，你看到——

在你脚下，在木桩、垃圾和水草之间，有一具光头尸体在水波中起起伏伏，随着波浪漂漂荡荡、浮浮沉沉。

你转过头去，看向别处，又把头埋进养父的怀中，藏进他的外套里。但是他抓着你的胳膊，捧起你的脸，说道：“看好了，龙之介！看好了！你不能背对恐惧，你必须正视死亡。你不能逃避，你必须面对。所以，看好了，龙之介！你要看见……”

于是你看了，是的，你也看见了，看见了这个地方真实的样子，看见了这个世界的真实面目：河中漂浮着的尸体，树上悬挂着的尸体，路边横躺着的尸体，火中燃烧着的尸体；河两岸的工厂，排屋连着排屋，棚屋连着棚屋，数不尽的棚屋、铁路和电线杆；富裕与贫穷，饱食的和挨饿的，全都在夹缝中爬行，上下浮沉，装模作样，装作一切都好，装作万事大吉，仿佛天下没有不平事。没有欺骗，没有谎言，没有谎言，没有谎言。没有尿臭。没有屎臭。没有尸臭。没有装在高档盒子里的便宜蛋糕。没有装在昂贵酒瓶里的劣质米酒。没有打补丁的衣服，没有打补丁的屏风。没有缺了一角，桌面绒已被磨薄，光泽丧尽的木书桌。没有褪了色的、磨破又缝补的红垫子。没有诡计，没有虚伪，没有自欺。没有不是父亲的父亲，没有不是母亲的母亲。没有伤疤，没有心里的伤疤，在你那碎了又碎的心里。都是谎言，都是谎言。

现在，现在你转过身去。是的，是的，你开始狂奔。你以前所未有也从未再有的速度狂奔，在尘土飞扬的街道上狂奔，从露天排污渠旁跑过，跑回家，跑进门，跑上楼，跑向待在她自己房间里的姨母，永远待在她自己房间里的姨母，待在屏风后面，永远待在屏风后面。你把脸埋进她的怀里，热滚滚的泪水沾湿了她的衣服，她的胳膊环抱着你，她的手抚摸着你的头发。她对着你的耳边低语，低语道："没事了，没事了，龙之介。没事了，没事了，我的宝贝，我的宝贝孩子。那是男人们的世界，那是他们充满谎言的世界。但是有我在呢，有我在呢。我永远不会离开你的，永远也不会离开你，龙之介。我永远，永远也不会放开你的手……"

你的脸还埋在她的怀里，你滚烫的泪水还在往她的衣服上流，这时姨母富纪打开了一本书——《宇治拾遗物语》[1]。富纪翻动着书页，翻动着这些民间故事。她的眼睛并没有在看书，而是凭记忆讲起故事来。

"很久很久以前，有三姐妹，她们住在故都的祖宅里。奇怪的是，二姐破天荒地先结了婚，然后是小妹，而大姐却始终未婚。为什么会这样呢？我们不知道，她也不愿说。但是人群中开始流传起闲话来，因为人们就爱说闲话，说什么有一个丢人的秘密，说她的贞洁被夺去了，说她被一个喝醉酒的叔叔给糟蹋了。还说她有一个孩子，可能有一个孩子。说是孩子被送走了，她也找不到了。是不是这样我们也不知道。她不愿说，也绝不会说。因为没有丈夫，大姐便一直在祖宅里住着，照顾她的父母，还有她的哥哥。她的妹妹们一个个都结婚了，一个个都搬走了，只剩下她独自一人，住在自己的房间里。日子一天天过去，她的父母先后过世，她的哥哥也娶了一个老婆，他的老婆也搬了进来。但是大姐始终住在祖宅里，一个人住在她自己的房间里，独自一人住着。直到有一天，她也生了病，然后死了。

---

1 日本民间故事集，作者不详，成书于镰仓初期。

“她的尸体一直在房间里摆着，直到她的两个妹妹回家，她们才和其他家里人一起把她的尸体运到火葬场。可他们到了火化的地方，正要把棺材从灵车上卸下来，照例进行火化的准备仪式时，却发现棺材异常地轻，而棺材盖竟然是半开着的。是的，尸体不见了！所有人都惊呆了，因为尸体不可能在来火葬场的路上自己掉出来。然而他们还是沿着来时的路仔细搜寻，以免有失。当然，在回去的一路上，他们什么都没找到，连一点痕迹都没有。可他们回到家，走进她的房间时，却发现她正独自躺在自己的房间里，仿佛从未离开过。

“她的家人和前来哀悼的亲友们彻夜未眠，一起商量着对策。第二天破晓，他们把尸体装回棺材，小心地把棺材盖密封好，准备等到黄昏时分，再继续火化。当夜幕终于要落下时，他们却发现棺材盖子又打开了，尸体又躺在了原来房间的地板上。这时，这家人和哀悼的亲友们都吓坏了。可当他们试图移动尸体时，他们更害怕了：他们发现挪不动尸体。不管多少人去抬，不管大家如何使出全力，尸体就是纹丝不动。因为她的双手和双脚已经变成了树根。她的肋骨和脊梁骨都扎根进了土里。她的头发已经变成了藤蔓，交织缠绕着。

“她就那样，待在了自己想待的地方。你喜欢待在这里是吧，她的一个妹妹说道。好的，没有关系。如果这是你想要的，那我们就让你留在这里吧。但我们至少得把你藏起来，不能就这样暴露着。于是他们把地板掘开，挖出一个坑来，把她抬起，放进了坑里。是的，这时她轻得就像空气一样。

“于是他们就地把她埋了，埋在地板下面，又在上面盖了一个大土坟。不过，这家人和仆人们后来都搬走了，因为没有人想和一具尸体住在一座宅子里。就这样，又过了好多年，这座宅子渐渐衰败、损毁，终于消失不见了。只有那座土坟还留在原地。但是，土坟周围住着的普通人家也都住不下去了。因为传言那里曾发生过可怕的事。于是，没过多久，那座土坟就孤零零地立着了。但是，又过了几年，人们在上面建了一座神社。有人说，那座神社到现在还坐落在那里，就在她生了根的尸体上面。”

待在她自己房间里的姨母，永远待在她自己房间里的姨母，待在屏风后面，永远待在屏风后面的姨母。你的脸仍埋在她的怀里，你的泪水在她的衣服上渐渐干了，她的胳膊仍环抱着你，她的手正顺着你的头发抚摸着。她对着你的耳边低语，低语道：“这些是你应该知道的故事，龙之介，这些是我讲给你的故事。为了让你了解男人的世界，为了提醒你，他们的世界充满谎言。因为男人都是魔鬼，龙之介，这个世界就是他们的地狱。但是不要哭，龙之介，不要哭。因为我会保护你。我会拯救你。保护你不受这些魔鬼的伤害，把你从他们的地狱中拯救出来。因为我永远不会离开你，龙之介，永远不会，我永远也不会放开你的手……”

你爱你的姨母富纪。你爱她胜过爱任何人。她一辈子都不会结婚，她会陪着你度过你的余生。你会和她争辩，你会和她争吵。但你永远不会停止爱她。

“我永远，永远也不会放开你的手，我保证，我保证……”

你余生永远不会停止爱她。

“那么，你能向我保证吗，龙之介？保证你永远不会离开我，在我的余生都不会离开我……”

在她自己的房间里，永远在她自己的房间里，在屏风后面，永远在屏风后面，在她怀中，永远在她的掌控之中，你点点头，说道：“我愿意。”

5 书之屋

在她的房间，在她的屏风后面，你是一个体弱多病又备受宠爱的孩子。经常便秘，经常发烧。惊厥和头痛缠绕着你。常常犯惊厥，时时犯头痛。你是一个精神紧张的孩子，一个担惊受怕的孩子。总是担惊，总是受怕：害怕黑暗，害怕光明。害怕太阳，害怕月亮。夜空中的星，天空中的云。天和海，水和土。脚下的地面，你所处的地面。周遭的空气，你所呼吸的空气。害怕活人，害怕死人。总在此处，又总在彼处。那曾在你面前的人，那仍在你面前的人。活人死人，死人活人。害怕人。如此害怕人。害怕人也害怕世界，害怕世界和世上的一切。害怕，害怕，害怕一切。

不要害怕，龙之介……

在这座宅子里，在别的房间里，你也害怕，甚至更加害怕。害怕门，害怕地板。打开的门，倾斜的地板。天花板的灰，地板上的尘。害怕榻榻米，害怕灯。老旧的榻榻米，昏暗的灯。害怕家里的祭坛和牌位，牌位的金边已经发黑。害怕家里的神龛，害怕坐在红色垫子上的那两个狸猫陶像：它们坐在一个黑暗的储藏室里，面前点着一支蜡烛。每个夜晚，每个白天。你害怕，你害怕。害怕屏风，害怕上面快要脱落的纸；害怕窗户，害怕上面若隐若现的影子；害怕那些影子和低语，屋外和屋里——

不要害怕……

但是有一个房间，有那么一个房间，在墙上，在门上，挂着浮世绘，挂着卷轴画。它们来自另一个时代，一个更好的时代。在壁龛里，在地板上，有书，许许多多的书。它们来自一个不一样的世界，一个更好的世界。在那个房间里，就只是在那个房间里，你没那么害怕了，你的害怕减轻了许多。一开始只是好奇，然后便被召唤，被引诱。一开始是那些画，那些卷轴，然后是书，所有的书。

不要害怕，它们低语道。我们能带你去另一个时代，我们能带你去一个不一样的世界。那一排又一排的书，那一堆又一堆的书。一个更好的时代，一个更好的世界，它们低语道。近前来，龙之介。近前来看。你走近那一堆堆的书，你走近那一排排的书。我们会成为你的护卫，我们会成为你的盾牌。于是你伸出手，拿起一本书来。我们会成为你的护卫，我们会成为你的盾牌。于是你打开书，于是你看见了。另一个时代，一个不一样的世界。你看见了，你看见了。一个更好的时代，一个更好的世界。这便是开始，一切由此开始……

在昏暗的灯光下，在破旧的榻榻米上。一开始是那些图画，可怕的插图，来自草双纸[1]，那些江户时代的故事书，如此生动，如此魔幻。那些鬼魂的图画，那些怪物的图画。你睁大了眼睛，心脏猛烈地跳动。在昏暗的灯光下，在破旧的榻榻米上。然后是文字，那些隐秘的符号。是《西游记》，是《水浒传》，是那些中国古典名著的缩译本，如此引人入胜，如此扣人心弦。那些英雄的传奇，那些冒险的故事。你的眼睛睁得更大了，你的心脏跳得更猛了。在昏暗的灯光下，在破旧的榻榻米上，一字接着一字，一句接着一句，一段接着一段，一页接着一页，你不停地阅读着。在昏暗的灯光下，在破旧的榻榻米上，你化身为这些英雄，体验着他们的冒险。在另一个时代，在另一个世界，一个更好的时代和一个更好的世界。那昏暗的灯光，现在成了苍白的月光。那破旧的榻榻米，现在成了一片林地。那滴答的自来水，成了奔腾的江河。那陡峭的楼梯，成了山间的隘口。你的被子，现在成了熊皮。你不停阅读着，不停学习着。你记住了梁山泊上一百单八将的名字，把每个人的名字都牢记在心。你的心跳变得平稳，你的眼睛眯成了缝。你的玩具木剑成了一把金属寒刀。你和勇猛善战的女将一丈青对阵沙场，你和粗犷豪放的花和尚鲁智深一较高低。你与歹毒的强盗厮杀，你与夜行的女巫作战。你的兵器是血淋淋的短棍，是飞舞的箭头。这些活生生的人物，这些真正的英雄。这些人物是你的朋友，这些英雄是你的老师。他们教会你勇敢，

---

1 日本江户时代中期兴起的一种以图画为主，配以简单说明文字的通俗读物。

他们带给你勇气。

不要害怕，它们喊道。要坚强，龙之介！要坚强……

于是你不停地阅读。一页接着一页，一页接着一页。不停地阅读，阅读。传奇和童话，故事和小说。一本接着一本，永不停歇。不再害怕，不再害怕。再也不害怕。你不停地阅读。先是在家中阅读，然后在学校阅读。在书桌前，在大街上。你不停地阅读。松尾芭蕉[1]与曲亭马琴[2]。泉镜花[3]与国木田独步[4]。森鸥外[5]与夏目漱石[6]。本国书与外国书。《圣经》与《伊索寓言》。莎士比亚与歌德。蒲松龄与阿纳托尔·法朗士[7]。一本书接着一本书，一个人物接着一个人物。你在每一本书中生活，化身成每一个人物。哈姆雷特与靡菲斯特，唐璜和于连·索雷尔，安德烈公爵与伊凡·卡拉马佐夫。每一本书都是一个启示，每一个人物都带来一次转变。那么多的人物，那么多的书。

我们会指引你，龙之介。我们会帮助你……

它们不停向你低语，不停向你呼唤。一开始是在屋里，现在是在屋外。有那么多的书，多不胜数。但没有那么多的钱，钱少得可怜。你的养父是文雅之人，也是节俭的人。好在还有图书馆，

---

1 松尾芭蕉（1644—1694），俳句诗人，有“俳圣”之称。

2 曲亭马琴（1767—1848），日本江户时代畅销小说家。

3 泉镜花（1873—1939），日本小说家。

4 国木田独步（1871—1908），日本小说家、诗人。

5 森鸥外（1862—1922），日本小说家、评论家、翻译家。

6 夏目漱石（1867—1916），日本作家，在日本近代文学史上享有很高的地位。

7 阿纳托尔·法朗士（1844—1924），法国作家、文学评论家、社会活动家，1921年获诺贝尔文学奖。

总有图书馆。还有你自己的节俭和小聪明。河对岸的公共图书馆太远了，特别是对一个小学生来说，实在是太远了。但就在大沟渠旁，离家很近的地方，有一个租书店。那家店的主人是一个和蔼的老太太，她总爱对你微笑，叫你“小家伙”。于是一天又一天，一小时又一小时，你假装在店里寻找书籍。一天又一天，一小时又一小时，她从未起过疑心。小家伙一直在偷偷看书，小家伙只是偶尔才会借书。一天又一天，一小时又一小时。你依靠自己的节俭，依靠自己的小聪明。一天又一天，一小时又一小时。老太太总在柜台前做着头饰，老太太总在你进门时喊你“小家伙”。一天又一天，一小时又一小时。不停地阅读，一本接着一本。你依靠自己的节俭，依靠自己的小聪明。一天又一天，一小时又一小时。直到有一天，你终于看完了她所有的书，你吸收了她所能提供的一切养料。你依靠自己的节俭，依靠自己的小聪明。直到那里再也没有能让你读的书，直到那里再也没有可以给你的了。那一天终于到来，现在，是时候了。

你必须跨过那条河，龙之介……

它们在召唤着你，召唤着你。在桥的那一边，在河的那一边。你腋下夹着学校的记事本和打包的午餐盒，跨过两国桥，跨过隅田川。在放学以后，在放假期间，在河的另一边，你沿着街道前行。你十二岁，身兼使命。那时战争动员令[1]已下，警察局外灯笼高挂。你先是去九段坂上的大桥图书馆，接着去上野公园里

1 指1904—1905年的日俄战争。

的帝国图书馆。你走在一双双行军靴之间，走在一面面飘扬的旗帜之下。你穿过神保町鳞次栉比的二手书店，这时九段坂上正升起耀眼的太阳。你黎明出发，日落才归家。去的时候要走两个小时，回来还要再走两个小时。在太阳下走，在月亮下走。不管春夏秋冬，严寒酷暑。你穿过春天的风，绽放的梅花，接着是樱花。你穿过夏天的雨，盛开的绣球花，接着是荷花。你踩过落叶，踏过积雪。你穿行在归来的军队中，行走在凯旋的旗帜下。在大桥图书馆里，在帝国图书馆里，它们不停地向你呼唤，不停地向你呼唤——

等着你，我们正等着你……

在你头几次去的时候，那高高的天花板，那大大的窗户，铁楼梯和目录盒，地下食堂和阅览室，还有无数的椅子和坐在椅子上的无数的人，这一切都让你感到害怕。但去了几次以后，你开始阅读。你不停地阅读，一页接着一页，不停地翻阅，一本接着一本。从一个图书馆到另一个图书馆，年复一年。先是大桥图书馆和帝国图书馆，然后是高中图书馆、大学图书馆、东京帝国大学图书馆。从一个图书馆，到另一个图书馆，年复一年，不停地借阅，一本接着一本，数以百计的书籍。你热爱的这些书籍，这些借来的书籍，它们也热爱你。

请不要把我们还回去，龙之介，求你了……

这样的分离，一次又一次的分离，简直让你心碎。你想留着这些书，这些借来的书，把这些书留在身边，把它们捧在手里，用一辈子去爱惜，把它们翻来覆去地读上一遍又一遍。永远不要把它们还回去，永远不要让它们离开你。永远不要分离，永远不要分离。于是，靠着你的节俭，靠着你的小聪明，靠着你的虔诚，靠着你的自律，你让自己远离咖啡馆，又找了补课的兼职，甚至给他人补习数学，每周要去三次。你把赚的钱都存下来。然后你开始买书，买了又买。在神保町的二手书店里，你一本接着一本地买二手书。这些你热爱的、珍惜的，要捧在手中，留在身边，占为己有。一本接着一本。属于你的书，属于你的图书馆。一本接着一本，你搭建着自己的图书馆。一本接着一本。但你还想要更多的书，比这多得多的书。在神保町，在那些二手书店里，还有那么多的书，都在呼唤着你，诱惑着你。

带我们回家，带上我们，求你了……

总有那么多的书想买，但钱总是太少。然而，可是，别的办法都失败了，只有这最后的办法了。你心中充满痛苦，你眼中饱含泪水。你不愿听它们的抱怨，你不愿听它们的呐喊。它们把一切都教给了你，它们把一切都给予了你。你不愿听它们的抱怨，你不愿听它们的呐喊。你把这些牺牲品用布蒙着，用绳子捆着，仿佛是去参加葬礼，一个古老的悲剧。你跨过那座桥，你穿过那条河。你被一块石头绊了一下，摔倒在地。你站起身，把身上的灰尘拍打干净。你迈着沉重而缓慢的脚步，往神保町走去，你走啊走。

不，龙之介，不，不要……

你走进书店，二手书店。你把那捆书放在柜台上，在店主面前解开绳子。你把布拆开，取出里面包着的书。接着你问女店主，多少钱？这些书多少钱？她出的价连你买书时原价的一半都不到，哪怕是那些还很新的书。你叹了口气，点了点头。你接受了她开的价，收下了她的钱。接着你转过身，匆匆离去。你不愿听它们的抱怨，你不愿听它们的呐喊。你要远离这罪恶，远离这犯罪现场，远离它们的抱怨和呐喊。

为什么，龙之介？

因为你还想要更多的书，比这多得多的书。在神保町，在那些二手书店里，还有那么多的书，都在呼唤你，诱惑你。那么多的书，现在成了那么多的遗憾，成了遗憾和失去的爱。

龙之介？

两个月后，一个黄昏时分，你又回到了神保町，回到了二手书店。你裹着一件披风，小雪飘落在你身上。你从一家店到另一家店，艰难地前行着。

还记得我吗，龙之介？

在神保町，小雪飘落在你身上。你裹着一件披风，跺着脚。每一家店门外摆着的那些书都在呼唤你，诱惑你。但有一家店，是你认得的店，有你认得的书。你找到一本《查拉图斯特拉如是说》，但不是随随便便的一本《查拉图斯特拉如是说》。这是一本被人用心读过，被人用心爱过的书。被你读过，被你爱过。这正是两个月前被你卖掉的那一本，上面还残留着你手上的油污。这是你的旧书，你的旧情人。你拿起这本书，打开它，就站在书店门外，重读起来。一段接着一段，一页接着一页。你越读，就越想念。这本书，这本书，你——

龙之介，求你了……

你走进书店，这家二手书店。你把那本书放在柜台上，接着你问道，这本书多少钱？一块六毛钱，书店的女主人微笑着说道，但是您要的话，一块五毛钱就行……

带我回去，龙之介。请带我回去……

你当时卖给她的价格只有七毛钱。最后你只把价格砍到了一块四毛钱。但你想念这本书，你爱这本书。于是你叹了口气，点了点头，付给了她两倍于当时卖出的价格。这样的事总是发生，你总不吸取教训……

谢谢你，龙之介。谢谢你……

你走出书店，回到街上。天色已黑，街上覆盖着白雪。一切都是那么安静，安静得出奇。白雪覆盖的神保町，裹着披风的你。《查拉图斯特拉如是说》青灰色的封面与你的胸口紧紧贴着，你皲裂的嘴唇上挂着自嘲的笑。在夜色下，在雪中，你迈着沉重的步伐艰难前行。你回到家，回到你的图书馆，属于你的图书馆，属于你自己的……

书之屋……

一本挨着一本，一堆挨着一堆，书架挨着书架，屏风挨着屏风，墙壁挨着墙壁，你不断构建着，构建着一个书之屋，属于你的书之屋。由纸组成，也由字组成。书之屋，一个由文字组成的世界。你对这个世界的所有认识，你在这个世上掌握的一切知识，都是从书上学来的，是通过文字获得的。你想象不出有什么是完全不依靠书本获得的。你首先相信的是书本，然后才是现实。“从书本再到现实”，这是你不变的信念。为了提高对生活的认识，你并不会去观察街上的路人。相反，为了更好地观察街上的路人，你会去阅读书本上关于人类生活的知识。是的，现实生活中的人只是匆匆过客。为了了解他们——他们所有的爱，他们所有的恨，他们的生和他们的死——为了真正了解这些从你的生命中路过的人，你在你的书之屋里坐下。在那个文字的世界里，你不断地阅读，一本接着一本，观察着，留意着，每个人的言语、姿势、神态的独特之处，鼻子的线条，眉毛的曲线，牵手的方式，粗略的轮廓和草图，阅读巴尔扎克、爱伦·坡、波德莱尔、陀思妥耶夫斯基、龚古尔兄弟[1]、易卜生、托尔斯泰、斯特林堡[2]、魏尔伦[3]、莫泊桑、王尔德、萧伯纳和霍普特曼[4]。你会成为你那一辈里读书最多的人。你读的每一本书都成为你人生的教科书，教给你生活的艺术。你爱过几个女人，但是没有一个能让你知道什么是真正的美。唯有通过巴尔扎克，通过戈蒂耶[5]，通过托尔斯泰，唯有通过他们，你才注意到女性之美，注意到她们的耳朵在阳光下如何半露晶莹，她们的睫毛在脸庞上如何投下阴影。如果你不曾在书本中读到过这样的美，那你眼中所看到的女性只不过是与你同物种的雌性动物。若没有了书，没有了文字，生活将变得无法忍受，如此无法

1 哥哥埃德蒙·德·龚古尔（1822—1896），弟弟茹尔·德·龚古尔（1830—1870），法国作家兄弟，也是最早向西方介绍日本艺术的先驱。

2 奥古斯特·斯特林堡（1849—1912），瑞典作家、剧作家和画家，被称为现代戏剧创始人之一。

3 保尔·魏尔伦（1844—1896），法国象征派诗人。

4 格哈特·霍普特曼（1862—1946），德国剧作家、诗人，1912年诺贝尔文学奖获得者。

5 泰奥菲尔·戈蒂耶（1811—1872），法国唯美主义诗人、散文家和小说家。

忍受，如此丑陋，如此如此丑陋——

不如一行波德莱尔的诗……

但你的书之屋，你的文字世界，它的屏风和墙壁，它的门和窗，都是通过别人的书、别人的文字构建起来的，是借来的，是买来的，是被窃取、被使用过的。在你的二手书之屋里，在你的二手文字世界里，你的生活永远都是二手的，早已是二手的了。

6 一座桥，一扇门；通往工作之路……

某日，在学校，你正望着窗外发呆，并没有在思考着什么，只是放空，做着白日梦。那天的风很大，风在树枝之间游走，把叶子搅得乱颤，发出沙沙的响声。每一片叶子，每一片叶子，都在试图唤醒你，吸引你的注视，诱惑你，让你去看见，去感受，亲眼看见，亲身感受：这自然之美，造物的奇迹；这隐秘之谜，水流和光线。你永远会记得这一天、这一刻，因为正是在这一天、这一刻，你知道了自己想要做什么，知道了你的人生，你剩余的人生要做什么——

你要把此生献给文学，献给文学的创作，将余生献给写作。

在日语里有一个词，描く（kaku），意思是“写，或者画”，也就是“描写或描绘”的意思。“描”这个字左边是一个提手旁，右边是一个“苗”字。“苗”这个字又由两部分组成，一部分是“草”，另一部分是“田”。把这些部分合在一起，就组成了“描”这个字：

一只手在田里播种的画面。对你而言，所有的艺术创作都是先有一个想法的萌芽，之后把这个萌芽栽种下去，然后再亲手细心培养。这就是写作之于你的意义，而这也是你要去做的。

你放下手中的木剑，拾起笔，开始去写，去记，记下富纪姨母讲述的那些古老的传说，记下女佣们口口相传的故事。那些故事和传说里有鬼魂和火球，有迷恋亡夫的寡妇，还有被儿媳折磨的老妇人。你在记事本上写满这些故事，和朋友一起创办杂志，讲述着，创作着，不停地写着，新故事，旧故事，一个故事接着一个故事，不断学习着，精进着，搭建起一座座桥梁，从别人的故事，通往你自己的故事，在桥的另一头，寻找着那一扇门。

你一天翻译一页爱伦·坡的小说，先是学习故事的整体结构，再是学习句子的构造。所有隐藏着的、严丝合缝的那些秘密，美丽与真理，激情与恐惧，幽默与讽刺的平衡，梦的忧郁，诗的炼金术，造句的精准，叙事的凝练，所有的要素都浑然天成、令人惊叹，彰显着对写作这门技艺的精益求精。这些是你从坡那里学到的，是你在写作的学徒期所受的教育。

对于写作和语言来说，这个学徒期是没有尽头的。因为文学是一种文字的艺术，是要依靠语言来表达的。于是，你不懈地提升自己运用语言的能力，提升自己写作的能力。而你在别人的作品中最为看重的一项特质，也是你自己在写作时最看重的一项特质，就是清晰。你想要尽可能写得清楚。你想要把脑中的想法用最精准的词句表达出来。你不断地努力、尝试。可当拿起笔时，你很少可以像自己期望的那样，写得清晰而流畅。你最后写出来的句子总显得臃肿、凌乱。你把所有的努力（如果真的可以这么称呼它的话）都投入到清晰表达的艺术上了。

然而你知道，小说是所有文学体裁中最不具艺术性的。唯一配得上艺术之名的只有诗歌。小说之所以被列入文学，只因为其中具有的诗意。除此之外，小说和传记或者历史几乎没有差异。对你而言，小说家是传记作者或历史学者，关注的是某一时代、某一国家的人的生活。在日本，这一典型的代表是紫式部[1]和井原西鹤[2]的作品。但是，最伟大的小说家常常也都是诗人，然而总是不纯正的诗人，不得不受传记或历史的约束，永远是分裂的，被撕扯成两半：历史学者和诗人，诗人和历史学者。

因此你不断回溯，回到那些过去的故事里，那些富纪姨母对你讲过的故事，回到《宇治拾遗物语》，回到《今昔物语》[3]，回到《万叶集》[4]的诗歌里，回到《方丈记》[5]的语言里，总是回到过去，回到那遥远的往昔，很久很久以前……

因为假设你有一个特定的主题，你想就这个主题写一个故事，为了让这个故事尽可能有力量和艺术性，你需要一些离奇和难忘的情节。然而你想象的情节越离奇、越让人难忘，就越难用可信的文字将它描述为发生在当下日本的事件，因为这样会显得很不

---

1 紫式部（约973—？），日本平安时代女作家，《源氏物语》的作者。
2 井原西鹤（1642—1693），日本江户时代小说家、俳谐诗人，所著小说《好色一代男》被认为是日本文学史上社会小说的起点。
3 日本平安朝末期的民间传说故事集。
4 现存最早的日语诗歌总集，收录了日本从4世纪至8世纪的和歌共四千五百余首。
5 随笔集，作者鸭长明。成书于1212年，被誉为日本隐士文学之最高峰。

自然，于是这个主题只好被搁置，导致前功尽弃。但是，如果很难将离奇的情节设定在当下的日本，那么解决的办法也简单：只需把这个故事设定在久远的过去（或遥远的未来），或者设定在日本以外的国家，甚至可以把两个办法都用上。可话说回来，如果你真的就以“从前……”来开头，并不明说是哪个历史时期，那你同样会失败。你必须把故事设定在一个具体的历史时期和环境里，然后还得介绍一下当时的社会背景和基本情况，这样故事才可能显得自然合理，才能抓住读者的注意力，握住读者的手，把他们带回到过去，让他们得以看见过去，感受过去，得以生活在……是的，重新生活在过去……

你坐在书桌前，手中握着笔，将过去的故事再次唤醒，揭开古老传说的面纱，将亡灵复活，将面纱撕破……

很久很久以前，你正站在一座门下，那是东京大学的赤门，你站在门下，看着雨滴降落。此时的雨，彼时的雨。你想到另一座门，并非此门；在另一座城，并非此城；在另一个时代，并非这个时代：京都的罗生门，那曾位于朱雀大街南入口的宏伟城门，现在已烟消云散，连一块基石都没有留下。但你知道这座城门，你在《今昔物语》里读到过它，所以你能看见它……

很久很久以前，有一个男人从摄津国北上京城，来行偷盗之事。因他到时天还未暗，他便躲在罗生门下……

在你脑海中，你能看见这座门，这座一度宏伟的城门，如同在看一幅画，一幅会动、会呼吸的活生生的画。城门那时已荒废，漫天的乌鸦在城门上空盘旋、聒噪，獾和狐狸在此做窝，罗生门矗立在黄昏下，此时的黄昏，彼时的黄昏……

此时街上仍人声鼎沸，那人便躲在城门下，耐心等待着路静人稀的时刻。忽然，他听到一大群人朝着城门方向走来……

"龙之介，"你的朋友说道，"抱歉，让你久等了。不过我有一个好消息，我们可以用那个房间了……"

你的朋友是东京大学医学院的一名学生。你跟着他来到一座楼前，跟着他上楼，跟着他在走廊里穿行，跟着他走进那个房间……

为了不被人发现，那人偷偷上了城门的二楼，二楼有一个房间。昏暗之中，有一丝微光在闪耀。真奇怪！那人便从窗棂向内窥视，只见里面躺着一具年轻妇人的尸体……

每一具尸体的大脚趾上都用细金属丝挂着一个纸板标签，上面写着姓名、年龄和日期。你的朋友在一具尸体前弯下腰，开始用手术刀把它脸上的皮肤剖开，渐渐露出了一大片黄色的脂肪，死者的头发垂在桌子边缘……

她的头旁边点着一盏灯，一个老态龙钟的丑妇人正在粗暴地拔着死者的头发。那盗贼吓了一跳，心想：这个丑老妪可能是一个妖怪或者女鬼……

你感到害怕，再次感到了害怕。你不想去看，但是你必须去看，必须要看。你在写一个平安时代[1]的故事，一个关于尸体的故事。可由于你没能在幻想和真实之间找到平衡，你无法完成这个作品。于是你让人带你到这儿来，带你来看尸体——“看好了，龙之介！看好了！你不能背对恐惧，你必须正视死亡。你不能逃避，你必须面对。所以，看好了，龙之介！你要看见……”于是你看了，是的，你也看见了。你看见了尸体和头发。现在你伸出手，伸手去摸那头发，但是你停住了，你停住了。一股腐烂杏子的恶臭，让人实在无法忍受。你振作精神，向前迈了一步……

那盗贼打开门，掏出匕首大喊着往前冲去。老妪吓得急忙拱手求饶……

“算你运气好，”你的朋友笑着说道，一边继续摆弄着手术刀，“你知道吗，这种优质的尸体最近可正紧缺着呢。”

“你是什么人，在这里做什么？”那盗贼大喝道……

---

1 也称平安京时代，从794年日本桓武天皇将首都从长冈京移到平安京（现在的京都）开始，到1192年源赖朝建立镰仓幕府为止。

你再一次伸出手，这次你摸到了头发，死者的头发。头发一下就滑进了你的手中……

“我的女主人死了，大人，没有人给她料理后事，所以我才把她带到这里来。看啊，大人，她的头发比她的身子还长，我在拔她的头发来做假髻。大人，饶命啊！”

手中握着笔，坐在书桌前，站在门下，你站在那城门下，在城门楼上的房间里，你就在那个房间里，就在那个地方和那个时间。死亡的恶臭，雨落下的声音。一道闪电，一声惊雷。你扒下老妪的衣服，夺去她手中的头发。她去抓你的腿，紧紧抱着你的脚踝。你开始踹她，狠狠地踹她，一脚接着一脚，把她踹翻在地，踹回到尸体堆中，踹回到死人堆里，然后你转过身去，你转过身往下跑，顺着陡峭的楼梯往下跑，一步一步，顺着楼梯消失在黑暗之中，消失在夜色里……

盗贼把死者身上的衣服和老妪穿的衣服抢了去，捡起散落在地的头发，冲下楼梯跑了……

老妪在尸体堆中躺着，像死人一样裸露着身体。她瘦小的脸庞如同死灰，瘦小的身躯毫无生气，仿佛她已不在此岸，亦从未真正抵达彼岸。她不停地小声嘟囔，自言自语，呻吟叹息，在地上爬着，不停地爬着，从尸体上爬过，一直爬到了楼梯口。她的头发披散着，盖住了她的脸。她顺着楼梯望下去，望着城门下方，望向远方，远方的黑暗和空虚的夜晚……

是的，罗生门的城楼上曾经满是死人的尸首和骷髅。那些无法妥善安置死者的人，有时就把尸首停放在城楼上。那盗贼把那天发生的事说给人听，这故事便这样辗转流传下来了。

你坐在书桌前，停下笔，抬起头。有那么一瞬间，你认不出自己在哪儿，认不出自己所在的世界。你在穿越自然与时间、生活与艺术的狂流和光束之中，这光束比一千颗破碎的恒星更加耀眼，这狂流比一切河流都迅猛，在你的血液中流动，在你的大脑中激荡，将你体内微弱的火星点燃成一团烈焰，越烧越猛，越烧越亮，照亮你的前路，推着你往前，带动着你的手和笔，一字接着一字，一页接着一页，吸收着你，吞噬着你，在笔下，在纸上。然而，就在下一个瞬间，它们又消失了，消失不见了。就在它们消失不见的瞬间，你开始被无尽的黑暗包围，这黑暗无边无际地围绕着你，在你的书桌旁，在你的书房里，让你再次感到孤独和失落，在这空虚黑暗的夜里，失落着，孤独着，等待着，唯有等待。

* * *

从前，在一株赤松底下，一座发黑的墓碑前，孩子对男人说，不，不。这些是你对自己诉说的故事，你为自己书写的故事，在浴室的镜中，在书房的桌旁，你不停对自己诉说，亦将不断为自已书写，这些已无法承受或终将无法承受的故事，这些分崩离析或终将分崩离析的故事，在浴室的镜中，在书房的桌旁，不断撕扯着，将你撕裂，撕成碎片，散落在记忆的场景中，在竖立的屏风上，直到为时已晚，一切都为时已晚，只剩下竖立的屏风，属于你的“地狱变”屏风。

重复

西方人说，不惧怕死亡乃是野蛮人的特征。

好吧，也许我就是这样的“野蛮人”。

年幼时，父母曾多次训诫我，

既然出生在武士之家，

我就必须学会切腹自杀。

我记得，我想到这身体上将承受的巨大痛苦，

同时认为这痛苦是必须承受的。

因此，也许我正是他们所谓的野蛮人。

然而，我并不认为西方人的观点是对的。

——森鸥外《妄想》，1911年

龙之介痛恨夏天。红色的太阳变成了白铁，不断往干涸的大地上倾泻着光和热，无数充血的眼睛在大地上回望，望向那无边无际的晴空万里。工厂的烟囱、墙壁、房子、铁路、人行道，一切都在痛苦中呻吟、叹息。书房里的龙之介汗流不止，忍受着蚊虫叮咬，觉得自己就像一只倒霉的飞鱼，不幸掉入一艘停靠在干船坞里的船，落在布满灰尘的甲板上，在恼人的蝉鸣声与蚊虫的叮咬中痛苦地死去。

然而，龙之介倒确实期待每年夏天隅田川的开河祭[1]。他会挤进两国桥栏杆两侧汹涌的人潮里，去观看那数以百计的游船——那些宏伟又精致的平底船和驳船，都带有帆布遮雨棚和红白相间的帘幕，挂满色彩亮丽的灯笼。放眼望去，星星点点的河面上足有上千只灯笼，将河面与两岸照亮。人们手中高举着灯笼，着迷般地望向天空，看着船上发射出的罗马焰火和无数其他烟花，看着它们被射向天空，射往天上的星辰，又如雨点般降落回地面，让整个世界都沐浴在无数微小的、不断消逝的火花之中。但是那一年，那一天，开河祭被取消了。因为天皇陷入了昏迷。

气温持续升高，整座城市像蒙上了一层死寂的黑毯。警亭的

---

1 日本纳凉季节开始后举行的开河祭典活动，其中最有名的便是隅田川两国桥附近的开河祭。

每日公告和报纸上的新闻都在向公众详细报告天皇的病痛，尽管“他的龙颜不改分毫”。寺庙里从早到晚点燃着驱逐恶灵的圣火，期望能驱除邪气。皇宫护城河周围铺着布块，压低了无轨电车的车轮声。二重桥[1]边聚集着从各地赶来的数以千计的民众，他们都安静地朝着皇宫的方向跪拜着，祈祷着。

龙之介听见姐姐含着泪说，有三个年轻的女学生在皇宫前脸贴地跪拜了半个小时，祈祷着天皇能早日康复，盼望着黑夜不要到来。龙之介正想着自己是否也该去皇宫门前跪拜，就在这时，1912年7月30日凌晨，天开始下起小雨，他听见外面传来了报童们急促的叫喊声。龙之介买下了带着黑框的号外，开始读了起来：

皇宫内最后的场景

在民众的跪拜祈祷中

天皇走完了最后的旅程

人民爱之显现

噩耗传出时

祈祷转为痛哭流涕

1 坐落于日本皇宫的护城河上。

若有一位艺术家在周一夜里的皇宫前掏出画笔，他将会画下一幅不朽的名作，因为日本历史上最令人难忘而奇妙的一幕正在那里上演。人们由于痛失挚爱而显露出的近乎神圣的哀伤和国民品性，真叫人过目难忘。历史若要完整地记录已故天皇的丰功伟绩，势必要附上皇宫前的这些画面：数以千计的民众如何在此地为他们挚爱的天皇祈祷，最后又是如何为他的离去而悲痛哀悼。

午夜的钟声一小时之前便已响过，然而低声的祷告仍未有停歇之势，而是有节奏地在人群中泛起波澜。从黄昏起便聚集在皇宫门前的人群，像是被用铆钉固定在地面上似的纹丝不动，极少有人离去。随着夜越来越深，晚风夹杂着丝丝寒意，让这些不断增加的人的心中充满悲伤和恐惧。

成百上千的男人、女人和儿童拜伏在铁栏杆前的地面上，朝着病重的天皇的房间方向虔诚地祈祷着。没有人在意自己的姿势是否舒适。哪怕希望渺茫，他们仍不停祷告。佛教、神道教[1]和基督教的信徒们向各自的神灵祈祷：老人们一字不差地背诵着祈祷词，年幼和未受教育的人则艰难地跟着诵念。所有的祷告声都汇聚到一起，向那统治人和世界的神祈求着仁慈：“神啊，你可曾听见我们流血的心在哭泣？请应允我们的祷告吧！”

在这群拜伏祈祷的人身后，站着的是一群又一群更为激动和焦躁的人。他们读了最新的官方公告，了解到天皇的脉搏已微乎其微，大限之时随

1 神道教简称神道，是日本的传统民族宗教，最初以自然崇拜、祖先崇拜、天皇崇拜等为主，属于泛灵多神信仰。

时可能到来。他们是如此焦虑和不安，哪怕是在祷告之中都无法安静下来。他们急切地来回踱步，等待着新的消息。在这漫长的煎熬之中，人群突然安静了下来。人们紧绷的神经此时已经到了崩溃的边缘，这突如其来的寂静似乎是一个不祥的预兆。

之后便传来了天皇陛下的死讯。

三分钟后，报社记者们坐着车飞奔离去。很快，这个令人心碎的消息就传遍了东京，并通过海底电缆传到了世界的每一个角落。但是没有语言可以表达出日本全国上下六千万臣民的哀痛。

人群中的祷告声即刻停了下来。人们紧绷的神经崩塌了，只剩下绝望、深沉的悲痛和叹息。

在哀悼了大约半个小时后，很多人回了家，并在祷告中度过那一夜剩下的时辰，祈祷这位受全国人民爱戴的统治者的灵魂得以安息：这位像父亲一样受人爱戴，像师长一样受人尊敬，给人民以力量和依靠，史上最伟大的这位天皇。

皇宫里的弧光灯照在那些仍留在宫内的人身上，可怕而又苍白。随着远处宽永寺的丧钟为这位逝去的伟人而敲响，整座城市仿佛都因为过度悲伤而被黑暗和死亡的阴影笼罩，让人久久不能回过神来。

第二天一早，龙之介一家买了黑色的绉布。龙之介把它系在了位于新宿区的家门口的旗杆上，就系在旗杆末端的金球附近。

这整座城市，这整个国家，在每一栋建筑顶上，每一根旗杆上，每一根路灯柱和每一个电线杆上，都降着半旗。每家每户都不再演奏音乐，甚至不再高声说话。音乐厅和剧院的演出取消了，商铺和百货公司大门紧闭。销售市场和股市大跌。有一群人朝御医家中投掷石块。

这是大正时代的开始，这是明治时代的终结。一位神死去，另一位神诞生。明治四十五年，大正元年，1912年。下葬之年，加冕之年。延续之年，矛盾之年。在黄昏和黎明之间。

* * *

乃木希典[1]从天皇病重到1912年9月13日这一天，在五十六天内共一百三十次入宫参拜。为了这一天，乃木将军已经等待了三十五年又四十五天，这天是明治天皇的大葬之日。

送葬的队伍定于晚上8点从皇宫二重桥出发，在礼炮声和寺庙的钟声之后，是送葬的哀乐声。庞大的送葬队伍超过两万人，乃木将军本该作为他们之中最受敬重的人之一位列其中。先皇的灵车由五头牛列成一列拉着，后面跟着穿朝服、配弓和戟的侍从，抬着魂幡，再后面跟着皇子和宫官，然后是元老[2]和内阁大臣，接着是高官和贵族，其中很多人穿着闪亮的军礼服，接

1 乃木希典（1849—1912），曾任日本陆军大将、学习院院长，受封伯爵。

2 元老是一种非官方的称呼，特指曾接受明治、大正天皇诏敕，享有“元勋优遇”待遇并负有“匡辅大政”之责的九位政界耆宿。

着是穿黑色燕尾服的国会议员，东京市政府官员、商会成员、地方领导和官员，学校校长和宗教领袖，宫廷乐师、军乐队，以及一千人的仪仗队。两万四千名士兵沿途伫立在刚铺就的砾石路上。三十万市民将沿街静默守候送行。全国上下，将有六千万人民低头遥拜。摇曳的火炬照亮的送葬队列跟在先皇灵车后面，需要两个小时才能到达在青山练兵场特别建造的葬场殿。世界各国皇室和政府的外交官以及特别代表将到场就座，如英国王子、德国王子、美国国务卿等。当午夜的小号声响起，将有一万人聚集到此向先皇致敬。明治天皇的儿子——新任天皇，将穿着大元帅制服在此致简短的悼词，之后则由首相西园寺[1]致悼词。但是乃木希典将军将不会出现在葬礼的队列中，乃木将军将不会出现在青山练兵场，他也将不会听到新任天皇的声音。

那天一早，乃木将军穿着一身日本皇军将领的现代西式军服。他的夫人静子，则穿着暗色的十二单和服。

上午8点，将军和夫人分别在府邸外拍了正式的照片。摄影师秋尾新六说服将军和夫人在楼上的客厅里多拍了一张照片，照片里将军坐在桌子旁看着早报，静子则站在他左侧的壁炉旁，望向镜头。之后夫妇二人便动身前往皇宫。

在此前一百三十次入宫参拜时，将军均是骑马前往。然而，那天将军已提前遣散了马夫和唯一的男仆。于是，那天上午，宫

1 西园寺公望（1849—1940），时任日本首相。

里第一次也是唯一一次派了汽车来接将军和夫人入宫。

参拜过后，将军和夫人回到了位于幽灵坂的府邸，此地毗邻赤坂町的青山灵园。他们与静子的姐姐在府里一同用了午饭。

午饭时，将军和夫人二人均表示身体不适。将军给当局去电，表示将因病缺席明治天皇的大丧之礼，并将无法参加送葬的队列。将军夫人则向府里的侍从和下人表示，他们二人将回房休息，切勿打扰。此后二人便将自己关在二楼的房间里。

当晚快到8点的时候，静子下到一楼要了些葡萄酒，是的，葡萄酒，而非清酒，然后带着酒瓶回到了二楼的房间里。

又过了一会儿，远方传来了标志着送葬队列要从皇宫出发的第一声炮响，就在寺庙即将敲响一百零八声丧钟之时，静子的姐姐听到二楼传来了一阵奇怪的声响，于是赶紧唤来了一位婢女。婢女跑上二楼，去查看主人和夫人的情形。她发现主人房间的门紧紧地锁上了，但她可以听到从里面传来的难以辨认的、痛苦的声音，她透过门缝看到夫人躺在地板上。

姐姐立刻给当地的警察局打电话，却一直占线。她又去找邻近的医生，也一无所获。于是她派婢女上街去呼救，恰巧遇见一位因天皇葬礼被从长野县临时派驻到东京的警官——助理巡查官坂本。

坂本警官跟着婢女进到了府里。他上到二楼，用肩膀撞开了房门。

在离门最远端铺着八个垫子的日式房间里，挂着明治天皇、将军父母以及他在日俄战争中战死的两个儿子的肖像，将军侧身躺在一片血泊之中，将军夫人则跪身倒在地板上。

当牛拉着先皇灵柩在夜色中从他们的府邸前经过时，希典和静子在他们位于幽灵坂的房间里化为了幽灵。

* * *

龙之介买下了所有的报纸，一篇又一篇地读着乃木将军和夫人之死的相关报道：

大名鼎鼎的乃木自杀身亡

将军和伯爵夫人被曝以旧式切腹自尽

在先皇葬礼开始之前即随主子而去

乃木将军为何而死

大英雄最后的遗言，最深沉的受难史诗

东乡[1]哭泣，天皇哀悼，举世惋惜，痛失完人

---

1 东乡平八郎（1848—1934），日本海军元帅。

以下是已故的乃木将军伯爵的遗言书，由将军本人在12日的夜晚，先皇大葬前夕所写：

“1. 我为追随已故的主上而自我了断。我明白此罪行之深重，诚惶诚恐。然回忆明治十年之役[1]，因我之责丢失军旗，那时起我便徒劳地找寻了断的良机。时至今日，我却始终受着不配得的皇恩厚爱。我日渐衰老虚弱，我的日子已经过去，无法再侍奉主上。先皇之死更令我深受打击，故决意自裁。

“2. 自二典战死（将军的两位儿子胜典和保典，在攻占旅顺港时战死），我敬重的长辈和友人多次劝我领养一个儿子。然自古以来，领养子嗣的困难之处有不少先例与议论，我兄弟便是一个例子。若我仍有亲生子嗣，获封爵位的荣耀将迫使我命他为我的继承者，但为避免令家族蒙羞之可能，我想还是不要违背天意去领养子嗣为好。祖先之墓仍须由家族中血亲之人照看。位于新坂的府邸我恳请捐给区里或者市里。

“3. 关于财产分配事宜，我已在另一纸头上单独说明。若有未提及之事，则由我的夫人静子处理。

“4. 至于我的随身物件，包括我的手表、测距仪、户外望远镜、马具、刀剑，以及其他军用物品，我已留信给冢田大佐，请他以我的名义将这些物品代为分配给我的副官们。大佐在昔日的两次大战中助我良多。此事我已知会静子，请与她相商。其他物品可由你们商定处理。

1 指1877年的西南战争。

“5. 带有皇家印记的御下赐品请整理转交学习院[1]，此事我已留信给松井先生与猪谷先生，委托二人代为处理。

“6. 所留书籍若可用，便赠予学习院，其余赠予长府图书馆。其他无用书籍可任意处置。

“7. 我父亲、祖父及曾祖父所遗留之手稿应作为乃木家族史的重要部分。除部分确实无关紧要的作品，其余手稿务必仔细收集整理，并于佐佐木侯爵家或佐佐木神社[2]永久保存。

“8. 在游就馆（位于九段的战争博物馆）展出的物品赠予该馆保存。此为纪念乃木家最好的办法。

“9. 静子年岁渐老，难免遭遇疾病，石林的宅子多有不便，且令人感觉压抑。为此，我将此宅让与弟弟集作。静子已同意前往我在中野的宅子居住。中野的宅子和土地我全权交由静子处置。

“10. 我已留信给石黑男爵[3]，请他代为处理将遗体捐赠给医学院之事。墓下只需安放头发、指甲和牙齿（包括假牙）便可，此事静子已同意。御赐的金表交由我的侄儿玉木正之，命其若非身着军装，切不可佩戴。

“其余未尽事宜，均由静子定夺，请与她相商。静子在世之时，乃木伯爵家之名可存续。待静子寿终，则乃木家脉断绝。”

此遗言书写于大正元年（1912）9月12日夜，落款希典，收信人为乃木伯爵夫人之兄汤

1 学习院源于1847年由仁孝天皇设立的教育机关学习所，1877年改名为学习院。乃木希典时任学习院院长。

2 乃木家先祖为佐佐木高纲，是宇多源氏敦实亲王的后裔。

3 石黑忠直（1845—1941），时任日本陆军军医总监。

地定基、将军之弟大馆集作、将军侄儿玉木正之，以及静子。从遗言书可见将军曾向伯爵夫人透露自杀之意，且伯爵夫人本应继续存活。

日复一日，龙之介不停地买报纸，买下了所有的报纸；日复一日，龙之介一篇又一篇地读着乃木将军和夫人之死的相关报道：

大英雄追随先皇而去之始末

筹划多年的死亡

伯爵夫人的卓绝勇气

石黑男爵，军医总监，已故乃木将军伯爵的至亲，周一下午接受了媒体代表的采访。为公众福祉计，石黑男爵就乃木将军及其夫人之事做了详细叙述。

“乃木将军在遗书中委托我，”男爵说道，“将其遗体献给外科解剖或其他有益医学之用。然而，因将军非死于任何疾病，而系因切断颈动脉而死，其遗体之医学价值极为有限。但为执行将军遗愿，我已将其遗体交与片山医生及鹤田、芳贺两位军医，供医学检查之用。”

“乃木将军与伯爵夫人的遗体是在起居室内被发现的，当时房门从里面锁上了。需要解答的问题一是乃木将军是如何死亡的，二是将军和夫人死亡的先后顺序。武士切腹自尽的惯常做法是，先刺入腹部，出血即可，再给咽喉处以致命一击，因为切入腹部本身不足以致命。乃木将军即以此方式切腹自尽。根据现场痕迹推断，将军在切开腹部之后，又再次整理了衣装，之后用刀猛刺向右颈部，从左后颈穿出。这一击彻底切断了颈动脉，导致将军当场身亡。

“起初我们猜测，将军是在亲自确认夫人已死后，才自行了断。但通过他给我留的信件，可知情况并非如此。他在信中表示，夫人十分愿意追随他赴死。根据乃木伯爵夫人的性情推断，当将军告知其自杀之念时，夫人必曾试图劝阻，但在明白其心意已决后，她便决定追随将军而去。

“乃木伯爵夫人当日身着丧服，暗色袍子，浅橙色裙裤。其所用器具为约三十厘米长的短刀。夫人身上一共有四处伤口，其中一处在手上。第一刀，刺入胸膛。第二刀，刺入肋骨右侧，大约四厘米深。也许是怕这伤口还不足以致命，她给了自己第三刀，也是最后一刀，这一刀穿心而过。在给自己最后一刀时，她已经因为前两刀的伤势而变得相当虚弱。她已没有足够的力气将刀刺入自己的胸口，于是她头朝下扑倒在刀口上，因此刀插入胸口的深度几乎到了刀柄的位置。

“就我个人而言，我见过不少切腹自杀的案例，并且知道在这一行为中，如果一个人第一刀不能将自己杀死，他将无法有足够的力量给自己致命的第二刀。然而，乃木伯爵夫人尽管身为女性，却给了自己强有力的三刀，以最高尚和端庄的方式死去。”

乃木伯爵将军和夫人将房门从里面反锁，面对着先皇的肖像并排坐着，以上述英勇的方式自尽。房内的一张桌子上，有几封信件和几张字条，其中包括乃木将军的遗嘱。在纸堆之中，人们还发现了两首将军的诗，以及一首伯爵夫人所作的诗。乃木将军是在自杀前一刻才写下这两句诗："雄主如神虽已远，威严常在敬依然""今日吾往寻君去，前路漫漫不复还"。

乃木伯爵夫人留下两行诗句："明君如日今已陨，悲从中来莫逡巡。"

日复一日，龙之介一篇又一篇地读着乃木将军和夫人之死的相关报道，不停地读着那些报道，不停地看着那些照片，日复一日，龙之介不停地看着乃木将军和夫人的照片，日复一日，龙之介不停地琢磨，看着照片，读着报道，这些起初多少有些矛盾和争议的报道，这些充满了诸如"自杀""剖腹""切腹""殉死"等字眼的报道。

在乃木将军死前，龙之介从未在报纸上读到过"殉死"这两个字，他只在小说和历史书上读到过。龙之介知道，武士追随主君殉死的行为在德川幕府的宽文三年，即1663年，便已被明令禁止。龙之介简直无法相信，这位明治时代最知名的人物之一，也是现代日本的缔造者之一，竟会在天皇死后做出如此古旧的行为。

然而所有的报纸都一致认定，乃木将军是为追随主上而殉死；而静子，这位真正的武士之妻，也追随她的丈夫而去，自尽身亡。

可对于他们殉死的意义，社论和风评却充满了争议。有些人认为，此事对于一个正在崛起的现代国家来说是一桩国际丑闻；另一些人则认为，这个正在崛起的现代国家正需要这样一个提醒人们不忘传统价值的道德典范。森鸥外和夏目漱石——龙之介最敬重的两位日本当代作家——亦将被天皇的逝世、明治时代的终结以及乃木将军与夫人之死永久改变。森鸥外开始转向历史小说的创作，例如《兴津弥五右卫门的遗书》《阿部一族》《堺事件》等作品，均执着于自我牺牲。夏目漱石则写了《心》，一部被自杀所萦绕的作品。

龙之介不停地读着这些报道、社论、观点和书籍，龙之介不停地看着那些照片，乃木将军和夫人各自拍的那两张照片，在他们死前的那天上午拍的照片。龙之介不停地琢磨，琢磨着将军的现代西式军服和夫人的暗色十二单和服。他的身体在军服之下显得枯萎、黯淡，他的脸半带着耻辱和阴影；而她的身体则在和服之下显得笔直、高贵，她的脸全然是英勇和冷酷。他琢磨着他们西式府邸里的日式房间，琢磨着他们为什么喝的是葡萄酒而非清酒，琢磨着桌子上摆着的杨桐树枝和镶框照片。琢磨着他对照片的痴迷，他对消亡的渴望。琢磨着殉死和文明开化[1]，在这个文明和启蒙的时代，1912年，大正元年，怎样做出这一暴力传统之举。

---

1 “文明开化”这个词源于1875年福泽谕吉所著《文明论之概略》，作为civilization（文明）的译语使用。

作为一名大将，乃木将军的照片早就在各种橱窗上展示着，中小学校、军官院校、工厂和事务所的墙上也常常挂有他的肖像。他受人敬仰和纪念，到处都能看到他的身影。但是龙之介却不停地去看那两张照片，那两张乃木将军和夫人死亡当天上午分别拍摄的照片。龙之介不停地看着那两张照片，不停地琢磨：

他为什么会想要拍这张照片？

龙之介拒绝哀悼。

一只浅绿色的飞蛾落在了他的肩膀上。龙之介能闻见窗外新割的干草的味道，能听见橡树在黄昏下沙沙作响。在秋月的黄光照耀下，龙之介抬头看了看钟，把三个钟都看了一遍。

龙之介忘却了时间。

开膛手杰克的卧室

我觉得你那篇《鼻子》非常有意思。

你的文字打磨得很好，妥帖得让人钦佩。

光是一篇《鼻子》可能吸引不了太多的读者。

即便吸引了读者，可能也兴不起太大的波澜。

不过请别担心这个，务必要再接再厉。

再接再厉，再写上二三十篇这样的作品。

很快你就能在文坛上独树一帜。

但请不要在意他人的看法。

如此才是唯一的正道。

夏目漱石，致芥川龙之介书信，1916年2月

“一部分的我希望那个地方能被人从地图上抹去。”

“那段日子真的有那么糟糕吗，老师？”芥川龙之介问。

夏目漱石闭上了眼睛，闭了好一会儿，等他终于再睁开它们时，两只眼睛已经又红又湿。“我常常会想，我是不是在那个时候，在那个地方，就已经死了，而这一切……”他的手越过书桌，指向书架，指向玻璃门和外面的花园，“这一切是不是一个已死之人所做的梦……”

他停顿了一下，又闭上了眼睛，然后说道：“关于我在伦敦的那段日子，我很清楚别人是怎么说的。他们说我把自己关在房间里，说我在黑暗中哭泣，说我的精神崩溃了，说我失去了理智，发了疯。”

他又停顿下来，再次睁开眼睛，叹了口气，说道：“不过现在已经无关紧要了，毕竟我已时日无多……”

龙之介和久米[1]反对道：“请别这么说！”

漱石抬了抬手，微笑着摇了摇头，恳请他们安静下来。“如果你们有时间还愿意听的话，那就听听吧。因为现在已经无关紧要了，我要告诉你们到底发生了什么。我并非想拿自己当年的磨

1 久米正雄（1891—1952），日本小说家、剧作家，夏目漱石的得意门生之一，也是芥川龙之介的好友。

难令你们徒增烦恼，而是想让你们更了解那个地方，那里的人，他们的世界和我们的世界。至少，多少能有一些了解……”

*　*　*

“那是他们新世纪第一年的第一个月，也是我在他们国家开始新生活的第四个月。那时我已经换过两次住处，正住在一个叫坎伯韦尔的地方，那是泰晤士河南岸一处破败的贫民区。当时我住在一个寄宿家庭里。”

“我之前写到过自己当时的境遇：由于资助经费短缺，我不得不采取各种节俭的措施，租住在破败的街区，没有同伴，缺乏社交、对话以及外界刺激。”他停了停，露出一个微笑，“也可能只是天气的缘故，又或者是因为饮食。可我是真的厌恶英国，只希望能尽快回日本……”

“但不管因为什么，那都是我人生中最糟糕的一个冬天，”他停了停，又露出一个微笑，“甚至比这个冬天还要糟糕。”

“那时的我和现在一样，受着失眠的困扰，不过我知道，失眠症只是加剧了我原本就恶劣的心绪。最主要的是，我对自己感到厌倦。因此，在1901年1月的一个傍晚，在阴郁的房间里闷头读了一整天的书之后，我勉为其难地决定，要出门走走。我希望在长途跋涉之后，可以更好地入睡。之所以说勉为其难，有两个原因：一是我对这座城市的地理几乎一无所知，甚至经常连方向都搞不清楚；二是这座城市的建筑和街道总是被茫茫大雾所包围。

不过我总算知道，伦敦塔在我住处的北边，在河的另一边。因此，这个地标便成了那天下午我出门时心里想着的目的地。

“当然，我得先突破女房东和她妹妹这两位监狱看守的包围。无论我下楼的脚步多么轻盈，总能被她们发现。昏暗的饭厅永远开着门，过道里回荡着她们颂祷的声音：‘让我们日日向祂祈求，求主向我们的灵魂显现，让我们的官能敏锐，叫我们得以看见、听见、尝见和触摸到那将降临的国度……’

“那天傍晚，我尽了自己最大的努力，模仿着静悄悄的猫走路，踮着脚尖，一步，再一步，走下楼梯，走向过道，一步，又一步，走向大门，可还是功亏一篑，功亏一篑——

“‘夏目先生！’

“她们在那里坐着，一个胖，一个瘦，都穿着黑衣。一边是她们的针线活儿，一边是摊开的《圣经》，一边祷告，一边享用着茶和吐司。是的，吐司，总有吐司！她们竖起警惕的耳朵，转过她们侦探般的脑袋——

“‘夏目先生……’

“我的手已经摸到大门把手了，可还是迟了一步：只见女房东一跃而起，把她的手搭在了我的大衣袖子上。我又一次落入她的手中。

“‘你是要出门吗，夏目先生？’

“‘是的，诺特夫人。’

“‘我能问一下，是什么事吗？我实在不建议你出门，今天的天气实在太糟糕了。’

“‘我知道天气不好，诺特夫人。可我有一件紧要的事，得去赴约，’我撒谎道，‘所以还请您准许。’

“‘我准许了。’她说道，‘我们在为女王的健康祷告，我们也会为你祷告，夏目先生。祷告你不要在外面感冒了。’

“他们的女王当时确实快不行了。我之前经常会想，如果他们的女王走了，会不会把整个岛国都拖下水。

“‘非常感谢您，诺特夫人。’我打开门，走下楼梯，听到门在我身后锁上的声音。

“一到屋外，我几乎什么都看不见了。大雾里带着点黄色，又染了点绿色，绿色又夹杂了点棕褐色，最后成了一团米黄色的雾泥，并不飘动，只是在那里，一直在那里，自成一个朦胧、封闭的世界。这个冰冻沉默的世界只有四码[1]见方，比我刚离开的房间还要小。不过我知道，只要我出门后往左走，那就是往北边去的方向。我就这样出发了，一路摸索着，四码四码地前进，每往前走新的四码，身后四码的世界就消失在过去的迷雾中。说真的，我觉得自己就像在漂流，在时间中漂流，在空间中漂流。然后我来到一个十字路口，我在路边停下。在一片灰蒙蒙的迷雾中，一匹看不见身子的马从我眼前穿过，它拉着的公交车[2]上的人们应该是在大雾中迷路了。要是天气好些，能见度好一些，我可能会忍不住跳上车，因为这是我唯一信任并且负担得起的交通方式。四

---

1 1码约为90厘米。

2 伦敦从19世纪上半叶开始出现马拉的公交车，直到20世纪初才逐渐被发动机驱动的公交车取代。

轮马车对我来说太贵了，火车则让我感到厌恶，不管是蒸汽的还是电动的，地上的或是地下的。我尤其受不了地铁，那浑浊的空气，摇晃的车厢，从一个地洞到另一个地洞，把人弄得就像鼹鼠一样。但那天我已决定要在这虚空之海中徒步漂流，于是我继续步行向前，走过一条又一条的街道，四码接着四码，四码接着四码……

“在这一片虚空之中，只有大本钟低沉的钟声还提醒着人们时间的存在。当我来到伦敦桥的河边时，我听到钟声敲了六下。我越过那‘冥河’，向对岸走去，在一片阴影之中，我只能用感觉代替眼睛，直到突然有人从我身旁擦肩或者撞肩而过。

“来到阴冷的对岸，我在雷恩[1]设计的伦敦大火纪念碑前停下了脚步。我突然感到一阵新的寒意，想起蒲柏[2]的两行诗：伦敦的巨柱指向天空，如同一个高大的恶霸，抬着头，杵在那里。我也抬眼望着，试图寻找那带有沟槽的巨柱顶上镀金的骨灰坛。当然，它的金顶在雾中已无从得见，但它仍然向我的灵魂投下了阴影。我很快向右掉转方向。突然，一个白色的物体拍打着翅膀从我眼前掠过。我瞪大眼睛，勉强能看到一只海鸥消失在黑暗之中。

“是的，原本灰蒙蒙的世界，现在已变得一片漆黑。然而我还是不断前行，前行，在这深渊中行进。我的大衣变得又潮又重，我的整个身子就像浸在液化的泥煤中。黑乎乎的空气开始袭击我

---

1 克里斯多佛·雷恩（1632—1723），英国天文学家、建筑师，伦敦大火纪念碑的设计者。
2 亚历山大·蒲柏（1688—1744），英国古典主义诗人。

的眼睛、我的鼻子和我的嘴。我感到呼吸困难。那感觉就像是被竹芋粥呛到了。说实话，我当时觉得，自己不能再往下走了，多走一步都不行了。就在这时，我看到一片幽暗之中闪烁着一块豌豆大小的黄色亮光，于是我顾不上脚下的石块，强拖着身子往那灯塔走去……

“那是一家酒馆，亮着煤气灯。里面一片灯红酒绿，欢歌笑语，简直像在上演一出圣诞歌舞剧。我总算松了口气，迈出迷雾，迈进了屋里。这时笑声和歌声戛然而止，只听酒保说道：‘我们这里可不招待中国佬。’

“可笑的是，我竟吃了一惊！啊，我真是愚蠢！虽然我在伦敦的时间还不长，并且大部分时候并未遭受侮辱和欺凌，但是有那么几次，我确实注意到自己成了别人议论的对象：街上的一位妇人从我身旁走过时，曾发出‘可怜人’的感叹；公园里的一对情侣也曾对于我‘是中国佬还是小日本’而议论不休。因此，我并不欺骗自己。我知道大部分人根本不在意我，甚至对我视而不见。他们满脑子想的都是怎么赚钱，根本没有时间停下来嘲笑像我这样的黄种人。然而那天晚上，在那家酒馆明亮的灯光下，我暴露了自己，赤裸裸地暴露在众目睽睽之下，暴露在英格兰的目光下，暴露在英格兰的厌恶中。‘你聋了吗？你是不是傻子？’酒保吼道，‘滚出去，你这个不受欢迎的中国佬……’

“我转过身，推开门，就在我要离开的时候，笑声又恢复了，歌声又响起了，比之前更响、更热闹。不受欢迎的人被清除了，现在一切都恢复了。

“回到外面那让人透不过气的黑暗中，走在破旧的石板路上，我感到从未有过的孤独，第一次觉得自己离家如此之远。啊，我多么希望，希望能从这街上被吹起来，被风温柔地吹着，一路把我安全地送回日本。但是不管一个人有多么渴望，他都找不到这样的神仙帮忙，哪怕是在这世界工厂。于是我又继续前行，不过这次我变得漫不经心，倒是期待可以早早死在一匹脱缰之马的蹄下。然而在这一片漆黑和寂静之中，我能听到的只有脚步声。右边传来一阵脚步声，慢慢靠近，又渐渐走远。左边又传来一阵脚步声，从后方传来，慢慢靠近，靠近，越来越近。

“一只手搭在了我的肩膀上，一个声音在我身旁响起：‘不好意思。’

“我吓了一跳，停下脚步，惊恐地转过身去，只见一个高大的男人（我知道他们都很高，但他戴着一顶帽子，显得更高了）穿着一身黑衣，长着一张长脸，眉宇之间透着严肃。我推测他要比我年长一些。他站在街头，在雾色和夜色的边界，眼神和言语间却带着某种友好之情：‘我也是一个异乡人。虽然我在这里生活了很多年，但我并非出生于英国。因此我知道，这个地方有时有多么残酷，这里的人有时又有多么恶毒。也许这个世界可以是另外一个样子，但是现实如此……’

“‘是的，’我说道，‘现实如此。’

“那人笑了笑，说道：‘那么，就让一个异乡人向另一个异乡人聊尽地主之谊，如何？’

“老实说，这真是我踏上英格兰的土地以来，听到过的最善

意的话了。我笑了笑，说道：‘你实在太客气了，谢谢。’

“那人伸出一只手，说道：‘那我们互相认识一下吧。我叫尼莫，是拉丁文。’

“‘是无人的意思。’我说道。

“‘请别见怪。’他说道。我不怪他。这个国家的人似乎都好为人师，不管男女，总是想当然地认为自己可以给无知的黄皮小儿上一课。我刚来英国时经历过一次短暂而又充满波折的剑桥之行，之后每周要跟着克雷格[1]教授学习。我的第一感觉是，眼前这位是个少见的文化人。我再次露出微笑，伸出手说道：‘很高兴认识你，先生。我叫夏目。’

“尼莫弯了弯腰说：‘你好，夏目君。我也很高兴认识你。不过还想冒昧问一句，你到底为何要从那樱花之国来到这个黑暗又邪恶的岛国呢？’

“我告诉他，我是受我们文部省派遣，前来学习和研究英国文学的。但我不愿意说太多自己的情况，于是我问他对日本是否了解。

“‘很遗憾，只是从书本和图片中有所了解，’他说道，‘龚古尔兄弟的文字最早为我打开了眼界，后来我又亲眼见到了安藤广重和歌川国贞[2]的版画，我一下便着了迷。不过，你是我有幸结识的第一位日本人。’

---

1 威廉·詹姆斯·克雷格（1843—1906），莎士比亚研究学者，爱尔兰人。
2 安藤广重（1797—1858）、歌川国贞（1786—1865），二人均为日本浮世绘画家。

"我对他'文化人'的第一印象因此被证实了。尽管我厌恶这个处处是侦探的时代，也讨厌被人问长问短，我还是抑制不住好奇心，说道：'先生，请原谅我的唐突，我能否问一下你的职业？'

"'我是一名画家。'

"'是哪一学派的呢？'

"'啊哈！算是哪一学派呢？这样说吧，如果说贡斯当丹·居伊[1]是波德莱尔先生所谓的现代生活的画家，那么我可以说，我是现代死亡的画家！'

"'现代死亡？'

"他笑了笑，说道：'你一定在想，这到底是什么意思呢。不过你感到困惑也很正常。这样吧，如果你不嫌弃，我非常欢迎你到我那简陋的画室去一趟，因为我希望你可以亲眼去看看。正如一位小下士[2]所说，一幅好的素描，胜过千言万语。'

"我一下来了兴致，说道：'谢谢，我很高兴，也很荣幸。正如屠格涅夫曾写道，十页纸也说不清的事，一幅画看一眼便知。'

"'太好了。'尼莫说道，'画室本身没什么特别的，不过我那女房东倒是能准备一顿简单的晚饭。我是说，如果你现在有时间，并且愿意和我一同前往的话。'

"我点了点头。'我非常乐意，'我说道，'谢谢。'

---

1 贡斯当丹·居伊（1802—1892），法国画家，或译为康斯坦丁·居伊、康斯坦丁·盖斯。
2 指拿破仑·波拿巴（1769—1821），因身材矮小，在其军旅生涯早期曾被称为"小下士"。

“‘我住在北边，现在时间还不算太晚。如果我们搭地铁的话，应该很快就能到。’

“我前面提过，我特别厌恶坐地铁，因此这时我感到有一丝后悔的情绪在体内滋长。但我刚刚答应了对方的邀请，现在怎么好拒绝呢？我只能点点头，勉为其难地挤出一个微笑，和他一同出发了。

“我们先是快步走到地铁站，好像是叫圣玛丽站，我记不清了，然后坐在一个笼子里往下降，接着又在地洞里坐了两趟地铁，最后才回到了地面上。在车厢里我们两人都没有说话。我倒不是出于习惯，更多是因为焦虑：如果我不能集中注意力记住走过的路线，我怕晚点儿不知道怎么回去。

“回到街面上，夜晚的城市仍笼罩在灰蒙蒙的雾色中，只是偶尔才会闪过一抹光亮。看不见的街道上散发着卷心菜和尿的臭味，看起来我们还要再走几条街。我后悔的情绪这时达到了顶点，终于忍不住问我的带路人，我们到底在哪儿。

“尼莫窘迫地哈哈一笑，然后带着歉意微笑着说道：‘你怕是想问，这人到底是要把我带到哪里去呢？好了，老实说，这大雾天对我们是有利的，因为我们现在已远离像切尔西区那样上流人士和文明人聚集的街区，迷失在坎伯兰市场和摄政街之间的无人管辖地。我可以说，这是绝对的污秽之地，不过也不是没有它独特的魅力，它那无限的可能性……’

“‘无限的可能性？’我问道。

“尼莫抓着我的衣袖，停下前进的脚步，望着我说道：‘它的

臣民，夏目先生！他们今晚也许不会现身，但是这个地方到处都是臣民。’

“我点了点头说，我明白了。

“‘你会明白的。’尼莫说，‘如果现在还不明白，那我希望你会明白。因为我们马上就要到了，马上就到家了……’

“我们在一个路口转弯，又大步走了一会儿，然后沿着一条鹅卵石小路走到一排房子的尽头，终于来到了一座又高又窄的房子面前。尼莫走上三层石头铺的台阶，没有理会长着恶魔脸的门环，径直打开了大门，接着帮我扶着门，说：‘欢迎。’

“我走进一条又长又黑的走廊，里面又湿又冷，散发着一股正在腐烂的水果的甜腻味。尼莫关上门，笑了笑，然后说道：‘你知道吗，第一次来看这个房子的时候，我对自己说，我会在这个房子里被人谋杀……’

“尼莫打开了灯。墙上有一面大镜子，缺了口的餐具柜上摆着一只花瓶，里面插着干花。他笑了笑说道：‘但是我已经开始慢慢喜欢上这个地方了，特别是它低廉的租金。不过，这里面很冷，我知道，抱歉了。还请你务必等到了楼上，到我的房间里以后再把大衣脱了……’

“不知从哪突然传来了一个声音：‘斯维尼先生？’

“悠长的走廊尽头，陡峭的楼梯下面，闪现出一丝微弱的灯光。一位穿着黑衣的老妇人出现在楼梯下面，朝我们走来：‘是你吗，斯维尼先生？’

“尼莫叹了口气，说道：‘都和你说了，不是斯维尼。斯维尼

已经不住这儿了。现在就我一个人住，班廷太太。’

“‘可是我听到他的声音了，听到他倒退着走下楼梯。’

“‘可他已经走啦，早就走啦，再也不会回来了。’

“‘走啦？走啦，你说？这样的话，租金要怎么办？我该怎么办呀？他是有些问题，这我是知道的，有他自己的一些习惯。但他是个好孩子，好孩子呀。他就像装了发条一样，从来不会错过交租。’

“老妇人这时已经来到了我们面前。她穿着黑衣，留着黑发，眼窝深陷，鼻子上翘，尖脸，尖下巴，对着我上下打量了一番，然后说：‘来的这位是？不会是来修排水管道的吧，是吗？’

“尼莫又叹了口气，向我表示歉意，然后向那位妇人说道：‘这位是夏目先生。他是受日本政府委派而来的，是来学习和研究各种文学知识的。好了，现在能不能麻烦你……’

“老太太捏了捏我的手，望着我的脸说道：‘哎呀，不得不说，你可真是个俊俏的小日本。我真要这么说。你知道吗，我自己也不是本地人，不完全是。我母亲是法国人。’

“‘班廷太太，行啦，’尼莫说，‘时间不早了，我们还没吃饭呢。能否麻烦你给我们做点晚饭？’

“‘我尽力而为，’她说，‘我先看家里还有些什么。’

“尼莫把她的手从我手中拿开，领着我从她身旁走过，沿着走廊往楼梯处走去。上了两层楼梯后，我们来到了有着三扇门的楼层。他打开左边那扇门，往里面看了一眼，然后说：‘不错，至少老太太还把火生着。你先请，夏目先生。’

“燃烧着的熊熊炉火确实让人感到惬意，而这个房间本身也让人眼前一亮：里面铺着温暖的红色地毯，挂着白色的丝质窗帘，炉火前摆有两张舒适的椅子，随处还摆了几张便携小茶几，书架上全是书，窗边还有一把摇椅。尼莫接过我的大衣，示意我在椅子上坐下。之后他换上了一身有着精美刺绣的红褐色绸缎睡袍，来到炉火边，在我身旁坐下。他把双手合在一起，盯着炉火看了一会儿，然后转过头来对我笑了笑，说道：‘好了，总算到这儿了。’

“‘是的，总算到这儿了。’我说道。但我开始想，他为什么要邀请我，我又为什么要答应，为什么要来，不只是来这儿，来到这个房间，这座房子，而是为什么要来这座城市，这个国家，把我的女儿和妻子留在地球的另一端，我那怀孕的妻子，我那从未给我回信的妻子，不知她是否收到了我的信，是否读过我的信，她是否还活着，她们是否还活着，是否已在火灾中丧生，或在地震中被压扁，或被洪水淹没，或是撞上了火车，或被恶魔谋杀，或死于疾病，是否有一封带黑边框的信正装在一个带黑边框的信封里，正漂洋过海而来，而我正坐在这座房子里，这个房间里，坐在炉火前，想着为什么，为什么我会在这儿，为什么我接受了他的邀请，为什么他要邀请我，为什么，哦，为什么——

“尼莫突然拍了拍掌，把身子往前一倾，说：‘实在抱歉。我的思绪有时候会游离，你一定觉得我是个很糟糕的主人。不过等到我们暖和一些了，在吃过晚饭以后，我就带你去看我的画室。如果那时候天色还不太晚，你也愿意看的话。画室在阁楼上，楼梯上去就行，不过恐怕上面挺冷的。对了，老太太在哪儿呢……’

“他站起身来，就在这时，外面的楼梯上传来了脚步声，接着是一阵简短的敲门声。

“老太太端着托盘进了屋。托盘里有两个冷牛肉三明治（还有一些别的配料），一大块芝士，几片苹果，一壶用醒酒器装着的红酒，还有两个杯子。她往前弯了弯腰，准备把托盘放在我们两人椅子中间的一张桌子上。可是她突然定住了。她仍旧弯着腰，手指抓着托盘把手，脖子一扭，耳朵朝着门的方向，小声说：‘你们听到了吗，那个声音？’

“老实说，我好像是听到了什么声音，是从楼下传来的一个声音。但是尼莫说：‘你又幻听啦，班廷太太。’

“老太太嘟哝了一句啥，我没听清。她松开托盘的把手，站直了身子，突然身子抽动了一下，又朝门口看去，说道：‘听！又来了！’

“‘班廷太太，行了！不过是门底下的风声。’

“她看了一眼尼莫，气愤地说道：‘风声？狗屁风声。风会转门里的钥匙吗？风会倒退着往上爬楼梯吗？风会把袋子扔在地上，打开水池里的水吗？风会弄脏我的毛巾，把它们染红吗？风会弄乱我的床，在我的枕头上滴口水吗？风会在梦里狂欢，在睡梦中尖叫吗？都是风声，是吧？你还说是风声？真是睁着眼睛说瞎话！’

“就在那一瞬间，非常具有戏剧性的事发生了。只听见哪里又响了一声——是一个简短的撞击声，但我无法确定是从房子里还是街上传来的——这时我们三个人都把头转向了门口。

“‘好吧，刚才那下我们都听到了，’尼莫说，‘你赢了。不过，在我去叨扰警察或者牧师之前，或许你可以先去检查一下厨房？根据我的经验，可能是家里那一群老鼠在食品柜里翻江倒海呢。与此同时，夏目先生和我要开始享用你做的美味晚餐啦……’

“老太太突然把目光从门口移到了我身上，说：‘你不是本地人，所以你最好当心一点。他们可不喜欢外地人。以前没喜欢过，以后也不会喜欢。有人问，那些罗马人后来怎么样了？我告诉你怎么样了：英国人拿着屠刀走进他们的庄园，把他们都杀了。是的，在睡梦中屠杀了他们。把那一群人都杀了。割断他们的脖子，把他们扔河里去了。哦对了，他们这么做的时候，脸上还一直带着笑！’

“尼莫把两只手搭在老太太的肩膀上，把她往门口推：‘真的是够了！你该为自己感到羞愧，班廷太太。你竟然用这样的方式，去吓唬一个可怜人，这可是我们的客人……’

“‘我不是在吓唬他，’她说，‘我是在提醒他！’

“尼莫把老太太倒退着推出门去，并当着她的面把门关上了。他转向我，叹了口气，说道：‘我真的非常抱歉，夏目先生，这叫你怎么想啊！’

“我让他不必担心，并且说，我相信迷信的老太婆可不是英国独有的。

“尼莫笑了笑，说道：‘那么，夏目先生，你本人也不是个迷信的人吧，比如相信鬼怪之类的？我们常听人说，日本是个充满

妖魔鬼怪的地方。当然了，现在的人每天读到太多的鬼话，已经没法分辨真假了。'

“我也笑了笑，说道：'好吧，事实上，自从明治维新以来，我们的妖魔鬼怪好像都失去了市场。当然，像班廷太太这样的人，在日本也还是很多的，我可不能代表他们。'

“尼莫笑出了声，拿起醒酒器给我们各自倒了一杯红酒，说：'那就让我们敬日英两国的班廷太太们一杯，愿她们长命百岁。我们的现代世界里如果少了她们，恐怕也会乏味很多。当然，也祝你身体健康……'

“'也祝你身体健康，感谢你的善意款待。'我说。我们举起酒杯，开始吃喝。面包不太新鲜，肉也很难咬，芝士硬得像石头，水果也不甜，但酒是好酒。我们谈天说地，聊文学和书籍，艺术和音乐，政治和历史，他的国家和我的国家，我的旅行和他的旅行，等等。当10点的钟声敲响时，我对这个夜晚将要结束而感到失落。

“'遇到知己，时间总是过得飞快，'尼莫说，'不过天色已晚，想必你也着急要赶回对岸去。不过不用怕！我会送你，确保你安全到家……'

“我表示无须如此劳烦，但尼莫执意要与我同行。我们穿上大衣，拿上帽子，已经走到了楼梯口，就在这个时候，这个时候我说道：'不是说要看画室吗？'

“之前我们聊了许多，喝着红酒，时间一下就过去了。我们都忘了此行最初的目的。然而现在，站在楼梯口，我能感觉到主人家有些为难，于是立马又说道，如果时间不便，也许可以等下次。

“尼莫转头看了看那通往楼上黑漆漆的房间的楼梯，说道：‘我把这事忘了，完全没想起来。不好意思。当然，如果你坚持的话……’

“‘没有没有，’我说，‘请别见怪。我只是对你的作品好奇罢了。不过如果不方便或者没有时间的话……’

“‘他真的该走了。’从楼下传来一个声音，是老太太的声音。她正抬头看着我们。

“但尼莫只是笑了笑，这是一个一闪即逝、有些悲伤的微笑。他把一只脚放到楼梯上，说道：‘我有时间，而且我很感谢你有兴趣。但愿你不会失望。请跟我来，但请务必当心，这段楼梯很危险。’

“事实上，说是楼梯，那更像是一段舷梯。在我跟在尼莫身后，紧紧抓着由绳索做成的扶手往上爬时，这种感觉更加强烈了。

“到了楼梯顶，尼莫在门口狭窄的一块空地上停了下来。他伸手到口袋里去掏钥匙，用钥匙打开门锁，推开门，然后说：‘等我先把灯点上……’

“我站在最后一格楼梯上等着，直到柔和的灯光从房间里射出，照到我的脸上，这时屋内的尼莫喊道：‘你随时可以进来了，夏目先生。’

“我迈进了阁楼的门内，吃了一惊：哪怕是在昏暗的灯光和阴影之中，我也能感觉出这个房间有多么巨大，有点像谷仓，又有点像教堂。两边屋顶呈斜坡状渐渐低矮，但是中间的屋顶有两个人这么高，在屋脊的最高处则是玻璃天窗。在摇曳的灯光下，映入眼帘的景象有如一百个旧货商店在狂欢一般，但不管里面有多杂乱，我都能感觉到它本身的空间是多么宽敞。

“尼莫站在比较靠里的地方，手上提着灯。他把灯从右到左晃了半圈，说道：‘抱歉，里面这么乱，当心脚下，请进来吧，往里走，走近些……’

“我往他那边走去，但可以说是举步维艰，因为地板上全是各种杂物：书籍和报纸，盒子和罐子，空瓶子和破木箱子，废弃家具和碎布，旧衣服和单只的鞋，装在罐子里的画笔，还有装在瓶子里的画笔，这里摆着个梯子，那里摆着个画架，全都落满了灰，要么就是盖上了一层厚厚的颜料。

“艺术家已出现在我眼前。他脱去了大衣，戴上了帽子，帽檐往一边拉低，脖子上还系了一条红色的方巾。他把提灯放在一张小餐桌上，指着一个破旧的马毛皮沙发笑了笑，对我说道：‘请坐……’

“我坐下了。是的，尽管我也不知道为什么要这么做，是什么让我留下，而不是转身离开。因为他已经发生了转变，不只是衣着的变化，我知道，我知道。在那个空间里，在那一时刻，我知道他已经转变，知道一切都已转变，也包括我，尤其是我，那个留下的我，那个说道‘画呢？我没有看到哪里有画’的我。

“尼莫从桌子上拿起一个饼干罐子，在我身旁坐下，说道：‘我不得不说，你可真是个执着的人。对于你这般的热情，我应该感

到荣幸。但是这里的光线太差了，恐怕我们只能看这些悲哀的素描了。’

“我从他手中接过饼干罐，把它放在了我的大腿上。我打开饼干罐的盖子，把盖子放在一旁，然后开始往里看。里面零散地摆着一沓形状不规则的纸片，纸片最上方是一支断成两半的铅笔。我取出那沓纸片，上面的两截铅笔掉到了罐子底下，发出了叮叮当当的声音。然后，我开始一幅素描接着一幅素描，把一共十七张纸片，从头到尾，全都看了个遍。

“我为了学习，来到这个国家，这座城市，这座世界上最大、最了不起的城市，世界的中心，世界之都，为的是要汲取它的知识之泉，品尝它的智慧之果，然后满载学习的成果返回日本，与人分享，将自己所学再传授于人。可现在，我坐在这儿，在这座城市里，在这座房子里，在这个阁楼里，在这张沙发上，又渴又饿，命悬一线，我所讲述之事最终变得难以卒读。

“是的，我已走到了尽头，世界的尽头。我稳了稳我的手，把纸片捋平，然后放回饼干罐内。我把盖子盖上，稳了稳我的声音，然后说：‘我很抱歉，你看见的世界是这样的。’

“尼莫坐在我身旁，他的膝盖顶着我的膝盖。他把饼干罐从我大腿上拿走，悄声说道：‘你眼中的世界不是吗？’

“我直直地往前方望去，我的眼睛现在已完全适应了黑暗。我的目光越过桌子上的灯，看到了一个衣柜的影子落在一个铁床架上，上面的铺盖已经烂了，床垫也裂开了，床头摆着一个阴森的枕头，边上支着一个画架，画板也已经就位。我闭上眼睛，闭

上眼睛悄声说道：‘不是的。’

“‘当然，当然不是。’尼莫叹息道，他的声音此时已离得很近，越来越近。我感到他在顶着我的腿，并且紧紧抓住了我的大腿，接着他说：‘那你真是非常幸运。因为那是一种病。’

“他松开了我的大腿。我听到他站了起来。我睁开眼睛，发现他正站在桌子旁。他哐当一声放下饼干罐，然后迅速伸手拿起桌上的灯，转了个身，要往床架的方向走去，但马上又转了个身，旋转着，转了一圈又一圈，光线也跟着旋转，从黑暗中召唤出幽灵。原始而野蛮的光照耀着洞穴的墙壁，显现出一块又一块画布，那光线不断变得更加猛烈、更加凶残，直到他突然倒下，半靠在床上，半靠在地上，他的脸朝着天花板，手中的灯还摇晃着，它的光芒仍在不停摇摆，摇摆……

“我站起身，但已经太迟了。我从自身的噩梦中醒来，却又进入了另外一个人的噩梦，在这异国他乡——

“这时他已靠着床沿坐起身来。他从床上抓起枕头，把它贴近自己的鼻子，闭上眼睛，叹了口气，然后说道：‘啊，是的，这个可以帮你看见……’

“他睁开眼睛，站起身来，手上拿着枕头。他朝我走来，枕头向外举着，我能看到那发黄的布料，以及里面露出的棕褐色的、满是污渍的内芯，离我越来越近，越来越近：‘要是你能看见我看见过的世界，要是你能梦见他曾梦见的……’

“我捡起饼干罐子，紧紧抓着，拿它挡着我的脸，挡着这个人，挡着他的手，挡着枕头，他手中的枕头。他在把我往后压，在把我压倒，压倒——

“‘吸气，’他说，‘吸气，然后看呀！’

“我渐渐倒下，倒下，饼干罐压着我的胸口，枕头已经按在了我的脸上，我能闻到油污和汗水的恶臭，我挣扎着，却不断往后倒去，往后倒去，但还是不断挣扎着，他身体的重量压着我，让我透不过气，让我感到窒息，我挣扎着，在英格兰的梦中，在帝国的欲念中挣扎，不断挣扎，挣扎着倒下，倒下，我在倒下，不断倒下，钟声敲了一下，两下，三下，四下，发出了第五，第六，第七，第八下，然后是第九，第十，十一，十二下，又响了第十三下，十三下，十三下[1]——

“‘斯维尼先生，行了。’一个声音从黑暗处传来，不，是从光明处传来，来自门口一个模糊的黑影。‘女王陛下去世了。’”

* * *

漱石不再说话，他把脸枕在手上。龙之介和久米没有动，也没有说话。

夜莺在花园中断断续续地歌唱着，一阵清风吹拂过果树林。

“现在齐柏林飞艇正在轰炸那个地方，他们正在经历旷日持久的战争，这场战争看不见尽头，没有尽头……”

他的声音渐渐弱了下去。

---

1 英国坊间传言，大本钟敲十三下预示着王室将有人遭遇不幸。

漱石从书桌后站起身，脚步有些不稳。他顿了顿，平稳了一下呼吸，然后转身朝着远端的书架走去。他跪下身子，从书架底层取出一个用黑布裹着的包裹。他站起身，拿着包裹又来到了书桌旁。他把包裹放在书桌上，解开了裹着的黑布。他从里面取出一个红色的罐子，罐子上点缀着黄色、白色和黑色的图案及文字。他把罐子递给龙之介，说："拿着，现在它归你保管了。"

龙之介低头看着手中的罐子，盖子上写着：亨特利＆帕尔默饼干——顶级雷丁饼干[1]。

1 英国饼干品牌，得名于创始人约瑟夫·亨特利和乔治·帕尔默，源自英国雷丁镇。

二重奏故事

保吉这会儿终于清静了。他点上一支烟，开始在办公室里踱步。

诚然，他在这里教授英语，但那并非他认定的职业。

至少他自己心里不这么认为。

他毕生的事业在于文学创作。

——芥川龙之介《文章》，1924年

那是老师死后第二年的秋天，某月9日，快要入冬的时节。龙之介那日早早结束了海军机关学校的课，搭上从横须贺到东京的火车，穿越市区，买好花，来到了杂司谷灵园的北入口。从一早开始，天空就阴云密布。龙之介外面穿着雨衣，里面是他上课时穿的西服，一手拿着花，一手拿着西式雨伞。他走进灵园，沿着两旁种着枫树和榉树的大道往里走，树叶还未变黄。灵园里一个人也没有：一个活人也没有。龙之介离开大道，开始走小路，沿着通向死人的小路，行走在死人的墓碑之中。由于天色将晚，雨水将近，树根和苔藓已经潮湿，树枝都无精打采地低垂着，迎接着黄昏的到来，迎接着龙之介的到来。

龙之介把雨伞靠在墓地外围低矮的围栏上，然后走进那一小块被围着的墓地里，站在墓前。这是一个临时墓，老师的名字在一支长长的卒塔婆[1]木片上用黑色的字迹从上到下书写着，边上则是他女儿[2]的卒塔婆，相比之下，要小一些。龙之介在插着卒塔婆的土坟堆前跪下。坟堆上摆着两个花瓶和几个小香炉。龙之介把花瓶里已经枯萎的花取出，放在一边。他将自己买来的鲜花分成两份，分别插入两个花瓶。他从雨衣口袋里取出一盒香和火柴，

---

1 立在墓后的塔形竖长木片，通常会用墨写上戒名、圣句、梵字等。

2 夏目漱石的小女儿雏子1911年夭折，夏目漱石为其在杂司谷灵园买了墓地，自己死后也葬于此。

又从香盒里抽出九支香来，接着把香盒放回雨衣口袋，然后用火柴点上香，把香插进香炉里。他站起身，对着夏目漱石的墓鞠了一躬，然后闭上了眼睛……

> 你最近是否在用功？在写什么东西吗？我可是一直关注着你的未来呢。我希望你能成为一个伟大的作家。但不要太过焦急。我希望你能像一头牛一样无畏地前行。我们都要变成牛。我们往往想要变成马，但想要彻底变成牛，着实是一件非常困难的事。所以不要焦急，不要挖空心思，只要不知疲倦地前行。一闪而过的火花往往会被遗忘，靠着耐心和坚持才能让世界折服。只有一件紧要的事，那便是奋力前行，至死方休。不要刻意树敌，试图击败敌手。那样的话，你的敌人将无穷无尽，他们会接二连三地来惹怒你。牛只会不断向前推进，总是超然物外。你若问我，要推的是什么，我会说：推动你里面的人，而不是去推那个艺术家。

龙之介双手合十，又鞠了一躬，然后睁开了眼睛。他弯腰捡起地上的枯花，然后退出了那片墓地。他微笑着和老师道别，然后转身离开，回到了小路上，穿行在墓碑之间，最后又回到了大道上。

两只乌鸦吵闹着在大道上空盘旋，越飞越低，发出“咔——啊，咔——啊”的争吵声。龙之介边走边抬头向它们微笑，给它们取名为“寒山”和“拾得”[1]，看着它们消失在前方一棵高大的扁柏树的叶子之中。龙之介隐约看到一个人站在那棵扁柏树下。那人的脸在暮色和树荫的遮蔽下难以辨认，但他似乎也穿着和他一样的雨衣，并且握着一把西式雨伞。龙之介叹了口气，低头看了一眼手上的枯花，摇了摇头，开始转身朝着墓地往回走：他忘了拿雨伞。可当龙之介沿着原路回到围着那片墓地的矮围栏时，他的伞却已不见了。

龙之介马上掉头，朝着那棵高大的扁柏树走去。也许，不知怎么的——龙之介着实想不出是怎么回事——在树下的那个人捡到了他的雨伞，正在等着把伞还给他。可当龙之介走近那棵树时，他发现那人也已不见了。只有寒山和拾得还在那里，在树枝下跳来跳去，幸灾乐祸地发出“啊——吼！啊——吼！”的叫声。它们很清楚，等待龙之介的是什么：一场冰冷冷的瓢泼大雨即将落在这个没有伞的人身上。

*　*　*

周一上午，堀川保吉开门走进了教师休息室。他的心情不太好。他刚过完一个极为不快且产出稀少的周末：冷得要命，睡也睡不好，愚蠢地答应了编辑要交的稿子也没能完成。通常来说，

1 相传寒山与拾得是唐代天台山国清寺的两位僧人，也是佛教史上著名的诗僧，并称“寒拾”。

这间休息室除了他以外，只有一个人会来，那就是德语教师K，一位比他年长的同事。此人似乎从第一眼见到保吉开始，便对他没有好感。如往常一样，K背对着炉火站着，在房间里取暖。

“早上好。”保吉尽可能做出愉快的样子说道，并从公文包里取出第一节课的笔记来。

K翘起一边眉毛，说道：“哎哟，这不是那位只说‘早上好’，却不说‘晚上好’的时髦青年作家嘛。”

“不好意思，”保吉说，“如果我哪里得罪了你，我向你道歉。”

“得罪倒没有，我也没觉得意外，就是觉得好笑。”K说道，“显然你没兴趣把你的教师同事介绍给你的文学友人，更何况你那所谓的‘友人’恰好是一位年纪比你要大的漂亮女士。”

“老实说，”保吉说道，“我不明白你的意思。”

K不屑地哼了一声，使了个眼色，说道：“周六那天，在电影院，可还记得？”

“上个周六，”保吉说，“我没去电影院。”

“是吗？”K笑出了声，走近保吉，说道，“那可真是奇了怪了。而且这也真是太巧了吧。”

“怎么巧了？”

“好吧，周六晚上，我发誓我在浅草的电气馆[1]看到你了，还有一位比你年长些的女士和你一起。我当时非常确信是你，甚至在离场的时候叫了你一声，但你只是面无表情地看着我的方向，

1 日本第一家常设电影院，1903年建于东京浅草。

一句话也没说就从我身旁走过去了。”

“可我没去那儿，”保吉说道，“那个人不是我。所以请你别再说‘你’，也别说什么巧不巧的了。”

“可偏偏就是这么巧，”K说道，“因为当时是《布拉格的大学生》[1]的重映。你知道这个电影吧？”

“知道，”保吉不耐烦地说道，“我当然知道这个电影。”

“当然，”K笑了笑，“那你现在肯定能明白，为什么我要说这件事很巧了吧。我刚看了一部讲二重身的电影，然后就看见你了，但是那人又不是你，那么我们只能得出一个结论，就是我看到的肯定是你的二重身了。”

“也可能是你太容易被电影影响了。”

K这时来到了桌边，和保吉离得很近。他盯着保吉看了一会儿，又笑了笑，然后说：“也可能是你不好意思被人看见，和一个显然不是你未婚妻的女人在一起。”

保吉有些后悔自己刚才被恼怒影响了判断力。他尽可能平静地说道：“我很抱歉。我没去电影院，那个人也不是我。如果你不介意的话，我要赶着去上课了。”

K低头看了看保吉手中的笔记，又笑了，说道：“哎呀，哎呀，哎呀，今天讲的这不是埃德加·爱伦·坡吗？”

“这倒真算是一个巧合了[2]。”保吉笑着说道。

---

1 德国电影，首映于1913年。

2 爱伦·坡的短篇小说《威廉·威尔逊》是关于二重身的故事。

"可能吧。"K说道，"只不过我们都知道，你想教什么，他们就让你教什么。当然了，也只有你才可以。"

* * *

龙之介把笔一扔，咒骂了一句。他正坐在位于横须贺汐入的出租公寓里。那天晚上，他本来计划要坐着一口气写完一篇故事。不过与其说是"计划"，不如说是因为截稿日期要到了的无奈之举。可如今已到半夜，龙之介眼前只有一堆东拼西凑、惨不忍睹的文字，既无美感，也无要义。他又点了一支烟。他的思绪开始游离，开始为今晚创作的失败寻找借口。要是他早上不用上课该多好，这样他就可以通宵写作了。可他不仅要上课，在上课之余，还有许多其他的事需要他帮忙。比如给某个去世的军官写悼词，帮同事修改英文讲义，翻译外国报纸的文章，当然不能忘了，还有教科书也要他来编撰。再就是那总也回不完的友人和编辑寄来的信。还要操办婚礼的事，无穷无尽的预约、讨论和各种手续！他又咒骂了一句。然后他开始咒骂自己，因为责怪他人于事无补。他把烟灭了，又拿起笔，试图让它再动起来。可他还是一句有价值的话都写不出来。他又放下了笔。他需要帮助，需要灵感的激励，而不是再抽一支烟。他从书桌上拿起一本书，走到已经铺了被褥的地板上。他在铺盖上躺下，伸展开四肢，开始读那本书。那是一本埃德加·爱伦·坡的小说集。他开始重读其中的一篇，这次特别去注意作品背后的灵感来源，注意坡是怎么去改编原始素材的。这篇小说取材自华盛顿·欧文[1]的一篇短文。龙之介很熟悉那篇原文。他记得原文主人公是一位年轻人，此人发现有一位蒙面人总是跟踪他，并且处处坏他的事。最终年轻人拿剑刺死了蒙面人。可当年轻人揭下对方的面具后，却“只看到他本人的模样，他自己的幽灵”。龙之介甚至把欧文写的这句话摘抄在了自己的记事本里，里面还抄录了很多坡的句子和段落。可当他现在重读坡的改编时，他却感到痛苦。在坡所有的故事里，龙之介都能感受到人类心智的那种脆弱性，一不小心就会四分五裂，破碎成许许多多的碎片。然而坡却能将其写得如此巧妙，如此透彻，如此真实，又如此抒情。他奇妙地融合了理性分析与诗意性情，驾驭并雕琢着真相，那栩栩如生的梦境，梦中有梦，又真又假，通过文字，通过诗歌，通过散文，通过故事，如此美丽又叫人恐惧。这样的伟大，令龙之介永远，永远也无法企及，无法企及。他猛地把书扔到了房间的角落里去——

“你已战胜了我，我屈服！[2]”

龙之介一头栽倒进被子里。他抬头望着天花板，深夜的思绪随着朦胧的黑影和污渍漫游开来。他闭上了眼睛——

龙之介正坐在电影院的包厢座位上，边上是一个女人，一个他不认识的女人。在黑暗中，她抓着他的胳膊，把脸颊靠在他的肩膀上。屏幕上，一位戴着高礼帽的老人撕碎了一张纸片，又把

1 华盛顿·欧文（1783—1859），美国作家。
2 出自《威廉·威尔逊》。

碎片撒在地上躺着的一个年轻人的尸体上。接着场景一变，又看到那个年轻人的二重身坐在柳树下，在他自己的坟前。龙之介感到他边上坐着的女人把他的胳膊抓得更紧了，她灼热的体温传进他的身体，她把嘴凑近他耳边，说："不管你去哪里，我都会跟随着你，一直到你最后的日子。看，看……"

龙之介此时看到自己出现在了屏幕上，在一个花园里。那个花园看上去很像他田端的家里的花园。他正坐在游廊的台阶上。他戴着一顶宽檐的遮阳帽，对着镜头抽着烟。他看上去苍老了很多，一脸憔悴，帽子底下留着长长的头发。花园里还有两个孩子，两个男孩，在围着他玩耍。他们好像是他的孩子，他的儿子。只见那个龙之介突然一跃而起，开始去爬游廊边上的紫薇树。他越爬越高，他的内衣清晰可见。他从一个枝头跳到另一个枝头，一直到屋檐的高度。接着他爬到一条主枝上，坐在了上面，望向观众。这时屏幕上打出了字幕："噶，噶！很高兴认识你。我是一只河童。我的名字叫托客。"

孩子们惊叫着跑进屋去，跑进这个很像他家的屋子。龙之介跟着他们进到了屋里。孩子们消失在一条走廊的尽头。龙之介跟了过去，但跟丢了。龙之介一边找着，一边走进了一个房间。一个穿着中式图案浴衣[1]的男人正躺在床铺上。他闭着双眼，胸前摆着一本打开的《圣经》，这个人长得和龙之介一模一样，是他的二重身。这时大一点的那个孩子走了进来。他摇了摇那

1 日本的"浴衣"一般指夏季常穿的简易和服，并非只在沐浴前后穿。

个男人，把他唤醒。男人坐起身来，说道：“我刚才做了一个非常奇怪的梦。我梦到我们在花园里玩耍。但你和弟弟跑进了屋里。我跟了过去，但跟丢了。然后我走进了这个房间，看见自己毫无知觉、毫无生气地躺在床铺上，就像一件被人丢弃的旧雨衣。”

龙之介再也无法控制自己。他冲着床上的男人喊道：“我是来找你的，就是在这里找到了你！”

男人从床铺上站了起来，走向龙之介，拥抱了他。“这么说你也是龙之介了。我刚才不是在做梦……”

“是的，”龙之介喊道，“简直比真实还要真实。”

但龙之介话音未落，小一点的那个孩子已经来到了门边，他朝里面望了望，然后转身跑开了，边跑边喊：“妈妈，妈妈！请赶快到小龙的房间来……”

这时男人也从房间里跑了出去，龙之介在后面朝他喊：“请不要走，龙之介！请不要离开我……”

大一点的男孩盯着龙之介看了一会儿，然后笑出了声，说道：“你在和哪里的龙之介说话，小龙？”

龙之介指了指门。“他刚刚出去了。”

“哎呀，你还在做梦呢，”男孩说道，“你不知道你在和谁说话吗？是镜子里你自己的倒影呀。”

胶卷突然跳了一下，像是断成了两截。电影院的灯光亮了。龙之介身旁的女人把指甲嵌进他的胳膊，咬着他的耳朵，说道：“最后的结局就是这样。”

* * *

堀川保吉坐在银座[1]的保利斯塔咖啡馆里，和一位文学杂志社的编辑聊天。他时不时会给这家杂志社写些文章和小说。保吉总是刚给一个编辑赶完一篇小说，马上就又答应另一个编辑交另一篇小说的最后期限。这位编辑正一边吃着第二个烤苹果，一边谈论着埃德加·爱伦·坡的作品。保吉插话道："说实话，我觉得我好像被困在坡的一个小说里了。就在几天前，在一个年末聚会上，我碰见了那个独腿的德语译者。他说他前段时间在离这里不远的一个烟草店遇见我了，但是我没有搭理他，他感觉受到了冒犯。可那天我明明在横须贺，和往常一样在上课。可当他向我描述事发经过时，我意识到那'另一个我'那天穿得和我一模一样，我们都穿着一件雨衣。这已经是最近发生的第二起类似的事件了。"

"这么说，你是相信德国人所谓的二重身了。"编辑说道，"他们确实有一种说法，认为我们生活在一个二重身的时代。"

保吉叹了口气。他用两只手指捏了捏鼻梁，说道："我不知道。不过，如果这不是所谓的'另一个我'，那么，是否有人在恶意假冒我？恐怕这两种情况都不是什么好事。"

"这么说，你也相信二重身是厄运，甚至是死亡的征兆了？"

1 位于东京中央区，著名的商业区。

编辑问道。

保吉又叹了口气。“我不知道。但不管怎样，我确实感觉像被什么东西或者什么人跟踪了。”

“如果你真的这么认为，”编辑说道，“那你该找找人，能帮到你的人。”

保吉笑了笑，说道：“比如，找医生？”

“找私家侦探。”编辑说道。

保吉摇了摇头。“我厌恶侦探，我痛恨侦探。侦探甚至不配被称为人。他们就是机器。”

“可是侦探和作家确实是有很多相似之处的，”编辑微笑着说道，“二者都追求真相，尽管方式不同……”

保吉不屑地哼了一声。“荒谬。把作家和侦探相提并论，真是太失礼了。侦探这个职业，从本质上说，追求的是最粗俗意义上的真相。而对于作家来说，如果他们只追求真，而不顾及诸如美和德这样的理念，那这样的作家想必也是有残缺的。可能从个人角度来说算不上残缺，但作为作家他们肯定是残缺的。并且我会说他们是有害的，就像小偷一样。”

“看你这一通怨气，该不是有什么不愉快的亲身经历吧？”编辑笑道，“你是不是和侦探有什么过节儿？”

保吉摇了摇头，说：“那倒没有。我很幸运，和侦探打交道这种倒霉事从来没有发生在我身上。”

“这么说，这些都只是你的观察咯？”

保吉笑了笑，说道：“这不仅仅是我的观察。如果仅仅是我的观察，那我比侦探也好不到哪去。这些是我的见解。我的见解是基于我的认知，我的认知来自我的观察。”

“可你从没和侦探打过交道，”编辑说道，“你连一个侦探都没见过。”

保吉又摇了摇头。“据我所知，是没有见过。但是很可能，我已经被跟踪了。老实说，我很确定我是被一个侦探跟踪了。这也就解释了为什么我会有一种被人盯上的感觉。你想必也有这种感觉吧。这就是现代都市的现代生活。”

“可这样的话，你还真得去找一个侦探。”编辑咧着嘴笑道。他拿出钱包，然后从钱包里取出一张名片。他把名片递到保吉身前的桌子上。

“俗话说得好，要知己知彼。”他笑着说道。

保吉低头看了一眼桌上的名片，又抬头环顾四周。咖啡馆两边墙上的镜子倒映出无数个他的镜像，像是在对他进行冷酷无情的嘲讽。

“无论如何，你至少能收获一个故事。”编辑说道。

保吉叹了口气，说：“是你能收获一个故事吧。”

* * *

龙之介再次放下了笔。他拿起一包金蝙蝠香烟，又马上放回了桌上。他转而拿起一包敷岛香烟，抽出一支，放进嘴里。他拿起一盒火柴，摇了两下，抽出一支火柴，把烟点上。他低头看了看稿纸，叹了口气，往书桌上吐了一口烟。他伸手取过一沓信件。他把信一封封地翻过来，浏览着信封背面发件人的名字和地址。他发现有一封信背面既没有姓名也没有地址。他把香烟搁在烟灰缸上，用开信刀打开信封，取出信来，读道：

尊敬的先生：

你被监视了。

那天晚上你在万世桥的米卡多料理店的行为是不可原谅的。那位女士已婚且有一子，而你本人也已订婚。若你不立刻与该女士分手，我会将此事告知她的丈夫和你的未婚妻。

请勿怀疑我的决心和诚意。

记住，你被监视了。

龙之介让信从手中滑落到桌上。他低头凝视着正躺在稿纸上的这封信。他伸手去取烟，但烟灰缸上的香烟已烧成了灰。他拿起一包敷岛香烟，又马上放下。他转而拿起一包金蝙蝠，点上一支，抽了起来。然后他又抽了一支敷岛，之后又抽了一支金蝙蝠，然后又是一支敷岛，然后又一支金蝙蝠，不断换着牌子，低头凝视着那封躺在空白稿纸上的信。

*　*　*

隅田川上烟云密布。保吉看着自己离向岛[1]的岸边越来越近，岸边排列着的樱花树的树干看上去就像一整列烧焦的尸体。

保吉从小轮船上下来。这时已是黄昏，天还下着雨。保吉开始朝着玉之井一带走去。他可以闻到自己身上橡胶雨衣的味道。头顶的电车线不时冒出紫色的火花。保吉沿着电缆和火花走着，直到他来到一个路口。他左手边是种着一排树的河岸，右手边是灯火通明的玉之井地区。

保吉径直向着黑暗走去。正如他的编辑所描述的，在一片有着众多老坟的竹林之中，保吉找到了一个西式的小房子。房子狭窄的门廊上，挂着一个掉漆的瓷质铭牌，写着：A侦探。

保吉按了按铭牌下方的门铃，等着。不一会儿，门开了，开门的是一个身材瘦小的老太太。

“A先生在家吗？”

“在家，先生。他在等你呢。”

老太太领着保吉走进了对着正门的一个房间。那个房间仅靠着走廊里微弱的光线照明，当老太太关上身后的门时，保吉瞬间陷入了一片漆黑之中，直到一盏油灯的火焰渐渐变亮，照出一个男人严肃而苍白的脸。

---

1 向岛，位于今东京墨田区。

"你总算来了。"那人说道。他站在房间的中央，一只手拿着油灯，另一只手朝一张椅子的方向示意道："请，请坐，请坐。"

保吉在房间中央的一把椅子上坐下，边上还有一把椅子和一张桌子。保吉环视着这个阴森的房间。暗处的角落里堆着成堆的书和报纸，墙上挂着十字架和画，一扇小窗前摆着一张大办公桌。所有的家具都破破烂烂的，就连那块边角绣着红花的艳俗桌布也已磨破，看起来随时能被扯烂。

那人把油灯摆在桌上，目光越过桌布望向保吉，微笑着，但没有说话。保吉能听见外面竹林里传来的雨声、树上的风声，以及河水的波浪声。

不一会儿，老太太端着茶具回来了。她把茶具放在桌上，就又出去了。那人打开桌布上放着的一盒烟，把烟盒递给保吉，微笑着说道："要来一支吗？"

"谢谢。"保吉说。

那人探过身去，递火给保吉。保吉往前弯了弯腰，把烟点上了。他能感到那人的目光在注视他。保吉抬头去看那人，这时，他才第一次看清那人的脸。他看上去和保吉差不多岁数，或许稍微大些，甚至可能有三十了。但那人的头全秃了。也可能是故意剃的，就像僧侣那样。房间的灯光太昏暗了，难以分辨。保吉把目光挪开，低头看着手上的香烟。

"你可真是个神经紧张的人，"那人说道，"你整个人都像是被黑暗和阴影包围着。"

保吉再次抬起头来，说道："我目光所及之处，无论身前身后，我都只能看到阴影，只能看到黑暗。”

“但只要有黑暗，”那人说道，“光明就一定会随之而来。只要你耐心等待……”

保吉露出悲哀的微笑，说道：“然而也有没有光明的黑暗。”

“对，那只是暂时的。”那人说道，“黑暗之后总会有光明，正像黑夜之后总会有白昼，如同神迹一般。”

保吉摇了摇头道：“我不相信神迹。”

那人笑了。他抬起一只手，放在油灯上方，然后又把手放在了桌上。他从桌布边角上绣的花纹图案上摘下一枝红色的花，然后把花递给保吉。保吉不停地眨着眼，用颤抖的双手接过了那朵花。他把脸凑近那朵花，用自己的皮肤感受着花瓣的质感，闻着它的香味。他的眼睛还在眨着，他的双手仍在颤抖，他把花掉在了桌上。这时那朵花马上就回到了它在桌布边角的位置。保吉又试了几次，可都没能再摘下那朵花。保吉摇了摇头，说道：“我不理解……”

“关键不在于理解，”那人说道，“关键在于相信。因为你不再相信，所以那朵花死了。”

保吉的目光越过桌子望着那人，说道：“你能帮助我吗？你能拯救我吗？”

“除非你希望得到帮助，”那人说道，“除非你想要被拯救。”

*　　*　　*

新的一年，新的开始。新的生活，婚后生活。在婚礼、照相和聚会之后。新的房子，新婚之家。在镰仓，在海边，在海边，在海边。松林间的风，鞋子里的沙。一座大房子，有花园，有莲池，还有芭蕉树。池中的雨水，叶上的露滴。在池中，在叶上。平静的生活，平静的生活。这是你要的，这是你说的：你的平静生活，我的平静生活。在海边，在海边。变成另一个人，新的、更好的人。你这么想，你这么说。平静生活，创作俳句。池中的雨水，叶上的露滴。松林间的风，鞋子里的沙。在袜子里，在脚趾间。磨脚的砂粒，割人的砂粒。在浴室，在水槽。脚上的血，地上的血。屋外的风，门外的浪。世界拍打着你的脚，世界撞击着你的门。大米的价格，生活的成本。街上的暴动，天上的硝烟。交战中的世界，纷争不息。良田变为战壕，战壕变为坟地，所有人都成了战士，所有人都成了尸体。你手上的血，水槽中的血。在浴室，在镜中。你凝视自己的脸、皮肤和头颅。你伸出舌头，拉下自己的下眼睑。开灯，关灯。出现又消失，消失又出现。曾经的你，现在的你。关了又开，开了又关。你想成为的人，永远不能成为的人。消失又出现，出现又消失。想成为，不想成为。会成为，不会成为。能成为，不能成为，永远不能成为，永远不能。多少的人，多少的人。在浴室，在镜中。你无法平静的生活，我无法平静的生活。我的，你的。我们的，我们的，我们所有人的。平静的生活，一半的生活。撕成两半，两对半。

*　*　*

周一上午的教室里，龙之介站在讲桌前，背对着黑板，打开公文包，取出上课的笔记：又是爱伦·坡。龙之介打开课本，又抬头看了一眼班级，一排排的学生全都穿着海军学校的制服坐在座位上，甚至在他开始讲课前，他们就已经感到厌烦了。感到厌烦的不只是他们。龙之介对着自己叹了口气，开始朗读道："《活埋》[1]——有一些主题非常吸引人，但若真要作为正统小说的主题，则又过于骇人。如果不想惹人不快或遭人厌恶，纯粹的浪漫主义者必须回避这些主题。唯有在事实本身的严重性和严肃性证实确有必要时，这些主题才有可能被恰当处理。诸如别列津纳河战役、里斯本大地震、伦敦大瘟疫、圣巴托洛缪大屠杀，以及加尔各答'黑洞'里发生的一百二十三名俘虏窒息而死的事件。对这些事件的叙述让人感到战栗，带给人最强烈的'快意的痛苦'。但这些叙述中激动人心的乃事实本身，是现实中发生过的，也是历史上存在过的，若作为虚构的故事，我们只能对此感到厌恶……"

龙之介停了停，把目光从课本上抬起，望了一眼教室，他一下子定住了，吓坏了：穿着制服的学生们仍旧在座位上坐着，可不只有他们在。在他们每个人身后，都站着一个二重身，就像冬日里被漂白的树干一样，每个二重身都穿着白大褂，戴着军帽，

1 爱伦·坡的短篇小说，此处龙之介朗读的是小说的开篇部分。

有些戴着深色眼镜，有些拄着拐杖，头上包扎着，四肢包扎着，有些没有胳膊，有些没有腿，有些没有脸，脸上什么也没有，一排接着一排，坐着的，站着的。一支二重身军团，那些学生和他们的二重身们，全都盯着龙之介。龙之介颤抖着，学生们哄笑着，笑话着龙之介，他们的二重身也在笑，嘲笑着龙之介。龙之介丢下课本，连公文包都忘了拿，赶紧逃离教室，沿着走廊飞奔而去。

* * *

在镰仓新家的书房里，堀川保吉把笔一扔，咒骂着又点了一支烟。他本打算要完成给《大阪每日新闻》的最新一期小说连载。这篇小说讲述的是一个痴迷于创作又对作品无比虔诚的艺术家的故事。有时他觉得这篇小说是他写过的最佳作品，还有些时候，比如今晚，他觉得这篇小说和他的其他作品一样，是有缺陷的，而这缺陷便源于他对自己的创作不够痴迷，对自己的作品缺乏虔诚。他总是无法专心，总是充满了对金钱和时间的焦虑。钱总是不够，时间总是不够。他设法在减少教学课时的同时增加薪资，这也引起了学校里一些同事的不满，甚至蔑视。然而，他仍需要更多的钱，所以他又接受了更多的约稿，所以时间总是不够，所以这篇给《大阪每日新闻》写的小说，这篇很可能是他目前为止最高水准的作品，只是他答应过要写的众多作品中的一篇。如果他可以放弃在海军学校的教职，如果他能找到一个大学里的职位，有更高的薪资，更好的时间安排，有更多的时间来创作，那该多好。如果，如果……他又咒骂了几句，然后他开始咒骂自己。如果他可以不再总去为钱和时间焦虑，如果他可以只去思考创作的事，他的创作，甚至不要再去想创作的事，而只是去创作，去真的动笔创作！他把烟灭了，拿起笔，试着让笔再动起来。

但时机已逝，他又一次与灵感失之交臂。他再次放下笔，放下了手上的工作，从桌前站起。他先是去了浴室，然后去了卧室。

保吉在已经睡着的妻子身旁躺下。他从地板上捡起一本书，开始在床上读了起来。这本书是英国小说家凯瑟琳·克劳[1]的《自然的阴面：幽灵与通灵人》，首次出版于1848年。保吉是某天下午在神保町发现这本书的。他知道波德莱尔很推崇这本书。但他也听说，在为这本书搜集素材和写作的过程中，凯瑟琳·克劳疯了。在一个冬天的夜晚，有人发现她赤身裸体地出现在爱丁堡大街：她以为精灵可以让她隐身。保吉当时毫不犹豫地买下了这本书，并且至少已经读了两遍。现在他又翻到讲述二重身的那一章，但很快他的眼皮就开始落下，开始闭上，睁开又落下，睁开又落下，落下，然后闭上了——

他梦见一个杂耍节目，舞台上挂着幕布，在放幻灯秀，一会儿闪过中日战争的场景，一会儿闪过日俄战争的场景，在他周围，一大群人在为日本国旗呐喊，声嘶力竭地吼着：“万岁！万岁！万岁！”有一只手抓着他的衣袖，抓着他的胳膊，抓得越来越紧，是一个女人，一个他似曾相识的女人，她开始大笑，边笑边指着

1 凯瑟琳·克劳（1803—1876），英国小说家、剧作家，擅长写灵异故事。

他，指着他说："是你，是你，一直都是你……"

在舞台上，在屏幕前，保吉看到了自己的二重身，看见他站在舞台上，边上是一个箱子，他穿着无尾礼服，戴着大礼帽，朝着人群喊话，说要找一个志愿者。女人指着保吉，把他往前推。大家都抓着保吉，把他往前推，推向舞台，推上舞台。他的二重身，穿着无尾礼服，戴着大礼帽，打开了箱子，整个世界一下便天昏地暗。女人现在也来到了舞台上，站在箱子前，吻了吻保吉的嘴唇，把保吉往箱子里推，推进了箱子，盖子落下了，盖子关上了——

一片漆黑，漆黑一片。保吉想要说话，想要喊叫，但他感到口干舌燥，说不出话，只觉五内俱焚，心惊胆战。他用胳膊和手腕撞击着箱子，他的脸离箱子的木壁只有几英寸的距离。箱子开始抖动，开始晃动，边晃边发出惊叫声，是锯子的惊叫声，锯子和它的锯齿，它的锯齿——

你如何得以安睡[1]？

弱光，灰光，山坡上的日光。那个女人朝着他家的门走去，那是他在田端的家，他的妻子正坐在被炉边，缝补着一块布料，那个女人从花园里的石灯笼旁走过，他的妻子在给他们的儿子唱着歌，那个女人打开了他家的门，他的妻子在玄关处跪着，那个女人把她刚生下的婴孩抱到他妻子面前，他自己的儿子在哭喊，那个婴孩在叫嚷，他的妻子在哭喊，那个女人在叫嚷，他的妻子

---

1 出自爱伦·坡的《活埋》。

转身去找他，他躺在床铺上，穿着中式花纹长袍，胸前摆着一本打开的《圣经》，他的妻子摇晃着他，向他喊着，向他恳求着：“醒醒，醒醒……”

* * *

龙之介与一位编辑，以及作家前辈谷崎润一郎[1]，三人坐在神保町的一家咖啡馆里，一边听着远端角落里传来的留声机音乐，一边一支接着一支地抽着烟，闲聊着政客的八卦，开着其他作家的玩笑。不过这天龙之介的话很少。事实上，他有些敬畏这位作家前辈，不只是因为他作品的力度，也因为他那强硬的个性和他那蓬勃的生命力。就连他这天穿的黑西装和红领带，都像是在大声宣告着他的自信和魅力，吸引着咖啡馆里其他人的注意，使所有的目光都投向他，所有的耳朵都向他转去，被他们这桌吸引。

“我今天一整天都在开车转悠。”

“你这是要做啥调研吗？”编辑问。

作家前辈把脸靠在手上，毫无顾忌地说道：“才不是，我就是想开车在城里到处转悠。”

龙之介羡慕极了这位前辈的自由，他的眼神想必是出卖了他，因为这时编辑转而问他：“你最近在忙着写什么东西吗？”

1 谷崎润一郎（1886—1965），日本唯美派文学主要代表人物之一。

龙之介叹了口气，“我答应给《中央公论》写一篇侦探小说，不过我觉得这简直是在作践自己……”

“我也是！”前辈惊呼道，“真有意思！我得说，我很享受这个挑战。你那篇故事是讲什么的？”

龙之介又叹了口气，说：“唉，我刚开始写。不过我计划写一篇关于二重身的故事……”

“我也是！”前辈再次惊呼道，“真有意思！我那篇已经快写完了，是讲大川和青野两位艺术家的故事。他们俩是死对头。但大川后来开始觉得青野是他的二重身，他甚至还引用了埃德加·爱伦·坡那篇著名的小说……”

“真是个绝妙的创意。”编辑说道，“不仅如此，让你们两位就同一个主题进行创作，这样读者就可以去比较一番。如今文学苍穹中最亮的两颗星直接展开较量，可以说是针尖对麦芒，实在是妙啊……”

龙之介感到一阵恶心。他找了个借口，从桌子前站起身来，立刻朝厕所走去。他把厕所门锁上，俯身对着马桶就开始呕吐，吐了又吐。

龙之介重新站起身来。他走向水槽，打开水，洗了脸，洗了手，又把脸和手都擦干，然后望着镜中自己的倒影：你到底做了什么……

龙之介朝自己桌子的方向往回走，在经过留声机时停了下来。这时音乐已经停了。他侧过身去，看了一眼唱片上的标签：《天鹅之歌》——舒伯特。

龙之介感到了害怕。他在咖啡馆里找了一圈，那位作家前辈和编辑却已不见了踪影。在他们的桌子上，只有一个咖啡杯，是他自己的咖啡杯。龙之介在柜台放下一枚银钱，开始往外走。

“要二十钱呢，先生。”

龙之介放下的是一枚铜钱，不是银钱。

* * *

堀川保吉再次放下笔。他拿起一包金蝙蝠香烟，又马上放回桌子上。他转而拿起一包敷岛香烟，抽出一支，放进嘴里。他拿起一盒火柴，摇了两下，抽出一支火柴，把烟点上。他低头看了看稿纸，叹了口气，往书桌上吐了一口烟。他伸手取过一沓信件。他把信一封封地翻过来，浏览着信封背面发件人的名字和地址。他发现有一封信背面既没有姓名也没有地址。这时他感到血管里的血液一下冻住了，肺部的空气一下被抽空了。他把香烟往烟灰缸里一扔，用开信刀打开信封，取出信来读道：

先生：

你被监视了。

我警告过你，可你没有听。你对我的决心和诚意有所怀疑，但你现在不会再怀疑了：

我看到你们一起出现在银座，在熙熙攘攘的人群之中，不知羞耻地逛着街，仿佛从不知罪孽为何物。在电灯下走着，在橱窗前经过，在一家西服店门前停下，开着人体模型的玩笑，又走进一间书店，随意浏览着书名。是的，当你读到这儿的时候，你的脸可能已经因羞愧而变得滚烫，可你还是坚持认为，这封信的内容只是凑巧瞎蒙的，是一个精心策划的恶作剧，是不是？好吧，在书店的二楼，你和那个女人在一起，她搂着你的胳膊，你走到陀思妥耶夫斯基作品集跟前，取下了一本书，翻到书名页：中篇小说《双重人格》。

你买下这本书，离开了书店，接着你们一起走啊走，走啊走，最后来到了一家旧货商店门前。橱窗里有一只天鹅标本，伸着直直的脖子，它的翅膀已经发黄，像是被虫蛀了。就在这个天鹅标本前，众目睽睽之下，你们拥抱，亲吻，然后道别。她往南走，你往北走。

你排着队，上了一辆电车。在车顶悬挂着的红色广告之间，在布满灰色斑点的车窗前，你找了个位置坐下。电车驶离了灯火通明的闹市，往黑暗中驶去。后来你从座位上站起，下了电车。人群现已远去，唯有阴影跟随。你走上一个斜坡。你往右转，又往左转。你来到一座带围墙的房子跟前，推开了墙上的门。门在你身后关上了。在这雨夜之中，在石灯笼之间，在高大的树后边。尽管天色已晚，房子里仍亮着灯，卧室里传来小孩的声音。后来灯熄灭了，小孩也安静了。你爬上陡峭的楼梯，穿过走廊，走进书房。书房里摆满了书，地板上铺满了报纸。有一张桌子，上面放着几个罐子，罐子里装着画笔。你脱下雨衣，把雨衣挂好。然后你脱下了你的皮囊，又把皮囊挂好。现在房间的正中央，脱下皮囊后站着的是这样一个东西：它比人要矮，可能刚刚超过三英尺[1]高。比人要轻，可能就三十磅[2]重。它的脸色发绿，皮肤有着爬虫般的光泽。那东西手上有蹼，脚上也有蹼。它头上顶着一个椭圆形的碟子，上面长着粗糙的棕褐色短发。那东西精心挑选了一支画笔，朝皮囊走去。一整副人类的皮囊就这样挂在挂钩上。那东西开始用画笔在那副皮囊上润色。这里涂一涂，那里点一点。然后那东西离开挂着的皮囊，把画笔放回罐子里。然后那东西又走回挂着皮囊的地方，把皮囊从挂钩上取下。那东西把皮囊像披风一样抖了抖，套在了自己身上。现在那东西又变回人了，那东西又变回你了。然后你走到了窗边。在这雨夜之中，你对着我笑了笑，毫不知耻，毫不知耻地笑出了声，然后说道："嘀，嘀！很高兴认识你。我的名字叫托客。"

我已经见到了你的真身。我要曝光你。

不会再有警告了。不会再给你机会了。

保吉让信从手中滑落到桌上。他低头凝视着这封信，这信正躺在他空白的稿纸上，躺在他那本《双重人格》边上。

---

1 1英尺为30.48厘米。

2 1磅约为0.45千克。

*　　*　　*

龙之介能听到窗外竹林的雨声、树上的风声，以及河水的波浪声。龙之介低头看着两指间夹着的香烟，烟还没灭，还很长。龙之介摇了摇头，说："我不理解……"

"关键不在于理解，"那人说道，"关键在于相信。只是相信……"

龙之介的目光再次越过桌子望着那人，说道："这么说，你帮不了我是吗？"

那人从桌旁站起来。他朝着一堆书和报纸走去，从里面取出一本书，然后又回到桌旁坐下。他把那本《圣经》递给了龙之介，说道："唯有能驾驭自身激情之人，方可获得平静，得以成圣。人若无法控制激情，便将堕入地狱，化作恶鬼。"

*　　*　　*

又是快要入冬的时节，在老师逝世两周年前后，堀川保吉搭上从镰仓到东京的火车，穿越市区，买好花，来到了杂司谷灵园的北入口。他穿着雨衣，手上拿着花。他走进灵园，沿着两旁种着枫树和榉树的大道往里走，树叶已经落了。灵园里一个人也没有，一个活人也没有，只有两只乌鸦，在他头顶吵闹地盘旋，越飞越低，它们的翅膀在他前行的路上投下阴影。保吉抬头看着这两只乌鸦，给它们取名为“寒山”和“拾得”，但“寒山”和“拾得”仿佛正在嘲笑他，发出“啊——吼！啊——吼！”的叫声，奚落着他。保吉继续前行，在一个路口转入中央大道，沿着宽阔的道路走着，然后在第二个路口左转，终于来到了老师的墓前。

这是一个永久墓，立着一块高大的灰色花岗岩墓碑，是在老师逝世一周年时完工的，非常壮观，有如英雄纪念碑。可不知怎么，保吉觉得这墓碑的设计和那位他有幸认识的老师的为人并不相符。保吉依旧把花分成两份，分别插入墓碑前的祭台上摆着的两个金属花瓶里。他从雨衣口袋里取出一盒香和火柴，又从香盒里抽出九支香来，接着把香盒放回雨衣口袋里，然后用火柴点上香，把香插进两个花瓶中间的花岗岩香炉里。他往后退了一步，对着老师的墓鞠了一躬，然后闭上了眼睛……

> 凡事都诉诸理性，人就会变得残酷。在情绪的溪流中撑船，人就会被水流带走。放任欲望不管，反而局促不安。我们生活其中的世界，似乎并不太宜居……

保吉双手合十，又鞠了一躬，然后睁开了眼睛。他和老师道了别，然后转过身，准备离开墓地。

一个男人拦住了他的去路，是那个和他长得一模一样，沾染着墨渍的二重身。

“这到底是怎么回事？”保吉说道，“你是不是跟踪我了？”

“人生之大不幸，”那人说道，“便是无法承受孤独[1]。”

“在经历了这一切之后，”保吉说道，“你要为自己说的就这么一句话吗，并且还是借用别人的话？”

“不，”那人说道，“我是来道别的。我给你最后一次机会：别再来打扰我，离开我的世界！走吧，走吧！躲到别的地方去，找别人去……”

“岂有此理！你怎么敢和我说这些话？”保吉说道，“应该是你别再来打扰我，离开我的世界！应该是你重新做人。因为我见过你，见过你的真面目，见过你的现在和未来。大祸马上就要临头了。”

保吉说完这些话便走了，留下龙之介一人站在坟前，在绿树林里，在黑暗的边界，穿着雨衣，他的雨伞撑开着靠在夏目漱石之墓外围的大理石围栏上，“寒山”和“拾得”吵嚷着，打斗着，在他头顶发出惊叫声，墓地的居住者向他发出低语：

“除了信仰、疯狂，或者死亡，我们还有何出路……”

* * *

新的一年，新的开始。新的生活，作家的生活。你辞去了海军学校的职位，与大阪每日新闻社签了独家合约。你将离开现在

1 原文为法文，系法国作家、哲学家拉布吕耶尔（1645—1696）的名言。爱伦·坡在其小说《人群中的人》开头曾加以引用。

的房子，和妻子一起搬回田端，和养父母以及姨母富纪一起生活。在镰仓，在海边，有着莲池，有着芭蕉树。池中的雨水，叶上的露滴。在池中，在叶上。平静的生活，平静的生活。不再有，不再有。在浴室，在镜中。你凝视自己的脸、皮肤和头颅。你伸出舌头，拉下自己的下眼睑。开灯，关灯。出现又消失，消失又出现。你是魔术师，你是魔法师。穿着无尾礼服，戴着大礼帽。站在舞台上，站在箱子前。灯光打在你脸上，锯子握在你手中。你拉了拉锯片，你试了试锯齿。你开始动工，开始锯木箱子。你锯了又锯，你锯了又锯。你锯开箱子，放下锯子。箱子被锯成了两半，里面的人也被锯成了两半。坐席上的观众紧张得喘不上气。你把箱子拼好，低头凝视着箱子上的切痕。此时鼓声响起，观众都在等着。响了又响，等了又等。你站在舞台上，站在箱子前。你低头凝视着箱子上的切痕，你在寻找着咒语。让箱子复原的咒语，让那人复原的咒语。你站在舞台上，站在箱子前。那人被锯成了两半，两对半。那人就是你，你就是那人。那人抽金蝙蝠，那人抽敷岛。那人戒酒，那人酗酒。那人忠贞，那人背叛。那人是个好父亲，那人是个坏父亲。那人是个好儿子，那人是个坏儿子。那人来自东方，那人属于西方。那人相信，那人不信。那人撒谎，那人撒谎。这个人，这些人，这些人是你，这些人是我，这些人是我们。但我们没有咒语，因为我们没有决心。所以我们无法再将自己复原，你永远无法再将我复原。

黄色基督

大约在十年前，出于艺术的缘故，

我爱上了基督教——尤其是天主教。

直到今天，我记忆中的画面还历历在目，

忘不了长崎的日本圣母寺[1]。

但我不过是一只乌鸦，

一路啄食着，

北原白秋[2]和木下杢太郎[3]撒下的种子。

——芥川龙之介《西方之人》，1927年

1 此处指长崎的大浦天主堂。

2 北原白秋（1885—1942），日本诗人。

3 木下杢太郎（1885—1945），日本诗人。

1919年，大正八年。我在等待，睁着眼，等待着早晨，等待着家人醒来、起床，等待着味噌汤的香气，燕麦粥、牛奶和煮鸡蛋的味道，等待着报纸拿在手中的触感，阅读关于米价的新闻，总是有关于米价的新闻……

日本就种族歧视问题做最后一搏

将要求列强在《国联盟约》之外另发声明，

以承认平等原则[1]

对朝严厉措施将施行

情况持续恶化——东京决定采取强硬对策[2]

横滨受灾严重

3700座房屋焚毁，2万人无家可归，损失达5000万日元

---

1 1919年巴黎和会上，日本代表团提出将“种族平等”作为重要原则写入《国联盟约》，试图解决日裔移民遭受歧视的问题，未获通过。

2 1919年，日本殖民统治下的朝鲜半岛爆发争取民族独立的“三一运动”，后遭日本镇压，以失败告终。

东京地震

昨日9点53分东京发生地震，持续约两分钟。

震中位于金华山沿岸，距东京120英里[1]。

本地新闻

芥川龙之介先生（27岁）与菊池宽[2]先生（31岁），

两位备受尊敬的文人，将于5月4日周日，即今日上午，

从东京出发前往长崎，二人预计将于本月晚些时候返回。

……等待着刮脸，洗漱，更衣，穿上我的外套，拿上我的帽子，站在玄关，穿上鞋子，拿上箱子，和妻子等家人道别，离开这座房子，离开我的房子，出租车在等着，穿越这座城市，去向火车站，站在站台上，在站台上等待，等待着菊池，与菊池碰面，登上火车，特快列车，驶离这座城市，看东京渐渐远去，直到消失不见，加速再加速，在大地上穿行，看着城市来了又走，路过它们的工厂和烟囱——横滨，名古屋，京都，大阪，神户，冈山，广岛，小郡，到了下关，乘坐渡轮穿越对马海峡去到门司港，然后到小仓，再到博多，一站接着一站，一站又接着一站，我在等待着，等待着海湾上的太阳，菱形风筝越飞越高，燕子在屋檐上穿梭，鸭子在桥底下游荡，香蕉和蜜柑堆在路旁，圣母寺高耸在山上，傲立于苍穹之下，等待着，等待着去攀爬那座高山，去追随

---

1 1英里约为1.6千米。

2 菊池宽（1888—1948），日本小说家、戏剧家，芥川龙之介的好友。

大师的脚步，追随木下和北原的脚步，那些大师的脚步乃是追随那位主宰者的脚步，他们唱的歌，哦，他们唱的歌，等待着，等待着聆听那些歌，等待着去唱响，去唱响那些歌，亲自去聆听并唱响那些歌……

我相信堕落时代异端的教义，基督教上帝的魔法，
黑船[1]的船长，红毛人不可思议的国度，
鲜红的玻璃，芳香扑鼻的康乃馨，
南蛮[2]的印花布，亚力酒和红葡萄酒。

蓝眼睛的多明我会[3]教士念诵着祷文，甚至是在梦中，
也向我诉说着，那违禁信仰的上帝，血染的十字架，
那让芥菜种子变得像苹果一样大的、狡猾的仪器，
那能望见天堂的、可伸缩折叠的、怪异的望远镜。

他们的房子用石头砌成，水晶碗里流淌着大理石白色的血，
当夜幕降临，他们说它将燃起火焰。
电光石火般美丽的幻梦，混合着天鹅绒的薰香，
映现出来的，是那月亮世界的珍禽异兽。

---

1 1853年美国海军准将马休·培里等率领四艘军舰强行驶入江户湾口，以武力威胁幕府开国，史称“黑船事件”。

2“南蛮”在中古至近代以前的日本用以指称东南亚地区，并引申用以称呼在印度至东南亚的港口与岛屿建立殖民地和贸易据点，并试图向东北亚扩展交易范围的葡萄牙、西班牙等国。由此数国传来的物品、文化等亦被冠以“南蛮”之名。

3 多明我会，又译为“道明会”，天主教托钵修会主要派别之一。

我听闻，他们的化妆品是从毒草之花中榨取，
玛利亚的画像是用腐烂的石头里的油绘成；
用拉丁文或葡萄牙文横着书写的那蓝色的字母，
充满了来自天堂的美妙而又忧伤的音符。

啊，请赐福于我们，幻惑的神父，
哪怕百年的光阴化为一瞬，哪怕我们死在血淋淋的十字架上，
都无关紧要，因我们乞求那隐秘之事，那猩红的怪梦，
主耶稣，我们今日在此祈祷，全身心沉浸在那渴望的薰香之中。

……《邪宗门秘曲》[1]，那异端的隐秘之歌；亲自去聆听，亲自去唱响，亲自去相信，让自己去相信，东方之人来到这通往西方的门前，这个东西方的交织之地，这个“小罗马”[2]，我的“小罗马”，我的长崎，为了我的长崎，我在等待着……

* * *

永见德太郎[3]在自家房子的玄关处等待着，这是位于长崎的一座大房子。他已经等了许久，此时既焦虑又紧张。他的客人们原计划于4月30日从东京出发，5月1日抵达，但因故延后到了昨天，

1 为北原白秋所作。
2 历史上长崎是日本天主教最繁荣的地方，一度有“小罗马”之称。
3 永见德太郎（1890—1950），日本剧作家、美术史学家。

也就是5月4日才从东京出发。不仅如此，让他更加焦虑和紧张的是，他与他的客人们素未谋面。他们此次来访，是经一位共同认识的前辈朋友，近藤浩一路[1]介绍，因此他对来客的认识仅限于他们的名声和作品。

永见德太郎在玄关处叹着气，又看了一眼手表：已经快6点了。他后悔没有去车站，没有去接站。但那位芥川先生曾表示，因二人行程延后及此次来访为主人带来的不便深感歉意，实在不想再多叨扰，坚持要自己从车站打车去他家。然而现在却不见他们的踪影。他真是后悔没有去接站，后悔……

此时永见听见了汽车的声音，先是一阵刹车声，然后是车门打开又关上的声音。他赶紧唤来几位仆人，接着打开玄关的门，沿着花园小径往院子大门走去。

芥川龙之介站在街上，一只手上提着行李箱，胳膊上挂着一件外套，另一只手上拿着帽子，还有一个行李箱在脚边放着。他穿着一身时髦的西装，白衬衫，黑领带，脚上则穿着传统的木屐。他把长发向后梳着，脸上虽疲惫却带着微笑，一脸歉意的微笑。

“让您久等了，实在是非常，非常抱歉。”芥川深鞠一躬，说道，“给您添了不少麻烦。不过，真是要感谢您的一番好意和热心肠。我是芥川龙之介，非常高兴认识您。”

“我是永见德太郎，”永见鞠了一躬，说道，“我也很高兴认识您。欢迎来到长崎，欢迎来到我家。”

---

1 近藤浩一路（1884—1962），日本画家。

芥川又鞠了一躬，说道："多谢。"

"不过，能否冒昧问一句，"永见上下打量着家门外那空荡荡的街道，说道，"菊池先生去哪儿了？"

芥川脸上又现出那充满歉意的微笑，说道："在我们刚过神户不久，菊池便表示头痛得厉害。他担心自己还未从最近患上的西班牙流感中完全恢复过来，也担心会把病传染给我，因为我本人已经得过两次了。他更担心会把这传染病带到您家里，于是他在冈山下了车，准备前往赞岐。赞岐是他的出生地。"

"真是可怕。"永见惊呼道。

"是吗？"芥川说道，"我听说那里可是个迷人的地方呢。"

"不，不，"永见说道，"我是说菊池先生患病一事，实在是太可怕了。我只希望他已经顺利抵达赞岐……"

"确实。"芥川说道，"一个人回到自己的出生地，去迎接自己的死亡，可以说，这其中也蕴含着一种对称之美，是不是？"

"哎，我真心希望并祈祷此事不至于发展到那一步。"永见望着眼前这位冷漠麻木的文人说道。

芥川露出了微笑，说道："实在抱歉，真是对不住。我不该初次见面就开这样的玩笑。我让您白担心了。菊池这人尽管才华横溢，可他的疑病心理比我还严重。我一直就怀疑，他的头痛，不过是在封闭的车厢里说了太多的话、抽了太多的烟而导致的。在我到门司港的时候，这个怀疑终于被验证了。我在车站收到一封电报，我们的拉撒路死而复生了，表示他正往长崎赶。不过，他今晚计划在尾道过夜。"

“啊，谢天谢地。”永见长舒了一口气。

芥川又笑了笑，还是那充满歉意的微笑，说道：“说真的，永见先生，让您如此担心，我实在是过意不去，还请您原谅……”

“没有的事，”永见说道，“该道歉的是我。您这一路穿越大半个日本，远道而来，而我还让您站在街上，就这么一直回答着我的问题，真是不应该。我们进去吧，老师……”

永见带着客人走进大门，穿过花园，进到屋子里，进到他事先为客人准备的房间里。“希望这个房间不仅让您觉得舒适，也能让您觉得有些意思。在明治初期，长崎奉行[1]与英格兰贸易大臣们的会晤便是在此举行。希望您还满意。”

“这真是再好不过了。”芥川说道，“多谢您了。”

永见露出欣慰的笑容，说道：“您真是太客气了。我已让人为您备好了泡澡水。我知道您一路奔波一定非常劳累，希望泡个澡可以让您精神一些，之后我们再一起共进晚餐。晚餐我安排了长崎特色的卓袱料理来欢迎您，也不知是否合您的口味和喜好……”

“如此劳烦，实在是过意不去，”芥川说道，“但着实感谢。我非常期待您安排的晚餐。”

“您太客气了。”永见说道，“饭菜算不上丰盛，不过我很期待一小时之后和您再见。”

---

1 长崎奉行是日本江户时代与明治早期长崎的地方行政长官，除负责当地行政司法之外，还负责对外交涉。

永见留下几位侍女伺候客人，自己则回到了书房，开始一边踱步，一边排练着对话，准备晚上要说的台词。为了不让首都来的客人觉得无聊，他不停翻阅着这位著名作家的名篇，反复重读其中经典的段落……

“能在家中招待您，真是我的荣幸。”永见一边说道，一边招呼客人在主餐厅榻榻米垫子上摆着的一张红色圆桌前就座。圆桌上摆满了中式料理、葡萄牙料理、荷兰料理以及日本料理。“这就是我们的卓袱料理，您可以按自己喜欢的顺序，随意享用桌上的菜肴。不过，我们的开场习惯是先喝鱼翅汤，再由主人家做一番简短的致辞。那么，我们就先来喝汤吧……”

“多谢。”芥川说道。

喝完汤，永见做了简短的致辞，并向客人把每道菜介绍了一遍。在正式开始用餐后，永见说道：“我要说，我非常欣赏您最近写的那篇《圣克利斯朵夫传》。单从文风而言，便是一篇杰作，您把16世纪耶稣会[1]教士翻译《伊索寓言》所用的那种文体运用得简直出神入化。”

“多谢。”芥川说道，“那算是我本人唯一还有些信心的作品，老实说，我自己也总回味呢。但这道猪肉也同样让我回味无穷，真是美味极了……”

永见露出了微笑，说道：“谢谢。您如果这么喜欢这道角煮[2]，

1 天主教主要修会之一。

2 东坡肉在日本的变种，也是长崎卓袱料理的主打菜之一。

那我一定要带您去新地中华街，尝尝那里的东坡肉。说回《圣克利斯朵夫传》，我觉得这是一篇至少可以和福楼拜先生的《圣安东尼的诱惑》比肩的作品。”

“多谢。”芥川又说道，“您过奖了。不过我认为《圣朱利安传奇》要更出色一些，对我那篇作品的影响也更大。但说到影响，恐怕您这道长崎本地的生鱼片害了我，害我再也咽不下去东京的鱼片了！”

永见哈哈一笑，说道：“您可真是过奖了，老师，谢谢。不过我还是想说，您有不少故事都是以基督教为主题，写得也特别好。能否冒昧问一句，您这一兴趣来源于何处？您本人是否就出生在一个基督徒家庭呢，老师？”

“不，”芥川说道，“不，不管从哪种意义上说，我出生的家庭都算不上一个特别信仰宗教的家庭，但一直很迷信倒是真的。我曾听说——当然我自己并不记得——我曾被当作弃婴，遗弃在筑地的一座基督教堂的台阶上，后来被一位叫威廉姆斯的主教发现，把我交到了一家牛奶铺的经理那里，而那家牛奶铺又是我父亲经营的其中一家牛奶铺，那个经理于是又把我作为弃婴交回给了我父母……”

“真是奇妙。”永见说道。

“您可以这么说，因为听上去是挺奇妙的。但实际上，这一切不过是一场戏，是为了消除我父母在大厄之年生我可能招来的灾运。而且我不得不说，他们搞这么一出戏，完全是白费心机。”

“实在抱歉，”永见说道，“请原谅我如此执着，但您是否认为，您对基督教的兴趣便是来源于此？”

“也许吧。”芥川说道，脸上浮现出一丝忧郁的笑容。“也许那位主教在把我还回去之前，给我施了洗礼。也许这就是为什么我总会被《圣经》和其中的故事所吸引……”

“不过，您这是第一次来长崎，对吗？”

“是的，”芥川说道，“是第一次。”

“然而，”永见说道，“您在诸如《殉教者之死》[1]这样的作品中，却能把长崎这个地方以及它的历史描绘得如此生动和真实，真是让人信服。”

“多谢。”芥川说道。

“我得坦白，我曾傻乎乎地跑到县图书馆，想要查找您在故事结尾处提及的古代地方文献。后来才意识到，那些文本也都是您杜撰的，简直可以说是以假乱真了。”

“那我可得和您道歉。”芥川说道，“我的本意并非想愚弄读者，只是想把故事讲得更吸引人罢了。”

“那么我要说，”永见从红色矮圆桌上站起身，说道，“您做得非常成功，实在令人赞叹。不过，如果您现在还不太累，在您回屋休息之前，能否先移驾我的私人藏书室，我想为您展示一下我的私人收藏。不过都是些本地特色的小玩意儿……”

“非常乐意，”芥川说道，“那就有劳了。”

永见将芥川从餐厅带出，领着他穿过一条长廊，来到他的藏书室，也就是他的书房。屋里的灯早已点亮，恭候着他们到来。

---

1 或译为《奉教人之死》《基督徒之死》。

永见一件接一件地给芥川展示着各种画作、书籍和文物，包括长崎特色的波佐见陶瓷[1]和长崎碧陀罗[2]，一幅描绘平户[3]一处荷兰式建筑的画作，一只画着在海湾停泊的荷兰船的瓷盘，以及一些绘有出岛[4]生活场景的旧书。

芥川虽然对那长崎碧陀罗爱不释手，但他最感兴趣的，自然还是这座城市历史上遗留下的与基督教有关的纪念物，特别是其中一尊约一英尺高的白瓷观音菩萨像，在日本迫害基督徒的那段漫长时期，隐匿基督徒[5]们便将其作为圣母玛利亚来秘密敬拜。

“像这样的雕像稀奇不？”芥川一边问道，一边把雕像拿在手中翻来覆去地端详。“是不是难得一见？”

永见摇了摇头。“像这样的白瓷雕像，相对来说是比较常见的。比较罕见的是那种用黑檀木雕刻的。”

“是吗？”芥川把目光从雕像上抬起，说道，“还有黑袍玛利亚？”

永见点了点头。“是的。实际上，我见过，不过就一次。那是我大学时代的一个朋友家里收藏的。那尊雕像真是漂亮，大概和您手上这个差不多高，身子用的是黑檀木，但脸却是由白象牙

---

1 波佐见位于长崎县中部，以制作陶瓷器闻名。

2 长崎的玻璃制作工艺源自葡萄牙，根据葡萄牙语的玻璃（vidro）一词音译，又被称作“碧陀罗”。

3 平户市，位于长崎县西北部。

4 出岛是日本江户时代长崎港内的扇形人工岛，也是日本锁国时期荷兰人的居住地。

5 隐匿基督徒，或称“潜伏基督徒”，指在日本德川幕府于1612年发布禁教令，宣布基督宗教（天主教）非法后，在江户时代仍秘密信仰天主教的基督徒。

雕刻而成，嘴唇处则用的是一抹红珊瑚。它脖子上戴着的项链是按天主教玫瑰念珠的式样，挂着一个十字架，而这十字架上则镶满了金色和蓝色的贝壳。”

“难以置信，”芥川惊呼道，“听上去真是精美极了。”

“确实是精美。”永见说道，“不过，据我朋友说，关于那尊黑袍玛利亚还流传着一个诡异的传说。”

“真是奇妙。”芥川说道，“怎么个诡异法？”

永见点上烟斗，接着说道：“这个嘛，据我朋友说——我先声明，我那位朋友并非爱讲迷信故事的人——那尊黑袍玛利亚的作用是反的，会将好运变为厄运。”

“这么说，那可是被诅咒了啊。”芥川放下手中的白瓷玛利亚，拿起一支烟，说道，“请您接着说……”

永见笑了笑，说道：“哎，我不是个擅长讲故事的人。更何况，有您这样的故事大师在，我怎么好意思班门弄斧……”

“您请讲，”芥川说道，“您已经吊足我的胃口了。”

“那好吧，”永见说道，“希望您不会觉得无聊。据我朋友说，那尊黑袍玛利亚在到他们家之前，原本属于栃木县一个叫犬神的有钱人家。”

“对犬神家来说，那尊黑袍玛利亚绝非只是一件收藏品，而是作为守护神来敬拜的。但是有一年秋天——确切地说，那是美国海军准将马休·培里首次率黑船驶入浦贺海面那一年的秋天，也就是嘉永六年，即1853年的秋天——犬神家最小的孩子，也是唯一的儿子，当时年仅八岁的茂作，患了严重的麻疹。男孩还有一个姐姐叫阿荣。两人的父母几年前因感染天花过世，之后他俩便由已年过七旬的祖母带大。家里请的大夫用尽了各种办法，但男孩无任何好转的迹象，祖母自然心急如焚。在短短的一周时间里，男孩的状况急剧恶化，眼看已是时日无多了。

“那天深夜，阿荣已经入睡，祖母突然来到她的房间，把她唤醒，给她穿好衣服。半睡半醒的阿荣被祖母拉着，穿过走廊，出了主屋。他们来到花园里一个黑漆漆的土仓前。仓房里摆着一座白木小神龛。老太太用钥匙打开神龛的门。透过微弱的烛光，阿荣看到神龛那厚厚的织锦门帘后面，立着一尊黑色的玛利亚雕像。土仓里呈现寂静阴森的气氛，阿荣再也忍不住了，她紧紧抓着祖母的衣袖，开始啜泣起来。但老太太并未理会她的眼泪，而是在黑袍玛利亚面前跪下，在胸前和额头画了个十字，然后用阿荣听不懂的话全神贯注地祷告起来。

“过了一会儿，老太太停下祷告。她抱起阿荣，安慰了她一番，接着让她在边上跟着跪下，这次用阿荣能听懂的话对着那黑袍玛利亚起誓道：‘我们的圣母玛利亚，请聆听我的祷告。老身贱命一条，唯一有所指望的，便是我这孙女和她的弟弟茂作了。孙女阿荣尚不到招婿的年纪，若我的孙子有什么三长两短，我们犬神家将无男丁可承家业。还请您保佑茂作，为他消灾解难。若我所求过多，至少请应允保他性命，不让他比我先走一步。老身年岁已高，灵魂归主之日已不远矣。但阿荣到那时应已成人，可成婚矣。还请圣母开恩怜悯，在老身长眠之前，勿让死亡天使之剑落在我孙儿头上。’

“老太太就这样低头虔诚祷告着。就在祖母的祷告行将结束之时，阿荣怯生生地抬头看了一眼那黑袍玛利亚，竟发觉它脸上浮现出了一丝笑意。阿荣吓得轻轻叫了一声，再次紧紧抓着祖母的衣袖。但老太太看上去已心满意足，她轻轻拍了拍阿荣的背，说道：‘我们走吧。我相信我们的圣母玛利亚已经听见了我这个老太婆的祷告。’

“第二日，老太太的祷告像是灵验了，男孩的状况有了好转。他的高烧退了，并且终于从昏迷中醒来。见此情形，祖母心里充满了无可名状的喜乐。阿荣永远不会忘记那天祖母脸上那喜极而泣的幸福表情。

“等孙子再次平静入睡以后，精疲力竭的老太太也在隔壁房间躺下，终于可以合眼安眠了。阿荣则在祖母床边安静地玩着弹珠，时不时抬头看一眼安详的祖母。这样过了大约一小时，原本在照料茂作的嬷嬷轻轻推开了门，说道：‘阿荣小姐，能否请您把老夫人叫醒？’

“阿荣走到祖母身旁，轻轻摇了几下她的肩膀，对她喊道：‘醒醒，奶奶，醒醒。’可老太太却一动不动，不愿从睡梦中醒来。嬷嬷觉得不对劲，于是便进屋查看情况。她仔细看了看老太太，突然惊愕地大哭起来：‘啊呀，犬神老夫人，犬神老夫人啊！’

“可老太太仍是一动不动，紧闭的双眼下方有些发紫。这时阿荣听到另一个侍女急匆匆地开门进来，看着躺在床上的老太太，用颤抖的声音说道：‘老夫人，小少爷他……’

“阿荣知道弟弟一定是出事了。可她的祖母仍是双眼紧闭，没有要睁开的迹象，这时她枕边的两个侍女已是泣不成声，开始哀号了。

“果不其然，没过多久，阿荣的弟弟就断气了。看起来黑袍玛利亚确实应允了老太太的祷告，没有让孙子比她先走一步。”

永见这时不再说话，他划了根火柴，重新把烟斗点上，然后望向了桌子另一头的客人。

芥川原本正目不转睛地望着身前桌子上摆着的白瓷玛利亚观音，这时转过头来，望向永见，说道：“那么，后来那个孙女阿荣怎么样了？”

“她后来被一个远房亲戚家收养了。”永见说道，“据我朋友说，她那一支脉的犬神家族算是断绝了。不仅如此，据说收养她的那户人家的独子，同时也是阿荣的未婚夫，后来在宇都宫城之战中阵亡了。”

“那么，您的友人一家后来又是怎么得到那尊黑袍玛利亚的？”芥川问道，“还有，他们又是从哪儿听闻这个传说的呢？”

“我当时也有这样的疑惑。”永见说道，“我那位朋友田代君告诉我，那尊雕像是他的父亲、一位著名的文物古玩收藏家，有一次去宇都宫出差，在二荒山神社附近的一家古玩店里买到的。不过，那家店的店主是在确认了田代的父亲并非他所谓的‘玛利亚教’的信徒之后，才同意把雕像卖给他。同时，他把与那尊黑袍玛利亚有关的传说以及它的诅咒也告诉了他。”

“这可真是一个引人入胜、神秘而又让人哀伤的故事。”芥川说道，“感谢您和我分享这个故事。坦白说，我真是羡慕您，可以亲眼见到那尊雕像，能把它握在手中，望着它的脸。”

“我确实也这么做了，”永见说道，“而且我不得不说，尽管那尊雕像着实美丽，但那位玛利亚脸上的笑容可以说充满了轻蔑，甚至是鄙夷之情。”

芥川点了点头。“我能想象得出。”

“她的表情着实增加了这个故事的可信度，”永见说道，“至少对我而言是这样。说到这里，我还想起来一个您可能感兴趣的细节：在那尊黑袍玛利亚的底座上，刻着一行拉丁文铭文，我到现在还记得——

“‘DESINE FATA DEUM FLECTI SPERARE PRECANDO.’”

此时，芥川脸上的表情像是要落泪，他轻声说道：“莫要以为你的祷告能更改上帝命定之事。”

*　*　*

在大浦天主堂地界内，在木结构建筑的拉丁神学院楼上，利昂·格拉西神父坐在自己书房的办公桌前，睁开眼望向了窗外的天空，然后又望了一眼海湾，不禁叹了口气。他不再像曾经那样喜欢这个地方了，不再像曾经那样爱着这个地方了。他知道这里还是属于神的地方，在这个属于神的世上。他知道他被差遣到此地，是为了做神的工，是要来传神的道，是要教化众人、指引众人，也是要栽培日本的牧师，去传神的道——祂的爱之道，和平之道，仁慈之道，宽恕之道。他加入巴黎外方传教会[1]，便是要传播这样的道，祂的道。他曾向神祷告，希望能被差遣至此，来做祂的工。而神不仅聆听了他的祷告，也应允了他的祷告。二十多年前，他第一次踏上了日本的土地。他先是在鹿儿岛学习日语，之后在大分担任牧师，然后才来到了这里，来到了长崎，来到了现在的教会和它的神学院，后来成了这个神学院的院长。他始终做着神的工，传着神的道——祂的爱与和平之道，祂的仁慈与宽恕之道——在这个属于神的地方，在这个属于神的世上。

但在这个属于神的世上，在所有属于神的地方，人都堕落了，堕落得如此之深。据说——但据谁说，向谁说，谁知道呢——战后的信徒人数比战前有所增加，不论是在军人还是平民中都是如此。这要归功于"上帝与祖国"[2]的口号，归功于"爱国的信仰"[3]的宣传。即便不算一场"圣战"，不算"十字军东征"，至少也是一场"正义之战"，也是一场"义师出征"，他们是这么说的。为了阻止古老的条顿[4]蛮人而战，为了终结所有的战争而战，他们是这么说的。但在他被征召入伍的三年里，在他服役的三年里，他看到的只有浩劫，只有欧洲文明的自我毁灭。天主教徒屠杀天主

1 1659年成立于巴黎的天主教修会，也是历史上最早全力从事海外传教的天主教组织之一。

2 原文为法文。

3 原文为法文。

4 条顿人是古代日耳曼人的一个分支，后被用以泛指日耳曼人及其后裔，或是直接以此称呼德国人。

教徒，基督教徒屠杀基督教徒，信徒屠杀信徒，人屠杀人，反反复复，一而再，再而三地杀戮，杀戮。他亲眼所见的那些惨事，他无法忘却，也无法原谅。

利昂·格拉西神父坐在自己书房的办公桌前，像他曾无数次做过的那样，再一次望向那用相框装着的贝尔纳-达蒂·珀蒂让[1]神父的肖像，这是一位他从未见过却又感到熟悉的人，是他从小立志效法的人，也是激励他后来加入巴黎外方传教会的动力。但那已是一个不同的时代、一个不同的世界了。利昂·格拉西神父这时转而望向桌上的另一幅肖像：这是一位身穿军装的人，一位他见过的人，一位他认识的人，一位他爱过的人。这位年轻人正是穿着那身军装，被人砍倒，被人屠杀，惨死在凡尔登的泥泞和血泊之中。这位牧师弟兄，菲利普，不过是惨死的许许多多的弟兄中的一个。他们被人砍倒，被人屠杀，再也回不来了，而他却还活着，在这个属于神的地方，在这个属于神的世上。这个已经吞食、淹没了如此多人的属于神的世上——

耶和华啊，你忘记我要到几时呢？要到永远吗？

眼中含着泪，心中带着悲伤，利昂·格拉西神父抬眼望向了墙，望向了墙上挂着的十字架——

你掩面不顾我要到几时呢？

我们的主，菲利普神父，还有珀蒂让神父，每一天，每一刻，这三位一体都在看顾着他，向他微笑。可每一天，每一刻，他都

1 贝尔纳-达蒂·珀蒂让（1829—1884），法国神父，大浦天主堂最早的建造者之一。

知道自己辜负了他们；每一天，每一刻，他都辜负和背叛了他们。他无法忘却，也无法原谅，每天都带着发黑的眼圈睡去——

沉睡至死，在死中沉睡……

无法原谅，无法去爱。

利昂·格拉西神父两眼通红，低垂着肩膀，从桌子后面站起身，离开了他的书房。他迈着哀伤的脚步，在尘土中拖着及地的长袍，走出神学院，来到了教堂的台阶前，拾级走进了教堂。

此时的教堂内部不仅空空荡荡，而且一如既往地昏暗。十字架和教堂玻璃都显得黯淡无光。只有在周日弥撒或遇上圣日时，教堂里才会灯火通明，坐得满满当当。但大部分教民和出席者都是欧美人，是显赫的商界人士或政府官员，唯一例外的日本人是他们的妻子。

利昂·格拉西神父沿着过道向祭坛和十字架走去。在那里，他看到一个年轻的日本男人，穿着西装，正坐在珀蒂让神父的墓碑[1]和圣母子像前方的长椅右侧，似乎沉思着什么。

“你好[2]。”利昂·格拉西神父说道。

年轻人转向利昂·格拉西神父，微微低了低头，笑着说道：“下午好，神父。”

“下午好。”格拉西神父说道，“我无意打扰你，不过如果有什么我可以帮到你的，还请告诉我。”

---

1 珀蒂让神父死后埋于大浦天主堂下，中央祭坛的前方右侧可以看到他的墓碑。

2 原文为日语。

“谢谢。”年轻人答道，“我是一位来自东京的访客，还请原谅我的无知，请问这里是不是当年那些隐匿地下的基督徒最初向珀蒂让神父表明身份的地方？”

“是的。”格拉西神父说道，“据珀蒂让神父次日信中所说，那日他看见一群日本人站在教堂门外，有男有女，还有孩子，大约十几人。那是距离教堂于1865年竣工过后没多久的事。他打开教堂的门，他们也跟了进去。他走到这个地方，大概就是这个位置附近，开始念诵《主祷文》。这时，一位年纪稍长的女性，本名杉本百合，教名伊莎贝莉娜，将手放在胸口心脏处，悄声对珀蒂让神父说道：‘在座所有人的心意都是与您相通的……’”

“大浦的神迹。”年轻人说道。

“确实。”格拉西神父说道，“在被孤立了差不多两百五十年后，这实在是一个神迹。”

“请勿见怪，”年轻人又说道，“但在这神迹之中，难道不是也埋下了悲剧的种子吗？当我们了解到接下来发生的那些迫害和牺牲，我们日语里叫‘浦上四番崩’[1]，也就是浦上村的第四次镇压事件。说实话，神父，难道那些基督徒当初不是应该继续保持隐匿才好吗？”

格拉西神父低头望着这位穿着西装、坐在长椅上的日本人，微笑着说道：“我能和你一起坐一会儿吗？”

---

1 日语原文是“浦上四番崩れ”，指1869年发生在长崎浦上村的第四次也是最严重的一次天主教徒迫害事件，史称“浦上四番崩”。

“当然。”年轻人说道，“请坐……”

格拉西神父在年轻人身旁坐下，前方是珀蒂让神父的墓碑和圣母子像，他接着说道：“是的，的确如你所说。‘浦上四番崩’极为严酷。许多原本隐匿的基督徒受尽折磨，近三千五百人被流放去做苦役，据说死亡人数超过了六百人。这确实是一桩惨剧。但也正是因为这桩惨剧，因为那些举世震惊的迫害和流放事件导致的国际压力，才迫使明治政府废除了持续超过两个半世纪之久的禁教令。对了，你去过浦上吗？”

“还没有。”年轻人说道，“我打算明天去。”

格拉西神父再次露出了微笑，说道：“那就好，那就好。我希望你在参观浦上那座壮丽的新教堂[1]，也是整个东亚地区最宏伟的教堂之一时，你可以看到、可以感受到浦上基督徒曾遭受的那些迫害，他们经历的那些痛苦，都没有白费。”

“那是自然。”年轻人说，他的目光专注地望着圣母子像，过了一会儿接着说道，“可是……”

“请讲，”格拉西神父说，“但说无妨……”

“好。”年轻人说，“我曾读到过，那些被称为‘隐匿基督徒’的人之中，有一部分至今未与教会达成和解。据说他们的信仰和敬拜活动在漫长的地下时期已发展成了异端，他们已偏离了罗马教会确立的信条，并且直到今日，他们仍不愿弃绝那些异端信仰。”

1 指浦上天主堂，1875年开始筹建，1914年建成，为当时东亚地区最大的天主堂。

“是有一部分人，”格拉西神父说道，“他们从教会中分立出去了，没错。”

“我对本国的基督教历史和故事很感兴趣，”年轻人说道，“我阅读并搜集了很多相关的故事和传说。然而，我常常觉得，整个日本的基督教信仰史，可以说是由一系列的误解构成的……”

“你所说的误解，”格拉西神父问道，“是指哪方面？”

“对上帝的误解，对上帝本身含义的误解。”

格拉西神父望了一眼在他身旁长椅上坐着的年轻人，然后又转过脸去，望向珀蒂让神父的墓碑，接着问道：“你能说说具体是怎样的故事和传说吗？”

“那个，”年轻人说道，“如果您有时间，我倒确实想到一个故事，也许可以说明我想表达的意思。”

“我有时间，”格拉西神父说道，“而且我也对本教信仰在日本的故事很感兴趣，可以说，我对其中的很多故事也很熟悉。你想到的是哪个故事呢？”

“元太之信。”年轻人说道。

格拉西神父的目光此时仍望着珀蒂让神父的墓碑，他摇了摇头，说道：“我倒是不曾听说这个故事。请讲……”

“好。故事发生在迫害基督徒的时代，”年轻人说道，“而且就发生在离这里不远的地方。有一天，在浦上川的岸边，接近入海口的港湾一带，一位老妇人在一处高高的芦苇下面，发现了一个被人遗弃在竹篮里的男婴。老妇人是浦上村首领三郎治家里的仆人，于是她把竹篮里的婴孩带回了主人家。她的主人和夫人已经有许多自己的孩子了，因此无意再多养一张无法自食其力的嘴。这老妇人一直忠心耿耿，将主人从小照料到大，看着主人娶妻生子，又把他们的孩子当作自己的孩子来养，自己却终生未嫁，也无子女。现在她又对竹篮中的婴孩如此怜惜，主人和夫人不免也心生怜悯，于是他们同意让老妇人将那男婴当作她自己的孩子来养育。老妇人感激涕零地谢过主人和夫人，然后给那男婴取名元太，一直将其抚养到了七岁。”

“然而到了元太七岁那年，老妇人去世了。主人和夫人在安慰过元太之后，准许他继续住在他们家，仍住在他和养母生前一起住的那个房间，并同意让他作为家里的仆人留下，给主人家干杂活。元太每天的工作和生活都很艰苦，可以说与牛马无异。可元太从不抱怨、从不偷懒，总是兢兢业业干活，勤勤恳恳办事，眼里总闪着光，嘴上总带着笑。每当元太难得能歇一歇，他都会先去养母的坟前祭拜，给她献花，帮她扫墓，然后沿着河岸散步，一直走到芦苇丛中，走到那入海口，望着大海的浪花起伏，眼里总闪着光，嘴上总带着笑。

“在元太十五岁那年的某一天，他像往常一样先是去养母的坟前祭拜，然后漫步到海边。可那天台风突然袭击了当地的村庄，掀翻了屋顶，摧毁了农田，河水漫过了河岸，岸边的芦苇丛也都被淹没。等到风暴平息，洪水退去，主人派家中的几位仆人找了又找，却始终没有元太的身影。大家都觉得，他应该是被海浪冲走了，已葬身海底。

“然而，在经历了四十个日夜之后，元太又回到了主人家。

只见他衣衫褴褛、蓬头垢面，额前却有一个十字形的泥印。元太被带至主人跟前，解释他是如何失踪又再出现的。他的眼里仍闪着熟悉的光，嘴上仍带着同样的笑，可他的声音却与往日大有不同，平静而庄严。他说道，那天我沿着岸边散步，穿过芦苇丛，来到了海边的沙滩，遇见一个红头发的陌生人。他和我说了许多关于今生和来世的事。他取走了我的旧名，给了我一个新名。接着他领我走到海边，将我按入水中，此时海面上狂风暴雨，我的周围已是波涛汹涌。过了一会儿，他把我松开，我从海浪之中抬起头来，感到空气从我的双肺中流过，我知道，我感受到了上帝本人的气息。

“主人原本以为元太已经溺亡，并为此伤心，后来得知这男孩活着回来了，心里满是欢喜。他一直安静地听着男孩的故事，这时却突然盯着他额前的泥印，问道，那个红头发的陌生人给你起的新名字叫什么？

“雅索，男孩说道。”

在昏暗而又空旷的教堂里，十字架黯淡无光，格拉西神父突然转向正给他讲述着这个故事的年轻人，说道：“雅索？”

“没错，”年轻人说道，“雅索，是我们对耶稣的旧称。”

格拉西神父点了点头，说道：“我知道。还请继续……”

“我前面说过，”年轻人接着说道，“故事发生在迫害基督徒的时代，当时对于基督教信仰是加以禁绝并严惩的。因此那家的主人害怕极了。他让几个仆人先把男孩关进牛棚里，他要想想下一步如何是好。他心里充满了疑虑，左右为难。诚然，那个男孩只是一个仆人，却是一个忠心耿耿的好仆人。也许他是受风暴惊吓，一下子失了心智，又遇上缺水缺粮，才变成这个样子。不过现在他回来了，等他吃饱喝足之后，兴许就能恢复正常，变回原来那个忠心耿耿的好仆人——元太。因此，主人决定先等上一段时间，同时严厉告诫家中的几位仆人，不要向人提起男孩回来的事，也不要对外透露他讲的那个故事。”

“但纸包不住火，风声很快走漏，男孩和他的故事一下就传开了。有一天，这事传到了一个仍在秘密信奉基督教的村子里。尽管风险巨大，村里的长老们仍决定，他们必须亲眼见见这个男孩，亲耳听听他的故事。因此，一天晚上，在夜色的掩护下，他们派了三个人潜入三郎治府中，并偷偷溜进了牛棚。在那里，他们见到了男孩，听了他讲的故事，听到他说出了他的名字，他眼里闪着光，嘴上带着笑，雅索。

“那些隐匿基督徒们感到震惊和不解，他们问那个男孩，你怎么会是雅索？

“我是上帝的儿子，我是玛利亚的孩子，男孩说道。因为我们都是上帝的儿子，我们都是玛利亚的孩子。

“可那些基督徒听了大惊失色，他们无比愤怒，说这是对上帝的亵渎，是异端邪说。你不是什么上帝的儿子，你也不是什么玛利亚的孩子。你是亵渎上帝之人，你是个异端教徒。于是那几个基督徒把男孩留在了牛棚，又往长崎去。到了长崎，他们找到长崎奉行，向奉行告发了男孩的事，但绝口未提他们自己的信仰。

“很快，奉行便派人前往浦上的三郎治府。奉行令人将整个三郎治府的人都抓了，并把他们关进了长崎的大牢。

“多年来，三郎治与奉行的关系一直不错，他总是按时纳税，并且从未抱怨过任何加税之事。因此，三郎治向奉行解释了原委之后，奉行心中并未有所怀疑。三郎治一家全都用脚践踏过基督像，并朝基督像吐过口水之后，奉行便将他们都放了。

“但那个说自己名叫雅索的男孩的事，没那么容易解决。

“男孩被带到奉行面前，向奉行重述了他的故事。他没有改口，也没有否认他的名字。奉行沉默地听完他的故事，沉思了一会儿。这位奉行乃博学之人，不会意气用事。他并非长崎本地人，而是来自江户城[1]。他在那里学习了法律，也了解过基督邪教。法律规定得很明白：所有的邪教徒都要被在十字架上钉死。法律就是这样。

“于是奉行问男孩，你获得新名字之后，你从海浪中抬起头之后，你所说的那个红头发的陌生人又去哪了？

“男孩眼里仍闪着熟悉的光，嘴上仍带着同样的笑，说道，他行走在海面上，渐渐远去了。

“这么说，你之后没有再见过那个人，是吗？奉行问道。

“是的，男孩说道。但是他告诉我，他会再回来。

“是吗？奉行说道。那他说过何时会回来吗？

“说了，男孩说道。他会在末日之时回来。

---

1 东京的旧称。

“末日之时回来，奉行重复道。好吧，你知不知道，如果你现在不弃绝你的邪教信仰，不用脚践踏基督像，那你自己的末日马上就要到了，明白吗？

“男孩眼里闪着光，嘴上带着笑，说道，我明白。

“那么说，你是准备好接受赴死的命运了？

“是的，男孩说道。准备好了。”

在昏暗而又空旷的教堂里，在年轻人身旁坐着的格拉西神父感到自己的肩膀往下一沉，他看着祭坛旁黯淡无光的十字架，不禁眼眶一湿。

“我前面说过，”年轻人接着说道，“这位奉行乃博学之人，是个了解过基督邪教的人。尽管法律明确规定，所有的邪教徒都要被钉死在十字架上，奉行还是决定给这个称呼自己为雅索的男孩一条不一样的路，决定不对他用钉死之刑。”

“那天下午退潮之时，奉行和手下的差役带着男孩来到了浦上川入海口附近的海滩，长崎和浦上有不少人聚集前来，在岸边观看行刑。几个差役开始在沙滩上挖洞，准备插上木桩，然后把男孩绑在上面。但是男孩示意他们停下，说道，不必浪费你们的力气，我会一直站在这里，在海滩上等待，等待祂的重临，等待祂为我再次归来。

“差役们看了看奉行。奉行则盯着男孩又看了一会儿。男孩露出了微笑，于是奉行点了点头，说那就这样吧。

“于是奉行和差役们让男孩站在海滩上，海水拍打着他的双脚，他十指交叉紧握，脸望向天空，眼里闪着光，嘴上带着笑。

“在渐浓的暮色之中，奉行在长崎和浦上人民跟前落座，他的目光注视着海滩上的男孩，潮水一浪接着一浪往上涨，风吹过芦苇，又吹过海浪。

“一寸又一寸，一尺又一尺，潮水往上涨着，没过海滩，没过男孩的脚踝，他的小腿，他的膝盖，然后是他的大腿，再到他的腰，一直没过了他的胸口，男孩从未挪动半步，他的脸一直望向天空，望向那渐渐暗了的天空，未曾转移，潮水不断上涨着，波浪不停拍打着，海水没过了他的脖子和下巴，灌进了他的嘴，浸泡着他的头发，最后没过了他的脑袋，男孩整个人没入水下，没入浪花之下，最终溺水身亡。

“第二天一早，潮水退去，奉行手下的差役们在高高的芦苇丛中发现了被冲上岸的男孩尸体，他的十指仍交叉紧握着，他的双眼仍旧睁着，嘴上仍带着笑。然而，据人所说，当他们将他的尸体从芦苇丛中抬起时，空气中突然充满了芳香，他的嘴也一下张开了。在男孩的口中，盛开着一朵百合花。这就是长崎的雅索，元太之信的故事。”

在昏暗而又空旷的教堂里，格拉西神父沉默良久。之后，脸上泪痕未干的神父把脸转向了在他身旁的长椅上坐着的年轻人。年轻人的眼里也带着泪。格拉西神父说：“谢谢[1]。谢谢你。”

“不用谢。”年轻人说道，“在所有关于日本殉教者的故事里，这个故事，这个神圣愚人的故事，是我最爱的一个。”

格拉西神父点了点头，接着问道：“为何？”

1 原文为法文。

“我出生在一个现代的社会。”年轻人答道，脸上露出了一丝迟疑，“然而，我总觉得我做的事没有长久的价值。日日夜夜，我过着散漫颓废的生活，就像站在海滩上，却一直在逃离海浪，总渴望去相信，却总无法获得信仰……”

利昂·格拉西神父又点了点头，露出了哀伤的笑容，说道：“可能这么说并不能让你舒服些，但你并不孤单。也许因着我们所有的过犯，我们所有的误解，我们都只是在逃离海浪，都只是在躲藏、隐匿，却都仍渴望去相信，仍等待着能获得信仰。因此，也许到头来，这渴望和等待便是我们的信念，便是那信仰。唯有渴望，唯有等待——

“‘我们所能盼望的极限，我们所配得到的极限。’”

* * *

到长崎了，永见先生接待，带着我们逛了逛。对长崎印象不错，是个好地方。这里有很多西洋人和中国人，中西风情在此混合得极好。街道大都是石铺路面，还有不少中式的石桥。有三座罗马天主教堂，均相当宏伟。昨日，我拜访了其中一座，并与一位法国神父聊了几乎整个下午。回来的路上，我在镇上逛了逛，买了个意想不到的好东西，价钱也划算，回头给你寄去。

芥川寄给妻子文子的明信片

寄往东京田端

1919年5月7日

* * *

斋藤茂吉[1]坐在他位于长崎县立医院的办公室里，闭上了眼睛。他是该院的精神科室负责人、长崎医学院精神病学系主任、长崎急救站顾问医师，同时也是一位著名的短歌诗人。他感到疲惫不堪，情绪消沉，疲惫是因为沉重的工作负担，消沉则是因为不喜欢这个地方。他如今被困在这里，都是石田的缘故。

石田昇比茂吉早三年于东京帝国大学医学院毕业。作为他们那一代人中最有才华的精神病学家，石田曾出版过一本精神病学的标准教科书。不仅如此，他还以大岛滨田的笔名翻译了《堂·吉诃德》，并会自己创作短篇和长篇小说。1918年1月，石田前往美国巴尔的摩，师从约翰斯·霍普金斯医院的阿道夫·迈耶[2]，学习精神分裂症的治疗。在石田前往美国学习期间，茂吉答应暂代他在长崎的工作。然而，接下来事情的发展却脱离了原定的计划，可以说，是大大地脱离了。

在巴尔的摩，石田出现了精神分裂的症状，包括妄想和幻听。他觉得自己爱上了护士长，并且相信自己与一位叫沃尔夫的德国医生共同陷入了和护士长的“三角恋”之中。去年12月21日的一个清晨，石田找到乔治·V.沃尔夫医生，枪杀了他。巴尔的摩

1 斋藤茂吉（1882—1953），日本短歌诗人，精神科医生。
2 阿道夫·迈耶（1866—1950），美国精神病学家。

警方随后逮捕了石田，但对于他当时的精神状况是否正常，却还没有定论。如今石田被囚禁在巴尔的摩的监狱里，茂吉则被困在了自己的监狱里，困在了长崎。

门外传来了一阵敲门声。茂吉睁开双眼，搓了搓脸，看了一眼手表，然后叹了口气。他把这事忘了：自己答应永见先生，他和两位东京来的贵客今天要来造访。

此时门外再次响起了敲门声。茂吉从桌子后面站起来，喊道："请进来吧。"

永见推开门，把他的两位客人领进了房间，接着向茂吉鞠躬致歉，表示多有打扰，并感谢他能抽出时间接待他们，然后开始向他介绍到访的这两位客人——

"这位是菊池宽先生，还有这位，是芥川龙之介先生。"永见介绍道。两位东京来的年轻人鞠着躬，一边就打扰一事致歉，一边表示能见到茂吉实在是非常荣幸。

茂吉从办公桌后走出，向他们表示不必抱歉，见他也没什么可荣幸的，并请他们三位就座。接着茂吉便把他的客人们留在了办公室，自己走到走廊的另一头，叫人端些茶来。过了一会儿茂吉回到了办公室，又重新在办公桌后坐下，他的目光越过桌子上堆着的文件，望向永见和他从东京来的两位贵客——两人都穿着时髦的西装，其中一位身形微胖，戴着眼镜；另一位则身形瘦削，略有浮夸之气。茂吉在想，到底该和这两位文坛新星说些什么。

尴尬的沉默最终被微胖的菊池打破。"能见到您实在是莫大的荣幸，老师。"

“确实是的。”瘦削的芥川附和道。

“想必，”茂吉说道，忍不住叹了口气，“想必任谁接待了你们二位——当今文坛最闪亮的两位新星，都会感到蓬荜生辉，脸上有光吧。”

“话说，”永见说道，“他们二位自从到了长崎，别的什么都没说，就一直在说要找时机拜会您呢，老师。”

茂吉露出了一丝怀疑的冷笑，说道：“你太抬举我了。我敢说，这个地方最不值得一提的就是我了。那么，两位先生，想必你们的东道主已经带你们把这附近都好好逛过了吧。”

“确实。”菊池说道，“话说，光是今天我们就去了好多有意思的地方。我们今早先去了长崎县图书馆，还在那里偶遇了柳田国男[1]先生，真的是太巧了。”

“啊，没错。”茂吉说道，“我夫人提过，他是在这儿。”

“夫人近来怎么样？”永见问道，“想必一切都好吧？”

“应该挺好的。”茂吉说道，“她今早去东京了。”

接着办公室里又是一阵沉默，直到有人送来茶水。茂吉终于又开口问道：“那位大名鼎鼎的民俗学家怎么样？”

“特别让人喜欢，”芥川说道，“也非常友善。”

茂吉的目光越过桌子望向那位身形瘦削、略有浮夸之气的新星，笑了笑，然后扬起一边眉毛，转向菊池问道：“然后还去哪儿了？”

“哪儿都去了，”菊池笑道，“崇福寺，大音寺，兴福寺，浦

---

1 柳田国男（1875—1962），日本民俗学奠基人之一。

上天主堂，中町天主堂……”

“芥川先生对这座城市的基督教历史和文化遗产特别感兴趣，老师。”

“这不奇怪。”茂吉说道，带着明显的不屑之情。

芥川此时在座位上把身子往前倾了倾，目光越过那堆着论文和著作的办公桌，望着茂吉诚恳地说道：“老师，我永远不会忘记我第一次读《赤光》[1]的那个夜晚，开篇的那三句短歌：不停奔跑，在这黑暗的路上，我那难以忍受的懊悔，黑暗啊黑暗，也在奔跑/那萤火虫的微光，属于自己，也照着自己，我在黑暗的路上，将其碾碎/一切的一切，都已无能为力，光芒已灭，被碾碎的萤火虫，在我的掌心。当时我住在新宿区，那是天皇驾崩、乃木将军和夫人自尽后的第二年，那时的我还只是个盲目的青年。可当我读到《赤光》，当我读到您的短歌，我便不再盲目，不再只是个盲目的青年，因为我看见了，我看见了诗歌的光芒。”

接着又是一阵沉默，茂吉在沉默中低着头，最后说道：“谢谢你，芥川老师。还请原谅，我近来心绪恶劣，我自己也知道。老实说，不管是在学术研究还是诗歌创作方面，我觉得这座城市都没有我预想的那样于我有益。可能你们都听说了，白秋老师已经宣布不再创作短歌。尽管此事令我极为遗憾，可至少我知道他还能通过其他形式的诗歌或散文来展现他的创作才华。可悲的是，我却不能。但我无须公开宣布自己短歌生涯的终结，因为读者自

1 斋藤茂吉的首部歌集，于1913年出版。

己就能感觉到，我的短歌创作正在自行消亡，就像一个发了疯的人无声无息地死去，也没有留下遗嘱。”

“不，”菊池抗议道，“您不能这么说，请您不要这么说，老师！就在从东京来的火车上，芥川和我还引用了您《璞玉》中的最后几行诗，那是您初抵长崎时所写的短歌：破晓时分船笛响，群山阵列，余音久回荡……多么动人心弦，多么……”

“多么久远了，如今想起。”茂吉说道，“然而是不到两年前的事。我恐怕在这个地方待得太久了。”

接着又是一阵沉默，漫长而令人不安的沉默，最终菊池说道：“我们听说了石田医生的事，真是令人震惊，那样的谋杀事件，那样的惨剧……”

“是的，”茂吉说道，“确实是。”

“简直让人不敢相信……”

“是的。”茂吉再次说道。

“美国那边有没有消息？”永见问道，“有什么进展吗？”

茂吉叹了口气，摇摇头，说道：“你们可能也听说了，日本精神病学协会在想办法引渡石田，这样他就能在这里接受照料和治疗。然而就算我们有办法，恐怕这个过程也会被拉得很长。因此，石田眼下仍要继续留在巴尔的摩的监狱里。”

此时，芥川也叹了口气，说道：“可能也和那个地方有关，巴尔的摩那个地方，毕竟埃德加·坡就是在那个地方精神失常，最后发疯的。”

“确实。”茂吉说道。

“说来也怪，我第一次读到石田老师写的那本教科书时，”芥川接着说道，“我就想到了坡以及他临终时的情形。石田医生在书里提到，精神疾病最终会把人折磨成活在妄想里的行尸走肉，而且活在那种精神错乱的状态下，可以说是生不如死。据说，当坡被人送往巴尔的摩的华盛顿大学医院时，曾被问及有无朋友可联系，他的回答是，谁能给我一把手枪，让我一枪把自己的脑袋打开花，谁就是我最好的朋友……”

茂吉的目光再次越过桌子望向那位身形瘦削、神情严肃、忧心忡忡的年轻人，问道：“这么说来，芥川先生你也是精神病学专业的学生？”

“那倒不是。”芥川笑着摇了摇头，说道，“我只是对此感兴趣，并试着阅读一些最新的论文……”

“你这兴趣可有何特别的由来？”

“是因为我的母亲，”芥川说道，“她也疯了。”

“原来如此。”茂吉说道，“实在抱歉。”

“正因如此，我对疯病的遗传性很感兴趣。自然，也很恐惧。不过——”芥川再次笑着说道，但与之前的笑不同，这次的笑里充满了孤独和无奈的神情，“不管一个人是不是疯女的孩子，正如漱石老师在《行人》里所写的那样：除了信仰、疯狂或者死亡，我们每一个人，在这个世界上，还有何出路……”

“确实。”茂吉说道，突然从桌子后面站起身来，把目光转向窗外。透过玻璃窗望出去，可以看到远方树影之间浮现出的三菱造船厂的大吊车，港口上传来上海邮轮发出的汽笛声。接着，仍旧背对着他的客人们，茂吉叹了口气，说道："看来一个人不管去往何方，或是躲到何处，无论在西方还是东方，美国还是日本，长崎抑或东京，我们唯一的出路，仍不过是那三者选其一罢了……"

在长崎县立医院，在这间再次陷入沉默的办公室里，在这最后的沉默里，芥川用几乎是耳语般的声音说道："到了最后，只能如坡在弥留之际所说的，主啊，求你救我的灵魂。"

* * *

1919年，大正八年，我在等待，在长崎火车站，等待着回东京的火车。在回东京的火车上等待，在东京火车站等待，在回田端的出租车上等待，在家中的玄关处等待，在走廊里等待，在浴室、在卧室、在书房、在我的书桌旁等待，在我的书堆中、报纸堆中，我在等待，我在等待，等待着聆听芦苇丛里的风声，等待着潮水和波浪，等待，只是等待，仍在等待，总在等待，我在等待，等待并且盼望，盼望着能感受到上帝本人的气息……

战争之后，战争之前

“桃大人，”雉鸡喊道，“您要去哪儿？”

“我要去鬼岛。”桃太郎说道，

“去夺走他们所有的财宝……”

——日本民间故事《桃太郎》

1

正是潮水高涨时，龙之介迈着大步，走上舷梯，登上停靠在门司港的“筑后丸”号邮轮……

“我可没有勇气去中国。”久米在位于上野精养轩的盛大的送别会上，向前来送行的朋友们说道。

随着筑后丸开动马达，缓缓起航，龙之介迈步走上顶层甲板，在一张藤椅上坐下……

“但是，我们的芥川先生，他有勇气，他意志坚定，必将一往无前。他确实非常了不起，可以说是我们之中最了不起的一位！”

龙之介坐在甲板的藤椅上，风吹过他的头发，他手上拿着雪茄，望向远方的海平面。

“中国人有着伟大的过去，”里见弴[1]曾这么告诉他，“很难想象这些曾如此伟大的人民如今竟变得如此软弱。所以，你访问中国的时候，不要只关注中国过去的伟大，要试着寻找今日中国之伟大。旧中国如同一棵古树，而新中国正如嫩芽，如野草一般发展壮大……”

1 里见弴（1888—1983），日本作家。

“还有，别理会一些日本人写的无知的指南。”谷崎润一郎补充道，“以我的经验，中国当地的人都是相当文明的，我从未见过他们有何恶劣行为。只是要小心当兵的，在革命期间，城里有很多士兵，特别是在南京城。所以你要找一个可靠的中国人……”

龙之介坐在藤椅上，拿着雪茄，看着近海白茫茫的浪花如今变成了远海的波涛……

他曾怎样嫉妒谷崎老师在中国的那些冒险经历，他曾怎样羡慕佐藤春夫[1]的中国之旅；他曾怎样恳求大阪每日新闻社，让他能追随他们的脚步，恳求他的编辑，让他也能踏上中国的土地。他是一个有着中国梦的日本人，一个读着中国书长大的日本孩子。《西游记》养育了他，《水浒传》训练了他。在昏暗的灯光下，他曾如饥似渴、通宵达旦地阅读。在桌子上读，在厕所里读。在火车上读，在大街上读。日复一日，夜复一夜。梦想着，想象着，那骁勇善战的女将，那粗犷豪放的和尚。景阳冈的猛虎，“替天行道”的旗号。手持木剑，与想象中的人物对战。从那时起，直到如今，他阅读着，不断阅读着，一遍又一遍，哭着，笑着。一遍又一遍，这些书改变着他，转变着他。那些中国书，他的中国梦。从那时起，直到如今，不断改变着他，转变着他。当年手中的玩具剑，如今变成了颤抖的笔，他要用自己的话语，写他自己的故事，带着源自中国的灵感，怀着对中国的爱——

他最初的灵感，他最初的真爱……

---

1 佐藤春夫（1892—1964），日本作家。

“请务必照顾好自己。”在火车站，在站台上，在汽笛声中，妻子曾含着泪这么和他说道，“注意饮食，一定要好好休息，请不用担心我们……”

远海的波涛翻腾、旋转，化成了灰色的丘陵，拍打着船身，浪花飞溅在甲板椅上，灰色的丘陵现在又化作了黑色的山脉，浸湿了他的夹克，浇灭了他的雪茄。他把衣领竖起，含上一颗薄荷糖。海水翻滚，他的胃也跟着翻腾，脑袋也变得昏沉，他两手插在口袋里，背靠着椅子。桌子开始倾斜，很多人开始滑倒，他挺直了背，目光注视着海平线。起伏的海平线，有一艘小船，一艘小拖船，有缕缕细烟从那里升起，是勇敢的足迹，但很快被浪吞没，消失在海面。他开始晕船，腿脚随着波浪摇晃，一下往东倒，一下向西歪。龙之介终于投降，下到他的舱位，回到铺位上。船舱仍在晃动，他的胃仍在翻腾，他望向舷窗，从舷窗往外望去，海平线不断起伏，到处都在翻滚摇晃。他把目光从舷窗边移开，低头看着自己的双手，然后又是一阵翻滚，又是一阵摇晃，铺位上的书纷纷掉落，桌上的报纸也纷纷滑落，然后是一阵更加猛烈的翻滚摇晃。厨房里传来瓷盘摔碎的声音，甲板上的藤椅也纷纷翻倒在地。他从铺位上起来，扶着墙壁，胆汁涌上嘴边，又被吐进了水槽，他瘫倒回铺位上。又是一阵翻滚，又是一阵摇晃，他再次从铺位上起来，脚几乎是半着地，又回到了水槽旁，又是一阵恶心，又是胆汁的苦味，他伸手去扶墙，挣扎着回到铺位上。最后一阵翻滚，最后一阵摇晃，他曾梦想的一切，他曾期盼的一切，起起又伏伏，那个他曾梦想的国家，那片他曾期盼的土地，翻滚摇晃，起起伏伏，山脉化作丘陵，海水翻滚，丘陵化为波涛，翻腾，旋转……

风平浪静的甲板上，龙之介又坐回到了湿漉漉的椅子上。他手上拿着皱巴巴的烟，眼前是一片平静的水面。大海没有记忆，海平线上现出陆地：这个他曾梦想的国家，这片他曾期盼的土地。龙之介点上烟，朝着陆地挥手。那是1921年3月30日的下午——

这是你想要的，你想要的。

2

轮船从大海驶进河流，经过一个又一个的仓库，成堆的木材和金属，码头和铸造厂，纺织厂和船坞。高悬的广告牌，推销着香烟和药材。围着河湾、向着港口的方向，排列着一艘艘灰白色的战舰，有巡洋舰，也有驱逐舰。那是拴着绳的猎狗，那是未出棚的骏马。那飘扬的彩旗，展现着列强的武力。还有那些货船和邮船，以及中国本地的帆船，有着蝠翼般的帆，鲜艳的船眼睛。龙之介观看着，等待着，再次挥了挥手，向着码头挥手，向着他的两位老朋友挥手：大阪每日新闻社的村田[1]，以及合众国际社的琼斯[2]，都在朝着他挥手，等待着他——

---

1 村田孜郎（约1890—1945），记者、翻译家，1912年毕业于上海的东亚同文书院。

2 即托马斯·琼斯，见前注。

他首次踏上中国的土地，马上便被一群散发着汗味的黄包车夫包围。他们贴着下船乘客的脸叫嚷着，紧紧抓着他的衣袖，那模样真是吓人。这时琼斯冲破了他们的包围，在一片吵闹声中高喊：“一定要跟紧我们，龙之介，赶紧走……”

他们穿过车夫和人群的包围，排队坐上了马车。可就在过第一个路口时，他们的马车撞上了一堵砖墙，车里一下便人仰马翻。车夫拿鞭子抽打着马儿，马儿的鼻子倔强地撞着砖墙，它的后腿猛烈地胡乱舞动，把马车晃得东倒西歪，比起海上的风浪有过之而无不及。可琼斯露出了微笑，说道：“欢迎来到上海，龙之介。”

可能是被鞭子驯服了，也可能只是闹累了，马儿终于往墙后退了几步，很快他们又继续上路了。他们的马车沿着河边走着，河上满满都是驳船和舢板船，一排排紧挨着，几乎看不见河水。在他们的左手边，亮绿色的列车从铁路桥上驶过。在他们的右手边，则是一栋栋三四层高的红砖建筑。在这些建筑底下，中国人和西洋人在宽阔的柏油马路上急匆匆地走着，可只要戴红头巾的印度警察一声令下，他们立马就会停下脚步，给马车让出一条路来。龙之介起初惊骇于黄包车夫的粗蛮以及马车驾驶的暴力，现在则惊叹于这混乱之中突然出现井然有序的情景。

马车最后在一家旅馆前停下。车夫向他们伸出手，村田往那张开的手掌里丢了几文铜钱。然而车夫并未将手伸回，而是唾沫横飞地不断朝他们叫嚷着什么。村田和琼斯并不理会他，径直迈着轻快的脚步往旅馆里走去。龙之介回头看了一眼，只见车夫已回到驾驶座上，铜钱已收入口袋，鞭子也已握在手中。龙之介想到车夫刚才的表演，多少有些被欺骗的感觉：如果他并不觉得是多大的事，刚才又何必闹这么一出？

进到东亚洋行[1]旅馆，龙之介又有了新的烦恼。空无一人的接待室里灯光昏暗，却又透着一股艳俗之气。

琼斯仍是笑着说道："你知不知道金玉均[2]就是在这里被刺杀的？被从窗外飞进来的子弹击中……"

"我对此毫不意外。"龙之介话音未落，就听到一阵拖鞋拍打地面的响声，只见一位日本老板郑重其事地穿着西装朝他们走来，大声说道："欢迎光临，先生们，欢迎，欢迎……"

"我的同事泽村[3]应该已经为这位芥川先生预订好了房间。"村田说道。

"啊，是的。"老板深鞠一躬说道，"能接待著名作家芥川老师，实在是荣幸之至。我们已经给您留了一间专为最重要的贵宾保留的房间，也是我们这里最好的一间房。这边请……"

旅馆老板很快将龙之介带到了就在进门处的一个房间。这是一个有着两张床，却没有椅子的房间。房间墙上覆盖着一层煤灰，窗帘已被虫蛀烂。龙之介心想，这里想必就是金玉均最后一次打开窗户的那个房间——

"是不是还有别的房间？"

---

1 据译者考证，该旅馆名实为"东和洋行"。

2 金玉均（1851—1894），朝鲜政治家，1894年被朝鲜刺客洪钟宇暗杀于上海东和洋行旅馆。

3 疑为泽村幸夫（1883—？），1916年进入大阪每日新闻总社工作，以"中国通"闻名。

老板摇摇头，说道："没有了，先生，没有了。这是我们最好的房间，也是唯一的空房。"

老板先是表示歉意，然后开始找借口，再之后开始言语威胁，最后三人又回到了大街上。

琼斯笑了笑，说道："我们去万岁馆[1]！"

一小时之后，琼斯在万岁馆的大堂等着龙之介。"快，快！上海之夜可等着我们呢……"

在"牧羊人"餐厅里，所有的服务员都是中国人，顾客则全是外国人。龙之介是这里唯一的黄皮肤客人。这家餐厅的咖喱比他预想的要好很多，环境也让人感到舒适。琼斯一如既往地健谈，不过他也仍如往日那般，给人一种郁郁寡欢的感觉。"中国于我而言只是消遣，日本于我才是激情。"

"那你一定很想念日本。"龙之介说道。

"我刚来的那天，"琼斯说道，"我在一个咖啡馆里坐着，当时有一个女服务员，是个日本人。她独自一人坐在椅子上，望着空气发呆。于是，我用日语问她，你什么时候来上海的？她说，我昨天刚来。我说，那你一定很想念日本吧？她说，当然啦，我好想回家。她说这话时感觉像是马上就要忍不住落泪了。我能体会她当时的心情，这也是我如今的心情。实在是多愁善感，我知道……"

"可能吧。"龙之介说道。

---

1 1904年日本人在上海开设的一家高档酒店。

琼斯哈哈一笑。“来，sa-ikō[1]……”

两人来到繁华的四马路上，走进位于法租界北边的“巴黎人”咖啡馆。咖啡馆里有着宽敞的西式舞厅，红蓝色的灯光随着管弦乐队的演奏闪烁着，让人想起了浅草的舞厅。然而，这里的乐队和音乐比起东京的要好上许多。

琼斯和龙之介二人在角落的一张桌子旁坐下，点了两杯茴香酒。一位穿着亮红色衣服的菲律宾女孩正在和一群穿着时髦西装的美国小伙子跳舞，他们看上去都很快乐，咖啡馆充满了欢声笑语。还有一对身材发福的英国老夫妇也在跳着舞。

龙之介露出了微笑。“我记得惠特曼[2]曾经说过，年轻固然美好，但老年之美更弥足珍贵……”

“真是胡说八道，”琼斯喊道，“老年人就不该跳舞。要引用惠特曼的话，你该引用这句：人们欢笑，跳舞，吃食，痛饮/在他们的华服与饰品之下，在他们干净整洁的脸庞背后/看呀，隐藏着怎样无声的厌恶和绝望啊……”

“啊，是的。《大道之歌》对吗？”

“没错。”琼斯说道，又哈哈一笑，“Sa-ikō……”

两人走出巴黎人咖啡馆，此时外面宽阔的大街上，除了黄包车夫外已经看不到什么人了。龙之介看了看表，问道：“这附近还有没有可以喝上一杯的地方？”

---

1 根据日语发音，意为“跟我来”。

2 沃尔特·惠特曼（1819—1892），美国诗人。

“有，有，”琼斯说道，“就在边上……”

在这条全是三四层高建筑的大街上，只有他们的脚步声在回荡。龙之介抬头看了一眼天空，又看了看街上零星亮着的灯光—— 一家刷着白墙的当铺，一块医生的招牌，一堵贴满了南洋烟草公司广告的旧泥灰墙——然后说道：“我实在是太渴了……”

“别急，”琼斯说道，“就在边上……”

这家咖啡馆和巴黎人相比，显得低档许多。一位中国老太太在玻璃大门边卖着玫瑰花。在舞厅的中央，三四个英国水手正与几个浓妆艳抹的女人跳着挑逗意味十足的热舞。在舞厅后方的一堵粉墙前，一个梳着中分发型的中国男孩正在一架巨大的钢琴前卖力地演奏着。在另一个角落，另一张桌子旁，琼斯和龙之介点了两杯冰苏打水。

“我感觉这场景就像一张报纸上的插画。”龙之介说道，“毫无疑问，这幅插画的标题只可能是‘上海’……”

此时从外面突然又进来了六个醉醺醺的水手，他们进门时猛地把中国老太太手上提着的玫瑰花篮撞到了地上。只见他们冲进舞厅中央，立马和他们的水手兄弟以及那几个女人狂舞起来，一边跳舞，一边踩踏着地上的玫瑰花和中国老太太的手。

琼斯站了起来。“我们走吧……”

“好。”龙之介说道。

琼斯一边往老太太的篮子里扔了一枚钱币，一边说道：“让我给你讲讲生活，龙之介……”

“你说，”龙之介说道，“什么是生活？”

琼斯一边帮龙之介扶着门，一边说："生活……生活不过是一条铺满了玫瑰花的大道……"

两人刚走出门外，黄包车夫们便一下从四面八方涌来。龙之介感到有一只手在扯着他的衣袖，把他往咖啡馆的方向拉。那个卖花的老太太一只手抓着他的胳膊，另一只手像乞丐一样伸着，唾沫横飞地对着他不断叫嚷着什么。

"太太，我真为你那些美丽的玫瑰花感到难过。"龙之介对她说道，"不仅因为它们被那些醉醺醺的水手们踩踏，也因为它们出自你这样贪婪的人之手……"

可琼斯只是哈哈一笑，又一次说道："欢迎来到上海，龙之介，欢迎来到中国……"

"谢谢。"龙之介说道，"但我不愿相信此时的上海代表中国。"

"可能是时候未到。"琼斯说着，突然打了一个喷嚏。

3

炉火添新炭，闲话腹中胎[1]……

在万岁馆客房的床上，龙之介突然从噩梦中醒来。他感到胸腔底下像是有一把刀子在转动，从胸口的下侧传来一阵阵刀插般的刺痛。龙之介在床上坐起身，咳嗽了一下。那疼痛不仅是真实

1 出自芥川龙之介《上海游记》，此句为下文提到的里见医生所作的俳句。

的，而且非常剧烈，顺着腹部爬上肩膀，紧紧勒住他的脖子。龙之介又咳嗽了一下，那疼痛再次袭来，穿过他的胸膛，钉入他的肩膀。他开始颤抖，浑身发烫。龙之介瘫倒在枕头上。他感到又冷又湿。龙之介在床上冒着冷汗。他一边咒骂着自己的霉运，一边等着女佣到来，后来又请来了医生。

医生的诊断是干性胸膜炎。龙之介得在密勒路上的里见医院[1]住上至少两周的时间。里见医生隔天便会亲自给他打上一针。

龙之介感到无助又绝望，恐怕自己不得不取消行程。他口述了一封电报发到大阪，很快收到了回复：盼君早日痊愈，但勿操之过急。旅行计划不变。待君康复，静候游记。

龙之介在病床上躺着。琼斯与村田二人，每日总有一人会前来探望。总有不认识的仰慕者隔三岔五地送来鲜花和果篮。没过多久，龙之介的床头已堆满了罐装饼干，简直不知道什么时候才能吃完。幸好琼斯每次来都带着如狼似虎的好胃口。更好的是，他还会带书来，如弗里德里希·德拉莫特·富凯[2]的故事集、翟理思[3]的散文，以及尤妮斯·蒂金斯[4]的诗歌等。

任何消遣对龙之介来说都是值得感恩的。他的高烧一直不退，精神始终受着折磨。白天的时候，他笃定自己随时可能暴毙。到了日落，他又不得不服用卡莫丁[5]来抵御可怕的夜晚。可龙之介总是天

1 日本人里见义彦（1875—？）在上海开设的医院。
2 弗里德里希·德拉莫特·富凯（1777—1843），德国浪漫主义作家。
3 翟理思（1845—1935），本名赫伯特·贾尔斯，英国汉学家。
4 尤妮斯·蒂金斯（1884—1944），美国诗人、小说家。
5 一种安眠药。

不亮就醒了，反复念着王次回[1]的一句诗文："药饵无征怪梦频……"

他梦到有一只手抓着他的衣袖，抓着他的胳膊，抓得越来越紧，是一个女人，一个他认识的女人，一个他曾爱慕的女人，一个他如今感到厌恶的女人，那个女人开始大笑，那个女人说道："Sa-ikō ……"

他的头顶挂着一个中式灯笼，窗外是一排中式的栏杆。院子里有一棵槐树。门外，整座城市在燃烧。在火车站的站台上，有一个被烧焦了的婴儿，手臂往外伸着，张着嘴，无声地呐喊着。婴儿的母亲也死了。那个女人，仍是那个女人，此时笑着说道："你自己看看吧，龙之介。如今只剩下这些了，只剩下一片荒芜……"

弱光，灰光，山坡上的日光。那个女人，仍是那个女人，朝着他家的门走去，那是他在田端的家。他的妻子正坐在被炉边，缝补着一块布料，那个女人从花园里的石灯笼旁走过，他的妻子在给他们的儿子唱着歌。那个女人打开了他家的门，他的妻子在玄关处跪着，那个女人把她刚生下的婴孩抱到他妻子面前，他自己的儿子在哭叫，那个婴孩在叫嚷，他的妻子在哭喊，那个女人在叫嚷。他的妻子转身去找他，他躺在床铺上，穿着中式花纹长袍，胸前摆着一本打开的《圣经》，他的妻子摇晃着他，向他喊着，向他恳求着："醒醒，醒醒……"

炉火添新炭，闲话腹中胎……

二十二个夜晚，二十三个白天，龙之介躺在密勒路的医院里，

---

1 王彦泓（1593—1642），字次回，中国明末诗人。

躺在病床上，任由蒙古方向吹来的风拍打着他的窗户，滚滚黄沙遮天蔽日。终于，太阳决定了要反击，于是春天到来了。他的高烧终于退去，他的疼痛也终于消去。

里见医生微笑着说道：“好消息，老师，您已经痊愈，您可以出院了……”

4

龙之介在著名诗人四十起[1]先生的陪同下，乘坐着马车飞奔在繁华的大街上。他已经耽搁不起时间了。那是一个下着雨的午后，天色已暗。他们在昏暗的雨天穿梭，穿过一排排店铺。

暗红色的烤鸡并排悬挂着，反射着灯光，显得油光发亮。一家又一家的店铺，有的卖着银器，有的卖着水果。成堆的香蕉，成堆的芒果，悬挂着的鱼鳔和带血的鱼身，蹄子朝下被挂在屠夫钩子上的剥了皮的整猪，指针全部静止的白色钟面，以及一家挂着破旧的“太白遗风”招牌的小破酒馆。

他们来到一条更宽阔的大街，过了一个路口，又过了一个路口，然后又拐进了一条巷子。

他们来到了老城的中心，上海真正的心脏地带。这里曾被城墙围绕，以抵御日本来的海盗，抵御那些跨海而来的“倭寇”。

1 即岛津长次郎（1871—1949），日本俳人，俳号四十起。

如今这里已看不见城墙，老城的心脏敞开着，敞开着，跳动着，跳动着，欢迎着，欢迎着他。

他们下了马车，走进了又一条巷子。此处的道路由鹅卵石铺成，崎岖难行。沿街商铺众多，有卖麻将牌的，有卖檀木家具的，一个招牌盖过另一个招牌。穿着黑色长衫的中国老百姓来来往往。

巷子的尽头，是豫园的入口，以及一个巨大的景观湖。湖面上铺满了厚厚一层绿藻，鲤鱼藏身其下，九曲桥架于其上，桥身如闪电般蜿蜒曲折，据说是为了迷惑只能走直线的鬼怪。在湖中心立着的，看上去荒废得像要倒塌的就是湖心亭茶楼了。

此后，他们又来到了另一条开满古董店的巷子。这里的店老板个个嘴里叼着水烟袋，游走在诸如铜香炉、陶瓷马、景泰蓝、龙纹花瓶、玉镇纸、螺钿橱柜、大理石砚屏、雉鸡标本以及伪劣的仇英[1]仿作等各类杂乱摆放的物品之间。在这条巷子的尽头，便是那城隍庙：老市井生活的中心，卖艺杂耍以及市集之地。这里供奉着的，便是那城隍爷——旧上海之王。

许多年以前，龙之介曾买过一张明信片，上面印着的便是这大名鼎鼎的城隍庙。他曾拿它当作书签，比起书上的文字，当时的他常常更喜欢图片。他曾梦想着有一天，自己可以站在那位城隍爷跟前。

在鼎沸的人声和旺盛的香火之中，往来敬拜、上香、烧纸钱的人有成千上万之多。城隍庙的天花板上挂满了金银纸钱，横梁

1 仇英（约1494—1552），明代画家，画迹流传不多，现传仇英作品多为后世之摹本。

和柱子上都盖着一层烟熏的油污。分列在城隍爷两旁的地府判官让人想起《聊斋志异》和《新齐谐》[1]里的那些插画，讲述的是地府判官和手下们如何惩治横行乡里的盗贼，打断他们的胳膊，砍掉他们的脑袋之类的故事。赤面的城隍爷本人则高耸在龙之介的跟前，仿佛就要在这夜色之中直冲云霄。龙之介看得实在是入迷，久久不愿跟随四十起的脚步离去。

二人从庙里出来，外面的货摊上卖着甘蔗、贝壳纽扣、手帕和花生等各类物品。往来的人群中，有穿着西装、别着紫水晶领带夹的男人，也有迈着三寸金莲的老妇人。龙之介望着四周，要说到杜甫、岳飞或王阳明[2]这样的人物，他没有看到，此时的中国并非诗文里的旧中国……

他们回到湖边，走进那近似荒废的茶楼，突然不知从哪儿传来一阵刺耳的鸟叫声，抬头一看，那天花板的横梁上竟挂满了鸟笼。密密麻麻的鸟笼，不绝于耳的鸟叫声，简直要震碎他们的耳膜。他们赶紧捂着耳朵从那可怕的茶楼里跑出去。然而外面的每家店铺里都挂满了鸟笼，只听四十起喊道："请稍等片刻，我去给我的孩子买一只鸟……"

在一条安静的小路旁，龙之介望着商店橱窗里京剧大师梅兰芳的照片，心里想着的却是四十起的孩子在等着他回家，还有他自己的儿子，也正在东京田端的家里等着他回去。

---

1 即清代袁枚所著志怪小说集《子不语》。

2 即王守仁（1472—1529），别号阳明，明代思想家、哲学家。

“抓紧时间。”四十起再次说道，此时他手上已提着一只关在笼子里的鸟，“当地人有句俗话，太阳从老城落下，从租界升起。”

5

泽村先生已为龙之介做好安排，让他去拜会并采访几位重要的中国知识分子。周报《上海》的编辑西本[1]先生热心地答应陪同龙之介前往并为其翻译。他们首先拜会的是章炳麟[2]先生，见面的地点约在了其位于法租界的书房里。章炳麟不仅是哲学家、学者，还是近来几次革命运动和社会巨变的领导人物之一，曾被捕入狱，也曾东渡日本。如今章炳麟在他的书房里接待着龙之介。这是一间阴冷的砖瓦房，没有炉子，没有地毯，有的只是书。龙之介穿着单薄的哔叽西装，坐在没有垫子的木椅上，望着横挂在墙上的一只巨大的鳄鱼标本。那鳄鱼的皮囊无法给人以安慰，屋里的寒气直刺入他的身体。龙之介心想，自己肯定要得重感冒了。

章炳麟身穿一件灰色的长袍，外加一件有着厚毛里的黑马褂，坐在一张铺有毛皮垫子的藤椅上，毫无寒冷之意。他的肤色发黄，

---

1 西本省三（1878—1928），日本人，曾在东亚同文书院教书，后发起春申社，办周报《上海》。

2 章炳麟（1869—1936），原名学乘，后易名炳麟，号太炎，清末民初民主革命家、思想家、学者。

胡子稀疏，说话时一双红眼睛在儒雅的无框眼镜后面散发着冷冷的笑意。“令人遗憾的是，当今中国在政治上已经堕落。可以说自清朝末年起，不正之风已泛滥成灾。学问和艺术的发展也陷入了不正常的停滞。然而，中国人民的天性并不追求极端。只要这一点不改变，共产主义在中国便没有机会。当然，有一部分学生接受了苏维埃的理念，但学生无法代表普罗大众。之所以这么说，是因为我们热爱中庸之道的国民性，要比任何转瞬即逝的激情更为牢固和坚定……”

龙之介坐在硬椅子上，无比强烈地想要抽烟，但他只是不停地点头，附和着章炳麟的话。章炳麟挥舞着长长的指甲，接着说道：“那么，何为复兴中国的至上之法呢？不论具体如何，都不该是闭门造车得出的理论。古人云，识时务者为俊杰。这样的人，不从自己的观点出发去做推演，而是通过无数的事实来进行归纳。这便是所谓的识时务者。唯有知晓当今之世的症结所在，方能对症下药。古训所谓因时制宜，也便是这个道理……”

龙之介点头附和着，他的目光再次移到了那鳄鱼身上。鳄鱼啊，春天明媚的阳光，夏天河水的温暖，荷花的清香，这些你一定都曾经历过吧。如今变成了标本，反倒是你的幸运。可谁又能怜悯一下冻得发抖的我呢！

“我最厌恶的日本人物，”章炳麟突然说道，“来自你们最爱的童话故事，就是那个征服鬼岛的桃太郎。你们和每一个孩子都会讲这个故事。对所有喜爱桃太郎的日本人，我都难免心生一丝反感。”

龙之介听过很多外国人谈论日本，有极力嘲讽山县公爵[1]的，也有将葛饰北斋[2]吹捧上天的。但迄今为止，龙之介还从未从那些所谓的“日本通”口中听到过一句对桃太郎——这个从桃子里出生的男孩——的批评。章炳麟这一番话中所包含的真知灼见，比那些所谓专家的长篇大论加起来还要多。

此时，龙之介望着眼前的章炳麟，他知道自己面前站着的，是一位真正的智者。

6

所谓的公共花园[3]却并非对所有公众开放。中国人不许进，只有外国人能进。带小孩的保姆，发着嫩芽的梧桐树，一切都很漂亮，但这不是中国，而是西方。这并不是说这个公园更先进。要说先进，它并不比东京的公园先进。只是它更西式，而西式并不意味着一定是先进的。法租界的情况也是一样。鸽子咕咕叫着，柳树发着嫩芽，空气中飘着桃花香，这一切都非常令人惬意。但对于那些西式的建筑，龙之介却不太喜欢。并非因为它们西式才不喜欢，而是因为它们看上去有些蹩脚，让他想起那些坚持只穿西服的日本人，套上厚袜子和紧鞋子，在银座或外滩蹒跚前行。

---

1 山县有朋（1838—1922），日本军事家、政治家，曾两次担任日本首相，1907年晋封为公爵。

2 葛饰北斋（1760—1849），日本江户时代的浮世绘画家。

3 现上海黄浦公园，1868年初建时名为Public Garden，中文译为公共花园、公家花园或公花园。

“虚伪，”琼斯哈哈笑道，“比起和服，你自己其实更喜欢穿西服。还有你更愿意住西式的平房，而非传统的日本宅子。你总爱点通心粉，而不点乌冬面。还有啊，比起日本茶来，你更喜欢喝巴西咖啡……”

龙之介摇了摇头，说道：“不，不。比如说，我承认静安寺路上的西洋人公墓[1]就还行……”

“是挺不错。”琼斯说道，“但就我个人来说，我更希望被埋在佛教的卍字符下，而不是被埋在基督教的十字架下。我可不想那些天使什么的在我坟前不怀好意地低头看着我，怪模怪样地试图劝我信教。就你而言，我看你就是对上海感到失望，对这里西式的东西不感兴趣……”

“恰恰相反，我对此非常感兴趣。但正如你之前讲的，从某种意义上说，上海就是西方。因此，不管是好是坏，能看一看西方也是有意思的事。更何况我从来没有亲眼见过‘真正的’西方。我只是想说，即便是在我这双无知的眼睛看来，这里的‘西方’也显得格格不入。”

“是吗？”琼斯说道，故意做出一副不敢相信的样子。“我倒认为这中西搭配简直是天作之合。当然，也有人将其比作地狱……”

龙之介确曾听闻，有黄包车夫到了晚上就变身强盗，为了抢夺耳环便割下女人耳朵的恐怖故事。

---

1 指英美租界工部局于1898年在静安寺对面建的静安寺公墓，当时又称外国坟山。

“最坏的要数那些拆白党[1]了，”琼斯低声说道，“他们把女人骗进汽车里，盗走她们的钻石戒指，然后再把她们勒死。据说，这都是从电影里学的。这里现在特别流行那种凶杀侦探片……”

日落时分，“野鸡”[2]们聚集在青莲阁茶楼外。她们围着龙之介和琼斯，同时说着日语和英语。还有些女孩坐在黄包车里转悠拉客。她们都戴着圆框的墨镜。

“特别流行。”琼斯又说了一遍。

他们走进一栋建筑，里面是一个鸦片窝。光秃秃的灯泡发出刺眼的白光，只见一个脸色惨白的妓女在和一个外国客人用一根长长的烟管吸食着“西药”。

龙之介在上海见到过许多奇奇怪怪的外国人，有男有女，其中很多似乎都是从西伯利亚迁徙而来。有一次在公共花园，就有一个俄罗斯乞丐不停缠着龙之介和琼斯，大声嚷嚷着什么。“老实说也没那么糟，”琼斯说道，“工部局[3]如今管得很严。诸如埃尔多拉多和巴勒莫这样不正经的咖啡馆在洋人区已经看不到了。现在也就只剩下郊区还有类似德尔蒙这样的地方还开着……”

在灯光刺眼的鸦片窝里，龙之介又一次摇了摇头，又一次说道：“但这只是上海——不是中国，不是那青年中国……”

---

1 关于拆白党的来历，众说纷纭，据1916年出版的《清稗类钞》记载：“拆白党，上海有之，有男党，有女党。盖无业之人，结合而成团体，以诈欺取财物，男骗女，女骗男。”

2 当时上海人对妓女的蔑称。

3 旧时列强在租界设置的行政管理机构，类似于市政委员会。

7

龙之介和村田在去拜访李人杰[1]的路上。李人杰当时二十八岁[2]，是“青年中国”之代表，也是一位社会主义者。从电车的窗户望出去，街道两旁的树都绿了，夏天就要到来了。可龙之介和村田两人聊的却并非花草或季节之事。他们压低了声音，讨论着中国舆论对于日本以及新成立的外国银行团[3]的看法。此时龙之介身上发生了一件怪事：他感染了一种怪异的政治狂热，整天想的、谈论的都是政治，而非文艺。龙之介将之归咎于上海：在这个特别的城市、特别的环境之中，足足酝酿了二十年的问题，等着人去思考，去讨论。

仆人将龙之介和村田领进了客厅。屋里摆着几把西式的椅子和一张长方桌，桌上放着几个陶瓷水果。这些苹果、葡萄和梨子形状的朴素陶器是房间里唯一的装饰。空旷的房间充满了令人愉悦的简洁感。在房间的最角落，有一个从楼上架下的梯子，只见一双中国布鞋此时正从梯子上往下走来——

李人杰身材颇矮小，穿着一件灰色长衫，留着长发，脸庞瘦

---

1 李人杰（1890—1927），即李汉俊，字人杰，中共一大代表、中国共产党创始人之一。

2 此处记载有误，李人杰当时应为三十一岁。芥川龙之介在《上海游记》中亦称李人杰当时二十八岁。

3 指1920年10月由美、英、法、日四国组建，以包揽对华贷款、攫取在华利益为目的的新四国银行团。

削，眼中透露着一股才气，看上去性情极为敏感而又真挚，给人留下了很好的第一印象。他在正对着龙之介的位置坐下。

李人杰曾在东京读过大学，日语非常流利，但更让龙之介印象深刻的是他深入浅出地进行论证的才能。

“那么，当今中国的出路在哪儿呢？答案既非走向共和，也非复兴帝制。政治革命无法改善中国，这在过去已被证明，如今又被再次证明。因此，我们如今所努力的方向，乃是发起‘社会革命’……

“若要发起‘社会革命’，则必须依靠宣传。因此我们笔耕不辍。中国的有识之士并非对新知漠不关心。事实上，我们对知识如饥似渴。但如果没有足够的书籍和刊物来满足我们对知识的渴望，该怎么办呢？当务之急便是写作。”

龙之介点了点头，说道：“我对当今中国的文艺感到失望。就我目前接触到的小说或画作而言，还没有值得一提的。然而，从当前中国的情况来看，若要寄希望于艺术的复兴，或者可以说，寄希望于任何复兴都可能是一个错误……”

“在我手中握有一粒种子，”李人杰说道，“但我恐怕前方只有万里荒野。除了荒野，一无所有。如此，我们便无力回天了。所以我日夜忧愁，唯恐我们的身体不足以承受如此重担……”

龙之介再次点了点头，说道：“除了把文艺作为宣传工具外，您是否还有心思去顾及它的发展？”

“几乎没有。”李人杰说道，“我们当下真正需要关注的，是在华银行团之势力。且不论他们背后的势力如何变换，他们对北洋政府之影响着实让人不得不防。不过对此我们也不必过于悲观，敌人说到底不过是一群银行，我们将炮火对准目标即可……”

从李人杰府出来以后，村田说道：“此人非常聪明。”

“确实让人印象深刻。”龙之介附和道。

村田笑了笑，说道：“不瞒您说，据说李人杰在日本读书时，可是非常热心阅读并推崇您的作品呢。”

“所以说，人无完人。”龙之介说完叹了口气。

8

这是龙之介走前的最后一晚，他和琼斯二人在一家咖啡馆的某个挂着灯笼的角落找了一张桌子坐下，一边喝着威士忌和苏打水，一边看着成群结队的美国人和俄国人在房间里来来去去，女人们大都倚靠着桌子，听着印度乐团的管弦乐演奏。其中有一位穿着青瓷色长裙的女人引起了龙之介的注意，只见她在不同的男人之间舞动穿梭。她那美丽的脸庞像瓷器般精致，近乎带着一种病态：身着绿绸缎，起舞轻飞扬。手捧白葡萄酒，笑里带着光。耳环轻摇，那才是莲花姑娘[1]……

---

1 出自尤妮斯·蒂金斯诗作《水性杨花的女人：一位美国人》（*The Lady of Easy Virtue : An American*），描写了在上海遇见的一位舞女“莲花（Lotus）”。

“她是谁，”龙之介问道，“穿绿裙子那位？”

琼斯耸耸肩，说道：“她？好像是法国人，一个女演员。”

“你认识她吗？知道她的故事吗？”

琼斯再次耸了耸肩。“我只知道大家都叫她妮妮。你应该看看那位，那边那个老家伙，那才是个有故事的人……”

龙之介瞄了一眼隔壁桌子的那个男人。那人双手捧着一杯红葡萄酒，一边用体温给杯子加热，一边摇晃着葡萄酒，同时随着乐队演奏的音乐摆动着脑袋。

琼斯小声说道：“你知道吗，那是个犹太人。他在这里住了快三十年了。但他从未说过到底是什么吸引他当初来到这里，以及他为何选择留下。我总在琢磨这个人……”

“你在意什么？”龙之介说道。

琼斯说：“我就是好奇，反正我已经受够了中国。”

“不能说中国，”龙之介说道，“只能说是上海。”

琼斯点点头，说：“是受够了中国。我在北京也住过一段时间。”

“是因为中国正逐渐变得过于像西方了吗？”

琼斯像是要说些什么，但是欲言又止。

“那么，如果不留在中国，”龙之介问道，“你准备去哪儿生活呢？去日本怎么样？你可以回东京去。”

琼斯摇了摇头，说道：“永远不要回到你生活过的地方。因为你无法真正回到过去。”

“那去哪儿呢？”

琼斯笑了笑，说道：“去俄国，苏维埃俄国。”

“那你去呀！你想去哪儿都行……”

琼斯闭上眼睛，沉默了一会儿，好一会儿，然后用日语引用了《万叶集》里的几行诗，几行龙之介早就忘却了的诗句：“尘世悲苦兮，贫困生羞耻。我欲高飞兮，奈何无双翅……”

龙之介露出了微笑。

琼斯睁开双眼，环顾四周，然后说道：“那个老犹太人是怎么想的，我不清楚，但就算是妮妮，她看上去也要比我更快乐。”

“啊哈，”龙之介哈哈一笑，“我就知道你一定认识她！”

琼斯耸耸肩，说道：“我不是个简单直接的人，龙之介。我是诗人、画家、评论家、记者等等。我也是儿子、兄弟、单身汉、爱尔兰人。不仅如此，我还是精神上的浪漫主义者、生活中的现实主义者，以及政治上的共产主义者……”

“你还是一个妮妮的爱慕者。”龙之介笑道。

这时琼斯也笑了。“是的，是的。我还是一个宗教上的无神论者、哲学上的唯物主义者。好了，来吧。Sa-ikō……”

外面的城市被怪异的黄雾包围。虚假的边界此时也被雾色淹没。龙之介跟着琼斯在街上走着，向着水声，向着波浪声走去。

他们在岸边停下了脚步。海关大楼在雾色中若隐若现。一面破旧歪斜的黑帆在江面上独自漂流，只听见船身在吱吱作响。江水泛起又回转。码头上的黑色柱子被铁链锁着，卸下的货物堆积如山。在潮湿的夜色中，苦力工人们在堤岸旁堆着的木桶上坐着。

“现在要做任何的改变，”琼斯说道，“都已经太晚了。”

“这么说，你这一生算是荒废了。”

一群看上去疲惫不堪的俄罗斯妓女在一张长凳上坐着。一艘舢板船上亮着一盏蓝色的灯，只见那灯随着波浪摇摆着，在她们沉默憔悴的眼前不停地旋转，仿佛是在催眠……

“不只是我，”琼斯说道，“这世上所有的人都一样。”

几个中国人坐在木桶上赌博，铜板碰得叮当响。煤气灯的灯光透过黄雾和潮湿的树，投下带有条纹的影子。码头上系着的船随着波浪摇摆，在摇曳的灯光下起伏着。

“嘿，看那儿。”琼斯指着漆黑的江面说道。

在离他们脚边不远的江面上，有一只死去的小狗在随着潮水起伏，轻触着码头边的石块。它的脖子上系着一圈花环。

龙之介转过身，点上一支烟，看着那几个妓女起身沿着铁栏杆漫步离去。其中一位年轻的妓女走在队伍的后面，她那憔悴的双眼偷偷向后一瞥，龙之介突然想起之前做过的一个令人无比悲伤的梦，心里突然有一种被击穿的感觉：当秀茂子[1]告诉他，她的第二个孩子是他的，然后转身离去时，她也是像这样回头瞥了他一眼。此时那个年轻女人跨过系着泊船的绳索，和其他人一起消失在木桶堆之中。她们只留下了一个被踩踏过的香蕉皮。龙之介又把目光望回江面。钱币和货物整日整夜地从这个港口流进流出，世界各国的战舰沿江展示着他们的火炮。

---

1 芥川龙之介的情人，芥川在《我鬼窟日录》里称她为“愁人”，在《一个傻瓜的一生》里称她为“疯子的女儿”。

“我想知道人们为什么要这么做。”琼斯轻声说道，仍旧望着在漆黑江面上随着潮水起伏的死去的小狗。

“怎么做？”龙之介问道。

“在你死了以后，”琼斯说道，“给你做一个花环。”

龙之介又低头看了一眼那只死去的小狗，摇了摇头，说道：“我不知道。不过我庆幸我们这么做了。至少我们之中有人这么做了。”

“可能是妮妮。”琼斯说道。

龙之介抬头看着琼斯，又想起了尤妮斯·蒂金斯那首诗里的句子：或许你也被困他乡，正如这些思乡的可怜郎，在这包罗万象的白人葬场，冷酷的上海，就像筛子一样，悬于污秽与孤独之上……

龙之介将烟头弹入夜色笼罩的江水之中，说道：“因为希望和所有年轻的翅膀，都被你吞没……”

“实在是多愁善感。”琼斯说道。

龙之介点了点头，说：“与上海告别我不遗憾，要与你告别我很遗憾。”

“其他的地方也好不到哪里去，”琼斯说道，“你仍抱着太多的幻想，你总是这样。恐怕你会非常失望。”

“那么，我希望我们再见的时候是在日本，在一个更快乐的时代。希望那时的你也可以更快乐。”

在夜色中，琼斯望向了江面，看着战舰和火炮投下的倒影，沉默着，等待着，最终转向龙之介，说道：“很抱歉，老朋友，我对此深表怀疑。”

龙之介什么也没说。在这夜色之中，在那码头之上，他回忆起了他们初次见面时的场景。壁炉里炉火旺盛，火光映射在红木桌椅上。他们聊了一整夜，聊爱尔兰，聊文学，直聊到龙之介最终被睡意所击败。那并非多么久远之前的事，还不到十年，却感觉像是上辈子的记忆，是来自另一个世界。那旺盛的炉火带给龙之介的不再是温暖和舒适的感觉，而是成了危险和不祥的征兆，让他充满了一种隐隐的焦虑和恐惧之感。

在这潮湿的夜色之中，在那码头之上，龙之介打了个冷战，说道："你还是那样厌恶萧伯纳[1]吗？"

"有增无减。"琼斯哈哈笑道。

"基督的话语呢？"

"实在是多愁善感。"

龙之介再次望向了江面，那只戴着花环的小狗已不再随着潮水起伏，而是浮在了水面上。水面上出现了耶稣的脸。祂的眼里涌出了泪水，泪水顺着祂的脸一直流进了祂的衣领。龙之介说道："若能至少相信有被宽恕和救赎的可能，难道不是更好吗？"

"你应该把票退了，"琼斯说道，"东方与西方是无法调和的。它们会将你撕裂，龙之介。"

说到这儿，琼斯突然又打了一个喷嚏。

---

1 萧伯纳（1856—1950），爱尔兰剧作家，本名乔治·伯纳德·萧，国内习惯译为"萧伯纳"。

9

告别过后，夜色之中，龙之介来到“凤阳丸”号的甲板上点了一根烟。码头上一个人也没有。在江岸下游，沿着外滩一带灯火通明。全是虚假的门面，全是拙劣的模仿。在夜色之中，在甲板之上，龙之介闭上了眼睛……

很久，很久以前，有一棵巨大的桃树，它的根埋在冥界，它的枝干却高耸入云霄。在一个美丽的早晨，八咫鸦[1]，一只神秘的乌鸦，落在了这棵树的枝头上。八咫鸦从树上啄下一个桃子。桃子穿过云层掉落在了一条小溪上。一个没有孩子的老奶奶在小溪里发现了这个桃子。桃子里藏着一个男孩。老奶奶把男孩带回了家，她和她的丈夫给男孩取名为桃太郎。

桃太郎之所以有一天想要去征服鬼岛，是因为他厌恶了在田里、山里和河里劳作，像养大他的老爷爷和老奶奶那样生活。那对老夫妇被这个淘气的孩子弄得心力交瘁，于是帮他准备了一面旗帜、一把剑，以及一些糯米团子，然后就让他走了。很快，一条饿坏了的狗，一只懦弱的猴子，以及一只骄傲的雉鸡，加入了他向鬼岛进发的征途。

---

1 日本神话中太阳神天照大御命的使者，也作为太阳的象征之一，形象为三只足的巨大乌鸦。

然而，尽管被叫作鬼岛，那地方却是一个美丽的天然乐园。而鬼族其实是一个性情温和、喜爱玩乐的种族，他们喜欢弹竖琴、唱歌和跳舞。不过他们的爷爷奶奶总会给他们讲故事，提醒他们要小心彼岸那些可怕的人类："你们要是不乖的话，我们就把你们送到人类的地方去。人类无论男女，都喜欢说谎。他们贪婪、嫉妒、虚荣。他们不仅纵火、偷盗，还会为了让自己高兴，或者因为利益，杀害自己的朋友。"

桃太郎一手举着桃旗，一手摇着印有太阳旗的扇子，指挥着狗、猴子和雉鸡，给鬼族带去了无比的恐怖："冲啊！冲啊！把鬼杀光，一个不留！"

狗一口就咬死了一个年轻的鬼。猴子先是把鬼少女们蹂躏了一番，然后再把她们掐死。雉鸡则啄死了不计其数的鬼孩子。很快，鬼岛上尸横遍野。鬼族的首领只好向桃太郎投降。

"现在，我决定大发慈悲，"桃太郎宣布，"放你们一条生路。不过，作为交换，你们要把所有的财宝都交给我，而且要把你们所有的孩子交给我，作为'鬼'质……"

鬼族首领别无选择，只能答应。于是，桃太郎带着财宝和鬼质，凯旋回到了日本。然而，桃太郎并没有从此过上幸福的生活。鬼孩子们长大以后，一个个都忘恩负义，不停地想要杀死桃太郎，不断地想要逃离日本，想要回家，回到鬼岛。

就这样，永无宁日……

凤阳丸的引擎响起，船开了。龙之介睁开双眼，把烟头扔入江中，然后把手伸进了口袋。他本想要去掏口袋里的"埃及人"

香烟，却摸到了别的东西。

“玫瑰，红玫瑰……”

花瓣已经枯萎，花香已经散尽，如今留下的，不过是一场梦。

一场噩梦……

突然传来一阵炮火声和刺耳的炮舰哨声。萤火虫的幼虫吃着被麻痹了的蜗牛。新鲜的肉。魔鬼转着弯，邪灵看着地图。巨大的声响围绕着他，无穷无尽，撕心裂肺。穿过幽暗山谷，穿过流泪谷。

“实在是多愁善感……”

在夜色中，在甲板上。龙之介将那枯萎的红玫瑰扔进了翻滚的江水之中。他先是用手指堵住耳朵，然后又用手指遮住了眼睛。他先是诅咒桃太郎，然后又诅咒了八咫鸦。接着他又诅咒自己。现在他开始祈祷，手中拿着船票。龙之介不停地祈祷，祈祷再没有什么鸟会落在那棵树的枝头，再没有什么孩子会从桃子里出生。

你所想要的，是你不应该要的。

驱魔人

我在桥面上，

扔下一黄瓜；

水面扑通响，

现出短发头。

——赠和香，我鬼[1]醉笔

于折叠屏风上所作短歌，并画有河童图。

芥川龙之介，1922年5月，于长崎

1 芥川龙之介俳号“我鬼”，和香为芥川在长崎结识的一名艺伎的真名，艺名为照菊，下文会提及。

一个男人挡住了我的去路，对着我劈头盖脸地喊道：“天使将在审判之日向这座城市挥下利剑！因为这是一个有罪的国家，一个不义的民族，一个恶人的温床！看看国会和市议会。看看剧院和百货商店，还有那些时常光顾它们的无聊男女。看看他们崇拜的知识分子和文人，还有蛊惑他们的杂志和报纸。他们不怕诽谤那圣者，他们不怕诽谤上帝！他们是叛教者！他们是异教徒！这不是东京，这不是日本，这是索多玛和蛾摩拉[1]！很快你们就将感受来自天国的震怒，很快你们就将见识来自天国的惩罚！”

我推开那个疯子，走进东京火车站，穿过检票口，走上楼梯，走上站台，登上火车，远离而去……

*　*　*

恒藤恭[2]，龙之介认识最久也最亲密的朋友，刚刚在京都帝国大学经济学部获得了一个教职。因此，龙之介决定途经京都时停留几日。那些天，他在这座城市的大街小巷里四处漫游，在蔚蓝天空之下，在这樱花怒放的时节，想象着这些街道从前的样子，想象着这个古都过去的辉煌。

1《圣经》中记载的两个罪恶之城。

2 恒藤恭（1888—1967），日本法学家，与芥川龙之介是一高时代的同学、密友。

5月初的这一天，龙之介身穿哔叽和服，脚踩木屐，背包里装着记事本，带着香烟和扇子，从恒藤位于森本町[1]、俯瞰贺茂御祖神社[2]的住处出发，先是往南朝河流交叉口方向走，然后拐入今出川通，一路往西走，经过京都御苑的北面和同志社大学校园的南端，往西再往西，一直往西路过北野天满宫，到西大路通才又往南拐，往南一直走到妙心寺通再往西拐，接着往西一直走，最终来到了围墙环绕的妙心寺[3]建筑群的南门。

龙之介穿过石桥，从木门底下走进了这个自成一体的小世界——这个城中之城有着超过四十个塔头寺庙，长满松树和冷杉的大道，狭窄的石头小径，铺有歪歪斜斜的砂石路的草坪，以及朱红色的木结构寺庙。龙之介在这个有着低矮的白色石墙和灰色瓦檐的迷宫中穿梭，蜿蜒迂回地朝着他今日之行的目标前进着。他本可以停下脚步，去观赏退藏院的枯山水石庭，或者抬头去仰望妙心寺法堂镜天井上狩野探幽[4]所绘的“八方睨龙”云龙图。但龙之介今天只有一个目标，他心里想着的，只有一件事。

龙之介又穿过一座环绕着盛开的牡丹花丛和低垂的樱花树的小石桥，再次从一个小木门底下走过，进入了又一个小世界，一个小世界中的小世界：春光院。

---

1 森本町与下文今出川通、西大路通、妙心寺通等均为街区和街道名。

2 位于京都市左京区，也叫下鸭神社。

3 妙心寺为禅宗临济宗妙心寺派的总院，建于1337年，原为花园天皇的离宫萩原殿，天皇退位后改建成禅寺，周围建有许多塔头寺院，形成一大寺院群。

4 狩野探幽（1602—1674），原名狩野守信，狩野派代表画家之一。

在春光院，一位僧人接待了龙之介。龙之介先介绍了自己的情况，并就未事先预约一事表示歉意，然后便询问是否有可能让他见一见专门远道而来想要见的东西。僧人露出了微笑，将龙之介带入主殿。就是在这里，龙之介终于亲眼见到了南蛮寺钟。

南蛮寺原是京都的一个基督教大教堂，由耶稣会神父涅基-索尔多·奥尔甘蒂诺[1]在织田信长[2]的支持和祝福下于1576年建立。南蛮寺钟则是在葡萄牙铸造而成，并于1577年运抵南蛮寺。但只过了十年，南蛮寺便在丰臣秀吉[3]对基督徒的第一次大迫害期间，被下令摧毁了。直到今日，依然没有人知道当初南蛮寺的确切位置。在大迫害期间，南蛮寺钟也不知所踪。直到19世纪初，这口钟才再次被人发现并带到了这里，带到了春光院。当初的南蛮寺基督大教堂，如今剩下的就只有这口钟了。

龙之介站在钟前，望着这口钟，看得如痴如醉。在钟的表面，刻有三个耶稣会的印记，其中包括基督符号IHS，这个符号有三种可能的解读：希腊文里耶稣之名的头三个字母；拉丁文Iesus Hominum Salvatore的首字母缩写，意为“耶稣，人类救主”；或代表拉丁文In hoc signo vinces，意为“以此为记，必将得胜”。基督符号的上方刻着一个十字架，下方刻有三颗钉子。在钟的背面，刻着代表年份的数字——1577。

---

1 涅基-索尔多·奥尔甘蒂诺（1530—1609），意大利耶稣会传教士，1570年前往日本传教，1576年主持修建了京都的南蛮寺。

2 织田信长（1534—1582），日本“战国三杰”之一。

3 丰臣秀吉（1537—1598），日本“战国三杰”之一。

龙之介伸出手，穿越数个世纪，跨越历史的海洋，去触摸那口钟。温暖的手指触碰着冰冷的金属钟面，在他耳旁，在他脑海之中，他仿佛听见那钟声响起，响彻整个南蛮寺基督教堂，在古都京都城里回响，呼唤着虔诚的信徒前来祷告。在他耳旁，在他脑海之中，在他的心中不停有钟声回响。

"南蛮寺钟并非本院收藏的唯一的基督教文物，"那位僧人说道，"庭园里还有一座切支丹[1]灯笼，是一座石灯笼，石竿为十字形，上面雕琢有他们的圣母——童贞女玛利亚——的形象。"

龙之介跟着僧人穿过擦得锃亮的深色走廊，经过金碧屏风，来到了春光院的主庭园——细石庭园。

在庭园的边缘地带，在一片树荫之下，龙之介见到了那座石灯笼。他站在那儿，再次看得如痴如醉。

"没有人真的知道，"那位僧人说道，"这座石灯笼，这个隐秘的圣像，是怎么来到这里的……"

龙之介再次伸出手，穿越数个世纪，跨越历史的海洋，去触摸那座灯笼。接着他又蹲下身子，轻轻地用手指划过圣母石像。圣母的双手举在胸前，十指交叉放在心脏的位置。他的手指带着温暖，那石像也带着温暖，他触摸到了温暖，是被圣母触碰的温暖，她触碰到了他的心房。

"你要是想的话，"僧人说道，"可以在朝向庭园的房间遮阴

1 "切支丹"为日本战国直到明治初期对本国基督教（天主教）徒的称呼，也叫"吉利支丹"。

处休息。”

龙之介谢过那位僧人，感谢他好心带他看了南蛮寺钟以及圣母石灯笼，之后僧人便离开了，留下龙之介一人坐在游廊遮阴处那擦得锃亮的深色木台阶上，望着那细石庭园……

龙之介坐在台阶上，在遮阴处沉默地闭上了眼睛，又睁开，也不知道自己在那里坐了多久，他忘记了时间，忘记了此刻是哪一天，甚至哪一年。但在那寂静的遮阴处，龙之介突然感觉到有一团阴影朝他笼罩而来，那影子现在来到了他的身后，遮阴处的影子，影中之影。龙之介转过身去，他看到了——

一个西方人，身材高大，体格健壮，长着一个大鼻子，脸有些臃肿，穿着西装三件套，没穿袜子，赤着脚，一头抹了发油的长发朝后梳着大背头。他低头向龙之介露出一个微笑，然后用带着口音的英语说道：“我不得不说，我是真喜欢这个庭园，这个细石庭园。你呢？”

龙之介抬头看了看这个男人、这个西方人，稍稍点了点头，说道：“我同意，确实是引人入胜。”

“引人入胜，”那人重复道，“是因为有日式精髓。”

龙之介微微笑了笑，说道：“也许吧。但是西方一定也有许多引人入胜的庭园，并且不是日式的。”

“很遗憾，今时不同往日了。”那人说道，“西方的庭园已经到了要关闭的时刻，他们的土地杂草丛生，他们的庭园大门紧锁。而且，如果你们不多加小心，恐怕很快你们这儿的庭园也要关闭了……”

“是吗？”龙之介说道，把目光从那人身上移开，又望向了庭园，不知道还能或者还想说些什么。

只见那人用手掌轻轻拍了一下龙之介的后背，然后在龙之介身旁那擦得锃亮的深色游廊台阶上坐下，轻声说道：“不过，美景当前，我却给你描绘了这样一幅黯淡的景象，实在是对不起。”

“哪里的话，”龙之介说道，“老实说，你对这庭园的一番热切之言，倒是让我这双倦眼倍感清新。”

“那么，敢问现在这双清新的双眼，”那人问道，“看出什么来了吗？”

龙之介此时为刚才所说的话感到后悔，只好打量着眼前的景色，挣扎着想说点什么机敏的话，但除了“和谐”之外，他实在是想不出别的话来。

“正是，”那人说道，“和谐。我想谈谈这个庭园的设计和历史。如果你对此已有了解，还请别见怪。这座佛寺庭园其实是以伊势神社为主题设计的，也就是位于三重县的伊势神宫[1]。如你所知，那是位列日本神道神社体系顶点的神社。并且在这座佛教庭园中有一片林地，用来供奉天照大神[2]，也就是太阳女神；还有一个小神龛，用来供奉丰受大神[3]，也就是掌管农业的女神。你也知道，过去把佛教和神道教的物品放在一起供奉是比较常见的，一直到

---

1 伊势神宫是位于日本三重县伊势市的神社，被定为神社本厅之本宗。其内宫祭祀天照大神，外宫祭祀丰受大神。

2 日本神话里高天原的统治者，太阳的神格化，被奉为日本天皇的始祖，也是神道教最高神。

3 日本神道教里掌管食物的女神。

明治维新之前，日本人都还普遍相信，本土神道教的神祇其实都是佛陀为了帮助、拯救世人而采用的不同化身。正因如此，你才在这座庭园里感受到了和谐。这种融合性正是它引人入胜的地方。”

龙之介望向春光院的主庭园，望向那细石庭园，说道：“其实这些我之前并不了解。”

“但你还是感受到了。”那个西方人说道，“在你心里，你那颗日本人的心里。”

龙之介露出了微笑，说道：“实不相瞒，这颗日本人的心，其实只为一样东西而来——南蛮寺钟。”

“不奇怪。”那人说道——三年前的那个下午，在长崎县立医院的办公室里，斋藤茂吉也说过一样的话——但这个西方人，他说这句话时带着的却是一丝悲哀，而非不屑之情。他接着说道：“啊，是的，是的，南蛮寺……真是个了不起的地方——在鸭川的这一边，在它的西岸，在三条和四条之间，靠近如今六角堂所在的地方——占了好大的一块地，四面围着木墙，南面有两扇大门，主殿的布局呈十字形，从很远的地方就能看见钟楼和楼顶的十字架。当报时的大钟敲响，发出对信徒的呼唤，整个古都京都城的人都能听到，那钟声回荡在我们的耳旁，回荡在我们的心里。你听……你听，龙之介……”

在遮阴处，在台阶上，龙之介突然转头望向那人，那个刚刚叫了他名字的陌生人，那个知道他名字的人。那人也在看着他，朝他微笑着，他的一只手指放在唇边，一只手指放在耳边，现在又指着他的眼睛，轻声说道：“你听，龙之介，你看……”

这时那人把手指从他眼前移开，指向了庭园，龙之介顺着那人手指的方向来到了细石庭园，看着他的手指向上一掀，仿佛揭开了一层帷幕。

“看呀，这些异国风情的西方植物——玫瑰和橄榄，月桂和肉桂——生长在本土的松树和柏树之间，你看，你闻，这神秘的芬芳、甜蜜的香气，是那刚刚绽放的玫瑰的清香，因为我们现在还在春天，此时的春天，也是彼时的春天，然而我们现在像是还在日本，又好像已不在日本，你知道我们现在哪儿吗，龙之介？你能认出这个地方吗？听那敲响的钟声，不停回荡……”

龙之介此时已目瞪口呆，他能闻到那玫瑰的清香，他能听到那钟声的回响，他轻声说道：“南蛮寺……”

“正是，”那人说道，“这里就是那南蛮寺的庭园，现在，你看，你看！我们来看看，那人又是谁呢？”

这时他看见了一个男人的轮廓，迈着哀伤的脚步，在铺着红色沙土的小路上走着，他那深色长袍的下摆在粉色的灰尘中拖行着，龙之介说道：“奥尔甘蒂诺神父！”

“正是。”那人再次说道。接着将手伸向龙之介的胳膊，将他从台阶上扶起，说道：“跟我来……”

那人抓着龙之介的胳膊，两人在扬起的粉色灰尘中，快步沿着红色小路悄悄追赶着奥尔甘蒂诺神父，一步步越追越近，直到他们可以听见神父的喃喃自语——他多么想念罗马，多么想念里斯本，杏仁的味道，雷贝克琴弹奏的音乐，《圣母颂歌》的天籁之声——接着，听见他一遍又一遍地，反反复复念诵着上帝。他的双眼盯着脚下，盯着在走的路，然后又望向了路边的深色苔藓。现在他开始盯着苔藓上浅色的花瓣，他停下了脚步，那些花瓣仿佛将他的去路死死地拦住了。他似乎受到了惊吓，惊恐地抬头看那庭园里的树。在矮棕榈树丛投下的幽暗阴影之中，奥尔甘蒂诺看见了一棵独自低垂的樱花树，它的树枝垂得很低，就像弯着腰，它那鬼魅般盛开的花朵向外伸展着，像幽灵一样缠绕着庭园——

“上帝救救我！上帝保护我！”神父喊道，他跪了下来，不断地在胸前画着十字，一遍又一遍地呼喊着上帝……

与龙之介同行的那个西方人现在站在小路上，站在龙之介身旁，一只手捂着嘴偷笑，另一只手搭在肋骨上。他的肩膀因为发笑而摇晃着，整个人都乐得打战，他看着这个外国神父跪倒在低垂的樱花树枝下，看着他不停地画着十字，呼喊着基督——

“主啊，你忘记我要到几时呢……”

那人突然停下了笑声。他看了一眼龙之介，摇了摇头，翻了个白眼，不屑地说道：“这些耶稣会教士！他们想要全世界，可当世界不想要他们的时候，他们就哭着跪倒在地，然后去责怪基督！真是不可理喻，你说是不是？他们去责怪一个不该被责怪的人，唯一一个——相信我，龙之介，我见过的人太多了——在那么多人之中，唯一一个真正无可指摘的人……”

原本在樱花树下跪着的奥尔甘蒂诺，想必是听到了他背后的偷笑声和窃窃私语声，只见他转过身，站了起来，指着躲在黑暗中的那个人和龙之介，不断挥舞着手指，喊道：“你！又是你！”

那人看了一眼龙之介，耸了耸肩，然后露出了一个最为无辜的微笑，问道：“他是在说我吗？”

“我还能说谁？”奥尔甘蒂诺吐了口唾沫，走近那人，说道，“我当然是在说你！你到底是怎么找到我的？”

“我找到你？”那人哈哈笑道，“我还说是你找到我了呢。正如我曾多次对你说过的，如果你需要我，你可以在庭园里找到我。”

“我不需要你。”神父喊道，“滚！赶紧滚！”

那人再次转向龙之介，又摇了摇头，说道：“你明白我的意思了吧？这些耶稣会教士！叫我滚，叫我赶紧滚，实际上该滚的是他们，是你……”那人此时转向奥尔甘蒂诺，朝着奥尔甘蒂诺开火道：“是你，你才是这里的不速之客，这里不欢迎你，神父。”

“上帝救我，主啊，保护我！”奥尔甘蒂诺又开始喃喃自语，又开始不停地画着十字，然后又看着在黑暗阴影中站着的那人，说道：“这是属于神的地方，这是属于神的世界，我被差遣到此地，是为了做神的工，是要来传神的道……”

“是，是，是。”那人一边说着，一边在神父身后转着圈，然后回过头，在他耳边低声说道：“这些话我之前都听过，听过很多遍了，所以你还是省口气吧，神父，别浪费时间了。回你的罗马宫殿去吧，回你那给人用火刑的里斯本还是别的什么地方去吧。因为这一次，在这个地方，你将要吃败仗，你必败无疑。”

奥尔甘蒂诺神父紧紧抓着脖子上的十字架，摇着头说道：“我的主，我的神，祂无所不能，不管是谁，不管在哪儿，不管是什么，都无法胜过祂，我的主，我的神，祂必将战无不胜……”

“好吧。”那人把目光从神父耳边抬起，朝龙之介眨了眨眼，说道：“我对此自然是不同意的，并且不管是现实、历史还是客观事实，都将一如既往地站在我这一边……”

“所以你给我听好了，神父，希望这次你能吸取教训，因为你和你的上帝远不是第一个踏足这片土地的人。比你更伟大的人，曾带着更有智慧的道，远道而来，却又铩羽而归。那孔孟之道便是很好的例子。你看看这里现在变成中国了吗，还是依旧是日本呢？

“再说了，当时那些中国人可不是空手而来的！吴国人带来了丝绸，秦国人带来了珠宝。他们还带来了文字，那优美的汉字。神父啊，你总爱说什么‘传神的道’，我现在就给你讲一个很能说明道理的故事。

“如我所说，那些中国人带着他们的文字来了，而当地的日本人呢，他们面带微笑，鞠着躬，礼貌地接受了中国人的文字。非常感谢，他们说道，我们会使用你们的文字。但是——问题来了，神父，这也是你要注意的问题，看看这片土地上的人民的天才之处——他们接受了中国人的文字，却保留了自己本土的发音。比如，当日本的历史学家们记录那些大鼻子、红头发的南蛮人乘船而来时，他们用汉字‘shū’[1]表示船，可当他们把这个字读出来时，他们仍旧用的是原来日语的发音‘fune’。真是天才，是不是？”

---

1 原文如此，此处疑有误，疑为“船”字。

南蛮寺的庭园此时已笼罩在暮色之中，奥尔甘蒂诺神父这时再次跪倒在地，跪在那红色的小路上，紧紧抓着玫瑰经念珠上的十字架，开始祷告。

在阴影处站着的那人没有理会跪倒在粉色沙子上祷告的神父的话，他只是轻轻地把一只手搭在神父的肩膀上，凑近他的耳旁，说道："你可能对我刚才说的事一无所知，也从来没听说过他们，但你去看看空海[1]、道风[2]、佐理、行成等人的伟大作品，这些伟大的日本书法家虽然最初模仿了汉字的书写风格，但后来创造并不断发展了自己的风格，假名[3]的书写风格……当然，这并不仅限于文字和书写方面，在思想和观念上也是一样的情况。想想老子冷酷的道家学说是如何在这片土地上被软化的，当然，还有那可怜的小王子悉达多[4]的故事……"

"我还活的时候要这样称颂你，"奥尔甘蒂诺提高了嗓门说道，同时把念珠上的十字架抓得更紧了，"我要奉你的名举手。我在床上记念你，在夜更的时候思想你，我的心就像饱足了骨髓肥油，我要以欢乐的嘴唇赞美你……"

那人又抬头看了一眼龙之介，再次摇了摇头，叹了口气，然后又凑近奥尔甘蒂诺的耳边，说道："你没有在听我说话，我知道。

1 空海（774—835），日本僧人、书法家，曾于804年到达中国，后编撰了日本第一部汉文辞典《篆隶万象名义》，对唐朝文化在日本的传播起到了重要的作用。

2 道风（894—967），日本书法家，其墨迹被称为"野迹"，与下文藤原佐理（944—998）的"佐迹"、藤原行成（972—1028）的"权迹"共同誉称"三迹"。

3 日语的表音文字借用汉字的音和形，但不采用它的意义，所以叫假名。

4 相传佛陀释迦牟尼出家前为迦毗罗卫国的王子，俗名为乔达摩·悉达多。

你本性如此，我知道你改不了。但是，如果你能听我的话，神父，哪怕不是为了救你自己，至少救救那些会因你的无知、固执和虚妄而死的可怜的当地人。他们会因为你而死，并且死得毫无意义，因为他们信的并非你的上帝，而是错将你们的上帝当成了他们自己的神……”

“因为你曾帮助我，我就在你翅膀的荫下欢呼。”奥尔甘蒂诺高喊道，“我心紧紧地跟随你，你的右手扶持我……”

“好，好，接着念，神父，接着念。但是你有没有想过，当地人之所以如此心甘情愿地敬拜大日如来，只是因为他们以为那个神和他们自己的太阳女神——大日灵贵[1]——其实是一回事？你知道吗，神父，我曾在很多庭园中行走。我曾与这个国家的伟大僧侣亲鸾[2]和日莲[3]一同在沙罗双树[4]的花下行走，我可以告诉你，神父，当我窥探他们的内心，凝视他们心中敬拜的形象时，看见的并不是深色皮肤的外国佛，不是的！我看见的只有那白皙、文雅、高贵的圣德太子[5]的形象在他们心中照耀，照亮他们的心……”

“但那些寻索要灭我命的人，”奥尔甘蒂诺喊道，闭上了眼睛，“必往地底下去……”

---

1 天照大神（太阳女神）的名称之一。

2 亲鸾（1173—1263），日本佛教净土真宗初祖。

3 日莲（1222—1282），日本佛教日莲宗创始人。

4 沙罗双树，正名为娑罗双树，又名桫椤，相传释迦牟尼涅槃于娑罗双树间。

5 圣德太子（574—622），用明天皇次子，推古天皇时的摄政大臣，笃信佛教，其执政期间大力弘扬佛教。

“蠢货，”那人叹了口气，“老是把毁灭挂在嘴边，只要别人不信教就要被毁灭，又是发动圣战，搞十字军东征，又是搞宗教审判，对人用火刑。你们手中紧握十字架上可怜的耶稣像——耶稣，那无可指摘之人，唯一的无可指摘之人——借用那位绝不做王之人的名义——尽管他本可以做王，哦，是的，他本可以做王，相信我，神父——你们却身穿帝王般的长袍，借用那视钱财如敝屣、身无分文之人的名义，你们倒大肆建造起宫殿来。神父——你们不请自来，踏上这片土地，但对这里的奇迹视而不见，对那些你们想要征服的当地人的智慧充耳不闻……”

“他们必被刀剑所杀，”奥尔甘蒂诺高喊道，“被野狗所吃……”

“你又来了，”那人叹了口气，嘴上浮现出一丝带有悲哀的微笑，“又是刀剑又是野狗的。哪怕你能睁开眼睛，从跪着的地上站起来，神父，去周围走走，去四处看看，去看，去听，你就能看到，能听到，能了解到：这片土地、这个国家的历史和传统，是善于学习和改良的，是喜欢变形和再创造的……”

“但是王必因神欢喜。”奥尔甘蒂诺说道，这时他睁开了眼睛，这时他从跪着的地上站了起来，将那念珠上的十字架指向了那块黑暗之处，对准了那人，对准了龙之介，说道：“凡指着他发誓的，必要夸口……”

那人朝龙之介露出了一个悲哀的微笑，再次缓缓地摇了摇头，说道：“这个人从来不会听别人的话，也从来都不会有长进。我都不知道我为什么要这样白费力气，我真的是不明白……”

此时，在暮色之中，在那条小路上，奥尔甘蒂诺神父已经来到了他们面前，他的十字架此时已经贴到了龙之介的脸上，只听他怒吼道："因为说谎之人的口必被塞住！"

接着，十字架消失了，那条小路也消失了。只有暮色还在，但已变成了春光院细石庭园的暮色。龙之介坐在游廊那擦得锃亮的深色台阶上，边上则坐着那个西方人。

那人看了一眼庭园，然后用双手做出单筒望远镜的形状，将"望远镜"举到一只眼前，说道："再见了南蛮寺——经风一吹，便归无有；它的原处也不再认识它[1]——再见了奥尔甘蒂诺神父。那位好神父，喜欢让黑人男仆帮他打着遮阳伞，一边在岸边散步，一边和船长以及商人们交谈、谋划，等待着黑船和大炮，等待着银鸟和炸弹，等待着复仇，大鼻子、红头发的南蛮人的复仇，要将这片土地化为焦土，让它寸草不生，只剩下阴影，石头上的阴影……"

"你是谁？"龙之介问道。

"我叫尼莫，"那人说道，眨了眨眼，"这是拉丁文。"

"是无人的意思，"龙之介说道，"我知道。"

"是的。"那人微笑着说道，"你知道的东西很多，你读过很多东西。但我想知道，你是否读过这个故事，这是我为你准备的最后一个小故事，一个禅宗故事。考虑到我们现在就在一个禅寺里，可以说是非常应景。我想说的是南泉普愿[2]和猫的故事，你知

---

1 出自《圣经·旧约·诗篇》第103篇。

2 南泉普愿（748—834），唐代禅宗大师。"南泉斩猫"是禅宗著名的公案。

道这个故事吗？有一天，南泉看见东西两堂的僧人在为一只猫而争执不下。他们争论的是，猫是否也有佛性，是否有一天也能成佛。他们为此争论不休。只见南泉提着那只猫的后颈，将它举在僧众面前，说道，大众道得即救，道不得即斩却也！自然，僧众之中没人能说出一句话，于是南泉挥刀将猫斩成两段，扔在他们脚下。当天晚上，赵州[1]回到寺里，南泉向赵州讲述了发生之事。赵州听完，脱下鞋子放在头顶，然后便离开了。南泉于是说，你若在场，可救猫儿一命。”

“我知道这个故事。”龙之介说。

“当然，”那人再次微笑着说道，“不过我觉得，现在轮到你离开了，因为你真的该走了。你的朋友刚上完了一天的课，很快就会在京极[2]等你了。时间不多了，路途遥远，别又迟到了……”

“可是……”龙之介说道，“怎么……”

“别担心，”那人说道，“我们还会再见面的，龙之介。我说过，你总能在庭园里找到我……”

龙之介将目光从细石庭园的方向挪开，站起身来，低头看着那个西方人，说道：“我祈祷不会。”

“你想怎么祈祷都行，”那人笑道，“但请你始终记住这句话，龙之介：莫要以为你的祷告能更改上帝命定之事……”

---

1 即赵州禅师（778—897），唐代禅宗大师，法号从谂，师从南泉普愿，后成为禅宗六祖惠能大师之后的第四代传人。

2 成立于大正初期的料理店，以鳗鱼饭闻名。

*　*　*

自从龙之介到长崎以来，雨便下个没完，于是他只能在位于五岛町的花屋旅馆的房间里待着。他试着写作，但写不出来；试着读书，但读不进去。下雨天里，厕所翻腾起阵阵臭气，充斥了整个旅馆的二楼，他的房间笼罩在一片屎尿混合的、油腻而恶臭的云雾之中。他后悔没有选择住在像绿屋、上野屋这样更好一点的旅店。不过到了第三天，阴云终于散去，太阳重放光明，龙之介总算松了一口气。

街上有小贩在卖枇杷，夏日的滋味已近在唇边；花园里红色的杜鹃花盛开了，夏日的芬芳已悄然而至。就连长崎的“打架风筝”[1]也已经在温暖的晴空下开始了作战练习。龙之介在万才町的街道穿梭，走过常盘桥，跨过中岛川，又一次往崇福寺的方向走去。他穿过龙宫门，走进整个长崎他最喜爱的寺庙，那里有着虽已有些褪色，却仍非常典雅的朱红色墙壁和中式飞檐。

龙之介在崇福寺的庭院里坐着小憩了一会儿。此处高耸于城市之上，芭蕉树长得郁郁葱葱，寺里却非常萧条。龙之介一方面为此处的幽静心怀感恩，享受着难得的安宁和寂静；另一方面却又为如此优美雅致的地方，竟沦落到如此萧条的境地而感到悲哀

1 每年4月至5月上旬，长崎都会举行风筝大赛，参赛的风筝会用涂有玻璃粉的碧陀罗麻线互相缠斗，试图切断对手，因此又被称为“打架风筝”。

和惋惜。随着像八坂神社（原来的祇园神社）这样的神道教神社日益兴旺，不断吸引着一批又一批的小学生和军人蜂拥而去，他唯愿此处能一直存留下去，不至于陷入无人问津的破败境地。

从崇福寺出来，龙之介继续着漫步之旅，他走下一层层台阶，又爬上一个个斜坡，从早上走到了下午，穿过大光寺和大音寺，又往位于寺町的兴福寺走去……

寺町的街道上到处都是古董店和旧货商店，龙之介艰难地分辨着哪些是宝贝，哪些是垃圾，仿佛全世界的遇难船只残骸都被冲刷到了这里，堆进了那一家家小店之中。龙之介这时却在一家店铺前停下了脚步，这家店铺的百叶窗半拉着，不容易看到里面，再加上这家店铺的名字叫“小品”，也勾起了他的好奇心。于是龙之介试探性地推开了门，走进了那昏暗的店铺。

小店内部唯一的光亮来自外面的街道，光透过半拉着的百叶窗和门投下纤长的影子，光影在靠着墙摆放的高大陈列柜以及房间中央摆着的一张大桌子上舞动着。龙之介把门半开着，一是为了采光，二是为了透气，因为店铺里实在是闷热潮湿。他扫视了一圈室内，目光掠过陈列柜和桌子上摆放着的古董及文物，寻找着柜台和店主人。可龙之介不仅找不到店铺老板，连收银机都看不到。他开始不安起来，感觉像闯进了一个私人房间，同时他也因为屋里的闷热而有些透不过气来。外面的街上传来了摊贩演奏肖姆双簧管的声音。龙之介正准备转身离开，这时他似乎突然听到了一阵低语声——

怎么拉长着脸，一脸难过的样子？你是不是不舒服？

龙之介转过身去，再次环顾那空无一人的店铺。

没什么，我没事，可能只是闷热得有点头疼。

店里还是空无一人，但他仍能听到有人在说话。

好吧，这时节便如此闷热，确实很少见。

他才不是头疼呢！他是害了相思病，相思病。

龙之介顺着声音寻去，那声音是从房间中央的大桌子上传来的，是从大桌子上摆放着的器物上传出的。

别吵！安静点儿！我才不是害了什么相思病。

龙之介瞪大了眼睛，低头看着一幅司马江汉[1]风格的素描，上面画着一个出岛的荷兰人，正怒气冲冲地朝着一只鹦鹉标本打着手势，那只鹦鹉标本正栖息在一片由皮革和布料制作的花丛之中。这时，一只旧茶杯上画着的一个荷兰东印度公司的商人开始哈哈笑道——

接着说，他要是害了相思病，是喜欢上哪个了？

他喜欢的是她，他喜欢的是她……

那只鹦鹉尖声叫道，同时把头和喙转而指向一个画着一位拿扇子的女人的瓷盘。

不会吧，是她？她虽然长得好看，但也实在是自命不凡得很啊。

荷兰人这时转过身去，怒视着那个商人——

---

1 司马江汉（1747—1818），本名安藤峻，日本江户时代学者与艺术家，以西式手法作画而闻名。

你竟敢如此无礼，出言不逊！

鹦鹉则一边笑一边叫道——

你如果真这么爱她，那就娶了她！娶了她！娶了她！

想娶我？不可能！老实说，我厌恶我的荷兰同胞！

瓷盘上的女人这时举起扇子，抬头偷瞄了一眼龙之介，露出一个微笑，然后又高傲地转过头去。素描里的荷兰人这时开始捂着心哭泣，接着指了指桌子上摆着的日本种子岛火绳枪古董——

没希望了，我知道。我不如一枪射穿自己的心脏……

别，别！请别做如此冲动之事！别！

在桌上，火绳枪前方，有一个镶金的金属伴天连[1]在苦苦劝说着那个荷兰人。

听我说，自杀之人是绝对进不了天堂的……

那我到底该怎么做？荷兰人问道。你不让我死，但我却因得不到回应的爱而疯狂。我到底该怎么做，神父？

祷告，我的孩子！向我们的圣母祷告，祈求她的帮助……

孤独绝望的荷兰人环视了一圈他所在的素描里描绘的出岛的景色，这个小岛就是他的监狱，他不禁摇了摇头。

这里是日本，神父。在这里玛利亚听不到我的祷告……

就在这时，在这家位于寺町的昏暗、狭小而古怪的店铺里，龙之介听到了他有生以来听到过的最轻微、最美丽、最让人难忘的一个声音说道——

---

1 “伴天连”是葡萄牙语“Padre”的日语汉字翻译，意为神父或传教士。

我能听见，我的孩子。我在这儿，为你而来……

就像做梦一般，梦里又有梦，龙之介向靠墙摆着的一个陈列柜走去，透过玻璃柜门，他看见了一尊陈旧的白色观音像。这位佛教中的慈悲女神，大约有一英尺高，由象牙雕刻而成。她身上的褶皱已被灰尘染黑，只见她双手将一个婴孩抱在腿上，婴孩的头早已丢失，肩膀残肢上沾满了灰。她的脖子上挂着一个十字架，是天主教念珠上的十字架。她的目光向上注视着他，微笑着——

我在这儿，龙之介，我是为你而来……

龙之介慢慢地推开双扇门玻璃，伸手将玛利亚观音从陈列柜里取出，放入了自己怀中。她的目光向上注视着他，朝他微笑着——

谢谢你，龙之介，我的爱……

龙之介再次快速环视了一圈，试图寻找店主人。他朝店铺后头走去，寻找着柜台，或者一扇可以通往内间或楼上的门，但什么也没有，一个人也没有。不过，在店铺的后墙上，他发现了一张手写的布告：此处陈列，皆为小品；曾经失散，今朝寻见。

龙之介用衣角把那尊雕像一包，从店铺里走出，来到了外面的街上。这时又响起了摊贩演奏的肖姆双簧管的声音，那声音在寺町的暮色中回荡。龙之介转过身去，准备将身后的门关上，这时他朝那家名叫“小品”的店铺内部匆匆瞥了最后一眼——

在店铺后方昏暗的阴影之中，有一个瘦小的老妇人正盯着他看。她对着一根细长的烟管吞云吐雾，她的头发用一根发簪盘成发髻。只见她此时将烟杆从唇边移开，把黑色的烟管在桌子的边缘敲了敲，然后再次抬头看了他一眼，露出一个微笑，说道："敲你的头！"

龙之介此时半个身子在门内，半个身子在门外，他把目光从那个妇人身上移开，低头去看那尊玛利亚观音——她的目光向上注视着他，朝他微笑着——在雕像的底座上，在她的脚边，龙之介看到刻有一行拉丁文铭文——

DESINE FATA DEUM FLECTI SPERARE PRECANDO.

* * *

5月的满月下，我站在思案桥上，掰开从福砂屋买的卡斯提拉蛋糕，将大块大块的蛋糕塞进嘴里，渴望着，向往着，在这5月的满月下，我站在思案桥上，渴望着一条能走下去的路，一条不同的路，向往着翅膀，啊，如果我有翅膀，在这月下，在这桥上，从山坡上吹来的宁静的清风，山坡上长着的金色的果子，渴望着，向往着，在月下，下了桥，在柳树下，低垂的柳树下，穿过丸山町[1]的灯光，她朦胧的灯笼闪着红光，渴望着，向往着，河水奔腾，激流迸发，带着我到山坡上去，去往我灵魂深处的恐惧，我灵魂深处的恐惧，渴望着，向往着，没有勇气，没有信仰，没有来自诸神或上帝的手，再次往山坡上去，渴望着，向往着，

1 长崎的丸山町在历史上被称为日本三大烟花巷之一，丸山"花街"的入口即为思案桥。

带着我到山坡上去，带着奇迹的应许，通过渴望和向往，去往那奇妙之地。

* * *

越过丸山町的灯笼和屋顶，来到那山坡上，穿过大门，经过水井，穿过庭园，经过栗子树，来到曾是高岛秋帆[1]的妾宅之处，如今名为“巽厅”的艺伎馆，在二楼名为“雨声塔”的房间里，龙之介坐在靠窗的垫子上，他的腿上放着一个记事本，他在用黑色的笔随手涂画着细瘦的、爬虫般的形象，那是神秘的河童的素描。这时他抬起头望向窗外，看着宅子的灯光洒落在黑夜里，洒在庭园的大麦和竹子上，聆听着初夏突如其来的阵雨落在波形瓦屋顶上，落在底下的石头小路和植物叶子上，想象着这宅子曾经的模样，想象着那个已经消失的地方，那个已经消失的年代。这时雨声也消失了，淹没在了聚会之人的喧嚣之中。蒲原[2]、永见和渡边[3]围坐在房间中央垫子上的大桌旁，正和馆内的艺伎伊达奴、菊千代、照菊等人喝酒聊天，每个人都有说有笑的。男人们的脸因为喝了酒个个红光满面，他们唱歌嬉戏，要站起来跳舞，又一个个倒了下去，睡着了……

这时馆内与龙之介已经相熟的一位艺伎——照菊，来到龙之

1 高岛秋帆（1798—1866），江户末期兵学家、炮术家，长崎人。
2 蒲原春夫（1900—1960），日本小说家。
3 渡边库辅（1901—1963），日本历史学家。

介的身旁坐下。这是龙之介离开长崎前的最后一晚。事实上，龙之介今晚之所以回到这个地方，便全是为了她。照菊低头看了一眼龙之介画的素描，然后又抬起头来，问道："你是不是觉得这里很无聊，芥君？"

"现在不觉得了。"龙之介回望着照菊说道。

她身穿小千谷缩和服，系着短冬衣的腰带，与东京的艺伎很不一样。她的头发虽然盘成了银杏叶的形状，并且脸上涂了白妆，但她的五官在她这个行当里却是罕见的刚毅。她的眉毛和鼻子很显眼，乌黑的眼睛和下垂的嘴角赋予她一种忧郁的气质，即便是在她微笑时也一样。这时她微笑着问道："芥君，你相信河童真的存在吗？"

"你相信我们真的存在吗？"他回道，"你和我。"

照菊轻轻捏了捏他的胳膊，微笑着说道："当然相信。"

"那么，我当然也相信河童真的存在了。"

她再次摸了摸他的胳膊，说道："你摸过河童吗？"

"没有。"龙之介哈哈一笑，"他们太快了，我追不上。不过你想想，关于河童的故事有那么多，从古至今，日本各地都有，不得不让人相信，这些故事肯定是有根据的。"

照菊又轻轻捏了捏他的胳膊，再次微笑着说道："好吧。我觉得，干你们这一行的，一定觉得书上读到的都是真的。"

"不，"龙之介再次笑道，"才不是。不过，我觉得，干你们这一行的，一定觉得别人说的每句话都是假的。"

照菊的手仍搭在他的胳膊上，她抬头看了一眼龙之介，微微摇了摇头，轻声说道："并不是每句话，芥君。"

龙之介把目光从照菊身上挪开，扫视了一眼房间，只见他的同伴们都已面红耳赤地醉倒在垫子上，他们的酒杯都空了，作陪的艺伎也都走了。他看着房内镀金的屏风已开始剥落，不禁再次怀旧伤感起来。他想着这里曾经的模样，那个已经消失的地方，那个已经消失的年代，如今只剩下一座布满灰尘的旧钟，在这个寂静的房间的另一头与他对视着——

“怎么可能才11点？”他说道，“现在一定要晚得多了吧？”

“是的，”照菊说道，“现在已经晚得多得多了。但是这个钟的指针总是一到11点2分就停了。不管我们怎么给它上发条，不管请谁来修，这个固执的旧钟总是在11点2分就停下不动了，怎么做都没用。”

“一加一加二等于四。”龙之介说道。

照菊轻轻用手摸了摸他的脸，低声说道：“不是所有的东西都是凶兆[1]，芥君……”

“我知道。”龙之介将她的手搭在自己的脸上，说道，“不过我也知道，我真的该走了。”

“现在吗？”照菊问道，“当真要走？”

龙之介将她的手从他脸上挪开，轻轻捏了一下，然后把她的手放到了她的大腿上，点了点头。

“那你的朋友们怎么办？”照菊问道，“我要不要叫醒他们，好让你和他们道别？”

---

1 日语里“四”的发音也与“死”很像，被认为不吉利。

龙之介摇了摇头，说道："我不喜欢道别。"

"那为何要与我道别？"照菊问道，把身子往前倾了倾，抬头看着龙之介的脸，微笑注视着他的眼睛，又说，"我们是在道别吗？"

龙之介把脸转到一边去，转向他的记事本，从上面撕下一页纸，递到她手上，只见纸上写着：夏日百合花正开，谁料离别日已来。

照菊看完低垂下双眼，说道："这么说，确实是要道别了。"

龙之介站起身朝门口走去，照菊也起身跟着。龙之介打开推拉门，又转过身对照菊说道："非我所愿……"

"谢谢。"照菊在他身前的地板上跪下身子，将一只手搭在另一只手上，然后低头鞠躬说道，"我的名字是杉本和香。我们下次见面，还请叫我和香。"

龙之介转身走出了房间，他没有再回头，而是径直走出了宅子，穿过庭园。雨这时已经停了，雨消失了，庭园里出现了一个人影，一个男人的身影，一个西方人，他的双手做出单筒望远镜的形状。但龙之介并未停下脚步，他没有回头，而是穿过大门，回到山下，穿过丸山町，街上的灯笼已经熄灭，柳树依然低垂。他来到柳树下，来到松枝桥上，从松枝桥上走过，始终没有回头望，一直抬头看着前方，天空中仍有星光在闪耀。他来到祈祷三角区[1]，去到大浦天主堂，圣母寺的彩色玻璃窗，以及上面被照亮

---

1 位于长崎的一处三岔路口，因站在此处能同时看到天主教的大浦天主堂、佛教的妙行寺和神道教的諏访神社，故得名"祈祷三角区"。

的基督受难的形象，在黑暗中，被黎明的曙光照耀着，呼唤着龙之介，召唤着龙之介，呼唤他去祷告，召唤他在长椅旁跪下，跪倒在信徒之中，双手交握，双唇蠕动。“不叫我们遇见试探[1]……”

弥撒过后，龙之介祷告完毕，却久久不愿从长椅上起身，而是一直坐在珀蒂让神父的墓碑和圣母子雕像前方的座位上。当他抬起头来望向祭坛上的十字架时，他的双眼已经湿润了。

接着，龙之介深吸了一口气，用双手擦了擦脸，然后才从长椅上站起身离开。他沿着过道，经过洗礼池，来到门边摆着的一张桌子旁，上面堆满了供出售的祈祷书和带十字架的玫瑰念珠。龙之介拿起一串玫瑰念珠，向桌子旁的一位神父问道：“多少钱？”

神父从龙之介手中拿过玫瑰念珠，说道：“不好意思，先生。这个是给信徒用的，并不对游客出售。”

龙之介看了一眼神父，那位身处本国的外国神父，说道：“实在抱歉，是我的错。我错把您当成售货员了，把这里当成博物馆了。”

神父正准备回复，龙之介已经走出了大浦天主堂的大门，迈着台阶往山下去了。他的眼中含着热泪，那泪落在他的脸颊上，回荡在他的心里……

龙之介又来到了桥上，又来到了思案桥上，他听到桥下的水中传来一个声音，他站在桥边往水里望去，在水中他看见了一张脸，一张与他对视着的脸，一张水面上倒映着的脸，一张与他对

1 出自《主祷文》。

视着的河童的脸，一张水面上倒映着的河童的脸，倒映着，对视着，此时微笑着，说道："噶，噶！很高兴认识你。我是一只河童，我的名字叫托客。"

* * *

我下了火车，来到站台上，走下楼梯，穿过检票口，走出东京火车站，迎面碰上了那个大喊大叫的疯子："人心越来越自大了，人类越来越骄横了！他们对自然嗤之以鼻，他们对天国毫无敬意！要当心了，快收起你们的傲慢吧！你们以为自己对诸神的义务只是锦衣玉食、桂殿兰宫吗？可怕之事已在酝酿，恐怖之事即将到来！这座城市即将毁于一旦！到时必将满目疮痍，尸横遍野！天国震怒所到之处，必将天翻地覆！"

灾难之后，灾难之前

遇到像此次地震这样的突发灾难时，

文艺至少可以说是毫无用处的。

我们近期遭遇的事，只是更加显见了一件事，

那便是所有的文艺事业，归根到底不过是一种徒劳。

——菊池宽《关于地震之沉思》，1923年

灾难之后，龙之介还能再活四年。

灾难之前，那个夏天，龙之介和艺术家小穴隆一[1]一同在镰仓住着。他们于8月25日返回东京，此时首都的天气依然酷热。仅仅四天过后，在一个傍晚，龙之介开始浑身发抖，他的体温飙升到38.6度。下岛[2]医生的诊断是流感。龙之介的母亲、姨母、妻子和孩子也都不同程度地患上了感冒。

灾难之前，前一天，龙之介已经慢慢感觉好些了，在床上阅读着已故的森鸥外的《涩江抽斋》[3]。

灾难之前，那天上午，曾有过阵雨和强风。龙之介读完《涩江抽斋》的最后一章，然后浏览报纸上关于山本伯爵[4]组建新内阁的各种报道，并跳过更多关于有岛武郎[5]与波多野秋子殉情的文章——所谓文人的堕落和道德沦丧。

灾难之前，快到中午的时候，龙之介吃完面包和牛奶，正准备喝茶、抽烟，突然感觉到一阵震动。过了一会儿，整个房子都开始震动，而且异常厉害。他能听到屋顶上瓦片掉落的声音，以

1 小穴隆一（1894—1966），日本画家、作家，芥川龙之介的好友。

2 下岛勋（1870—1947），医生、俳句研究者。

3 主要以日本幕府末期“儒医”涩江抽斋等历史人物为原型创作的传记体小说。

4 山本权兵卫（1852—1933），曾两次担任日本内阁总理大臣（首相）。

5 有岛武郎（1878—1923），日本作家，曾与杂志记者、有夫之妇波多野秋子相恋，二人后因恋情曝光而殉情。

及周围房间里传来的家人的惊叫声。然而，那震动并未如往常那般逐渐减弱，反而越来越强。龙之介只好带母亲从屋里出来，来到院子里。他的妻子跑上楼去救他们的次子，正在二楼睡觉的多加志。他的姨母则抓着陡峭的楼梯脚，一边努力站稳，一边不断地呼喊着他们的名字。没多久，他的姨母和妻子也抱着多加志从屋子里出来了，与在院子里的龙之介和母亲会合。这时，地面仍在继续震动、倾斜，却不见他父亲和长子比吕志的身影。家里的女佣阿静冲回屋里，过了一会儿，她手里抱着比吕志出来了。很快，他的父亲也来到了院子里。现在一家人终于到齐，彼此紧紧搀扶。龙之介嘴里一个劲儿地重复道："没事了，没事了。"心里想的却是"出大事了，出大事了"。此时大地仍在继续震动着，摇晃着，起伏着，颠簸着；空气里的尘烟越来越浓，让人喘不过气来；地面被翻起，发出令人窒息的恶臭；还有木材摩擦、碰撞发出的震耳欲聋的响声，嘎吱，嘎吱，嘎吱……

灾难之后，将有官方记录表示，此次关东大地震开始于1923年9月1日上午11时58分，于四分钟后结束。

在那四分钟过去之后，最强的几次震动似乎结束了，一波波的余震也逐渐减弱。于是，他的妻子、姨母和女佣立刻从屋里取出一些生活必需品及家里最贵重的物品，在院子里把它们排开。妻子建议龙之介把他最珍视的一些书也取出来。龙之介便回到位于二楼的书房。书房里有不少东西已掉落在地，或已不在原处。他把一堆堆的书重新摆好，把纸张铺平。接着，龙之介开始环顾他的书房，想着要救出哪些书，又要放弃哪些书。波德莱尔还是斯特林堡？福楼拜还是陀思妥耶夫斯基？不过，龙之介不想读诗，不想读戏剧，也不想读小说。龙之介拿起一本伏尔泰的书，又放下。他拿起一本卢梭的书，又放下。最终，他选择了《圣经》和《共产党宣言》。之后，龙之介又把夏目老师的墨宝用风吕敷[1]包好，再拿上他在长崎收获的那尊玛利亚观音像，把它们一起拿下楼，放到院子里。他又从一棵芭蕉树上扯下几片叶子，铺在满是尘土的地上，然后把他的书、风吕敷以及玛利亚观音一起放在上面。他的妻子和姨母则在一旁带着不屑的表情看着他。龙之介搞不清她们的不屑是针对他所选的书和那尊玛利亚观音，还是他把芭蕉叶铺在地上这件事。也有可能那并非不屑，而只是恐惧。

"快看！快看！"他的长子比吕志指着天空喊道。

从位于田端山坡上的房子大门望出去，龙之介和家人可以看到城里地势较低的部分地区火势已经肆虐开来，火海之中不断升腾起滚滚黑烟。他们知道自己躲过了震动最剧烈的地方，并且到目前为止，还未遭遇大火的侵袭。有几块松动的瓦片从屋顶上掉下来砸碎了，大门旁的石灯笼也被震翻在地，碎成了几块。龙之介把碎了的瓦片收拾到一处，平整地堆好。可是大地再次震动起来，瓦片堆又倒了一地。龙之介看了看屋瓦的碎片，又看了一眼碎成了四块的石灯笼。他本想把石灯笼的底座摆正，但发现它实在太重，挪不动。他便不再管那摔碎了的屋瓦和石灯笼，任由它们待在原地。

1 日本传统上用来搬运或收纳物品的包袱布。

那天下午，他们的邻居渡边库辅（当时还是一位学生）前来探望龙之介和他的家人。尽管龙之介仍感身体虚弱，他还是同意与库辅一同去探察一下周边的状况。

人们都跑到了大街上，大家带着新发现的友好之情亲切地交谈着，互相递着烟和梨片，帮忙照顾着孩子，简直前所未见地一团和善。但是再往前，来到神明町的斜坡上，可以看到损毁的房屋。龙之介和库辅站在月见桥上，目之所及，东京城内已是火光冲天，四处尘土飞扬，浓烟滚滚直冲云霄。

库辅决定再往前走，探寻更多的消息，而龙之介决定返回家中陪伴家人。可当龙之介回到家中，却发现电灯和煤气都已无法使用，家人们都在为食物短缺而担忧。

于是，龙之介又出门买蜡烛、大米、罐头和蔬菜。在回去的路上，再次路过见月桥，此时已是黄昏时分，龙之介又一次朝东京城内望去，那感觉如同在看一个爆炸的火炉：天空的颜色已变得通红，火势不仅丝毫没有减弱，反而越烧越猛，无穷无尽的人流正朝着田端和日暮里汹涌而来，街上到处堆满了椅子和垫子，今晚所有人都打算露天而睡。

当晚，库辅再次来到龙之介家中探望，并带来了从外头打听到的消息：本所，全部被焚；本乡，全部被焚；下谷，全部被焚；麹町、皇宫，以及日比谷公园南面地区，安全；帝国酒店及其南面地区，安全；小石川、江户川岸，被焚；京桥，全部被焚；芝，大部分被焚；麻布，部分被焚；牛込，安全；四谷，大部分安全；浅草，全部被焚；日本桥，全部被焚；赤坂，朝市中心一半被焚；

深川，全部被焚；横滨与湘南地区，皆被焚。龙之介非常担心他的姐姐以及同父异母的弟弟，他们在芝和本所的房屋恐怕全部被焚毁了，两家人恐怕凶多吉少。在搬到田端之前，龙之介和家人也曾住在本所。要是我们没有搬家的话，龙之介心想，恐怕我们现在也都已经死了。同时，龙之介也为留在镰仓的友人担心，只能祈祷他们或许能逃过一劫。

稍晚些时候，下岛医生也登门探望，一是来看看他们的健康状况，二是来给他们提供一些需要的药物。值得庆幸的是，他的药品都被他夫人给救下了。地震之时，她一个人回到药房，凭借一己之力将存放药品的柜子、架子和抽屉悉数照料周全，确保一切都保管妥当，避免了药房失火的危险。她实在是英勇至极，龙之介心想，简直就是涩江抽斋之妻再世！他知道自己绝不可能做到这样。

然而，大地仍在震动，他们紧绷的神经仍无法放松。空气中仍充满了烟雾，不断有灰尘降下，落在屋顶和院子里。并且不断有客人上门拜访：来借钱的，来吃饭的，来喝水的；带来关于地震和火灾的消息，暴动和敌人入侵的流言，纵火和抢劫的指控，强奸和杀人的传闻，以及各种散布死亡和恐慌的言论[1]。

最后，邻里自治会的会长当晚也来到龙之介家中，看望他和家人。自治会会长先是问龙之介，他和家人是否都安然无恙，房子是否还能安全居住。接着又说，戒严令已下，东京所有的部队

---

1 大地震发生后，日本国内关于在日朝鲜人趁乱纵火、抢劫、暴动甚至投毒的流言甚嚣尘上，随后大批在日本的朝鲜人（包括部分中国人）被借机屠杀。

都已被动员起来，凡有拒绝配合征调之人，将被判入狱三年或罚款三千日元。最后，自治会会长问龙之介，他身为一个好市民，是否愿意加入他们当地新组建的自警团。这样，身为好市民的他，也能够在这动荡不安的时期帮助保卫邻里的安全。龙之介，身为一个好市民，点了点头。接着，自治会会长便将一个头盔递到龙之介手中。而龙之介，身为一个好市民，也戴上了头盔。

自治会会长走后，龙之介立刻跑去找库辅。他向库辅解释道，自己高烧复发，且头痛无比，几乎不能站立，能否请库辅代他值守当晚自警团的班。库辅欣然同意，掏出一把匕首，又配上一把木剑，俨然一副好市民兼自警团员的模样。

当晚，龙之介回到家中，在妻子和两个儿子睡着的床铺中间躺下。他试着阅读《圣经》，却无法专心。他又试着阅读《共产党宣言》，仍旧无法专心。因为他能感觉到，底下的土地仍在不断摩擦着，咆哮着，仿佛有一只巨大的机械蠕虫正在地下洞穴和隧道里打洞，不断将大地向上拱起，又向下拉回。龙之介想象着那只钢铁巨兽体内转动着的齿轮。他的耳旁又一遍遍响起那些强奸和杀人的传闻，那些散布死亡和恐慌的言论。龙之介用手堵住耳朵，又用手去遮住眼睛，等待着黎明到来。

* * *

我是个好市民。但是在我看来，菊池宽在这方面恐怕还有所欠缺。

戒严令施行后，我曾衔着香烟，与菊池宽进行过一次闲聊。虽说是闲聊，但我们所谈之事都围绕着地震。聊着聊着，我说道，我听闻此次大火的原因乃是××××××××××。菊池一听此话，立刻扬起眉毛，喊道："真是一派胡言！"菊池如此反应，我只能在旁附和，说道："嗯，那看来是假的了。"然而我又接着说道，据说××××似乎是布尔什维克党的人。菊池再次扬起眉毛，怒斥道："并非如此，你知道的，他们说得不对。"于是我又说道："哦，那看来这话也是假的了。"接着赶紧收回所说的话。

尽管如此，在我看来，一个好市民应该相信布尔什维克党与××××之间确有合作。如果出于偶然，有人无法相信此事，至少也应假装相信。可那野蛮的菊池宽却连假装相信都做不到，更别说真的相信了。单就这一点，便足以令他彻底丧失作为好市民的资格。我本人，作为一个好市民，以及自警团的英勇成员，只能为菊池感到惋惜。

不过话说回来，要做一个好市民，着实需要很多的努力。

* * *

灾难之后的第二天上午，龙之介越发为他的朋友康成[1]担心起来。康成住在浅草，昨晚不断听闻的各种消息和传言，使得龙之介为他这位年轻朋友的命运感到无比担忧。龙之介想象着康成那

1 指川端康成（1899—1972），日本小说家，1968年获诺贝尔文学奖。

精致的脸庞被倒塌的房屋压扁，已经变得苍白且毫无血色，又或者他那瘦削的身子已经被烧成了焦炭，堆在那黑乎乎一片又难以辨认的尸体堆里。于是，龙之介带着强烈的不祥之感，以及不希望妻子和家人担心的矛盾心理，离开相对平静、安全的田端——这个位于市郊的“文士村”，动身前往浅草地区。

从田端前往浅草的一路并不轻松。电车已经停运，街道上挤满了灾后的幸存者，他们用带子把小孩绑着背在身后，肩上扛着巨大的包裹，或者推着装满行李的手推车。几乎所有人都朝着与龙之介相反的方向，从东京城里往外逃。戒严令已经施行，东京现在只准人出，不让人进，到处都有士兵和警察把守。此外，还有由“正义的好市民”组成的自警团，他们手上全都拿着棍棒、钢管或者刀剑，并且大都戴着一个头盔，就像龙之介此时特意在头上戴着的那样。在去往浅草的路上，龙之介不时看到自警团从灾民的队伍中拉出人来，指控他们不是日本人，无论在血液还是精神上，并且图谋不轨。伴随着这些指控而来的，必然是自警团成员的棍棒、钢管或者刀剑伺候。龙之介心想，如果自己没有戴这个新头盔，必定也将遭受这样的指控和殴打，甚至会比这更可怕，可怕得多。

最后，龙之介总算抵达了浅草，或者说，那个曾经是浅草的地方。因为整个地区都已经成了废墟。连绵数里的焦土，还冒着烟；遍地的尸骨，一直堆到了东边的河岸：有的烧成了炭，有的焦了一半，有的趴在水沟里，有的漂在河面上，有的堆积在桥上，还有的堆在路口，将整条街都给堵了。所有人类可能的死法都在此展示着。到处都是死亡的恶臭，那类似于腐烂杏子的味道。尽管龙之介已经拿手帕捂住了脸，那可怕和悲惨的景象仍穿过手帕，灼烧着他的鼻子和眼睛。龙之介此时终于忍不住流下了热泪。他想起浅草曾经的样子，想起这里曾经生活着的那些人，那些小摊贩，如今都化成了灰。那一盆盆的牵牛花，如今都已枯萎，被连根拔起——

如今都死了。

龙之介想到康成，顿时绝望了。然而就在这时，他听到了朋友的声音。他转过身，眨了眨眼，又眨了眨眼，然后用手帕擦了擦眼睛，再次眨了眨眼。是的！是的！是真的！在这一片废墟和死亡之中，康成出现了，他还活着，并且活得好好的。此时，他正跨过瓦砾、穿过烟雾朝他走来，同行的还有他们共同的朋友今东光[1]，两人正眉飞色舞地聊着天——

“川端君，”龙之介喊道，“我真的以为你已经死了！你是不是已经变成鬼了……”

“现在所有人都变成鬼了，”康成笑着说道，“或者变成孤儿了。”

康成与今东光正准备往吉原[2]去，想去看看昔日的欢乐坊现在如何了，并劝说龙之介也一道前往。他们在废墟之中小心翼翼地穿行，康成不停拿笔在记事本上记着一路上的景象，并向他们讲述自己近来的遭遇及所见所闻——

1 今东光（1898—1977），日本小说家、政治家，天台宗僧人。

2 东京著名的烟花之地，位于现台东区。

“最开始的那次大震动过后，我赶在大火吞噬我的住处之前，抢救了一些寝具出来。靠着它们，我昨晚得以在公园里过夜。我甚至支起了一个蚊帐。但是猜猜谁爬进了我的蚊帐，睡在我旁边？我房东的老婆和她的小孩。”

可当这三位友人抵达吉原，见到眼前的景象，就连康成都陷入了沉默。

弁天池[1]如今已变成了一口炖着五百具尸体的大锅，里面叠着一堆又一堆的尸体，有些被烧焦了，有些被煮熟了。池子边散落着满是泥泞的红布，因为死者中大部分都是游女[2]。

龙之介站在缓慢燃烧的薰香之中，把手帕紧紧贴在脸上，他的目光注视着一个十二三岁的孩子的尸体。龙之介转过头去，望向天空，他的双眼因烟熏和阳光而感到刺痛。他想要呐喊，想对诸神呐喊：

“为什么？为什么？为什么要让这孩子出生，却又要这样死去？”

这时，如同之前多次发生过的那样，龙之介眼前又出现了十字架上的基督形象，以及在他脑中挥之不去的那句话：

“我的神，我的神，为什么离弃我？”[3]

龙之介身旁还站着一个与死去的孩子年龄相仿的男孩。男孩也在盯着那具尸体，他强忍着抽泣，然后转过头去。但他的哥哥

---

1 日本新字体将“辯”以“弁”一字替代简化，池名来源于日本神话中对象征辩才、音乐与财富的女神弁才天的信仰。

2 游女，古时日本对妓女的称呼。——编者注

3 据说此句为耶稣被钉死前在十字架上的呼喊，见《圣经·新约·马太福音》第27章46节。

抓着他的胳膊，捏着他的脸，责骂道：“看仔细了，阿彰。如果你看到可怕的东西就闭上双眼，你就会一直害怕。可要是你敢于直面一切，那就没什么可以害怕的了……”

这时，龙之介感觉到小男孩的目光正看着他。龙之介转过头去朝他微笑。可当他们的目光相遇时，男孩又把脸埋进了哥哥的衣服里。龙之介转身迈着大步走开了，心里想着，不如我们都死了。

* * *

涩泽子爵[1]曾说，我们应该将这次地震视为天谴。诚然，此次地震没有人能够完全幸免。可一个人若眼看自己的妻儿丧生，而又看到有些人的房子丝毫未损，谁能不诧异于这遭天谴的不公呢？与其相信有所偏袒的天谴，不如彻底抛弃所谓天谴的想法，而承认自然对人类的冷漠和残酷。

地震之前，那个夏天，小穴与我住在镰仓的平野屋别墅。我们房子的屋檐上长满了紫藤，在紫藤的叶子间，不时能看到盛开的紫色花朵。在8月看到盛开的紫藤花，感觉是能记入编年史的稀罕事。不仅如此，从浴室的窗户往院子里望去，能看到棣棠花也盛开了。更奇怪的是，小町园的花园池子之中，鸢尾花和莲花也都彻底盛开了……

---

1 涩泽荣一（1840—1931），日本实业家。

想到紫藤花、棣棠花和鸢尾花都在8月盛开了，我觉得大自然一定是发疯了。于是我逢人便说，大自然正在酝酿一场灾难性的大震动，必将有改天换地的大浩劫……

然而，没有人把我的话当真。久米正雄一个劲儿地取笑我，说："你这是嫌菊池宽的神经还不够紧张吗？"

小穴和我于8月25日返回东京，八天后便发生了大地震。久米如今对我的预言极为钦佩："之前我与你争论，只是摆摆姿态罢了。可事实上你的预言成真了。"

然而，真要说老实话，我当时也不相信自己的预言。

大自然对人类抱着残酷的漠然态度。地震不会去区分你是无产阶级还是资产阶级，好人还是坏人。正如屠格涅夫诗里写的：在大自然眼里，人类与昆虫无异……

* * *

灾难之后，在回田端的路上，龙之介途经入谷，从一堆烧焦的电线下方走过，在路过被焚毁的电车时，突然听到马路边传来一个孩子的歌声。那孩子一边在瓦砾旁玩耍，一边哼唱着《我的肯塔基故乡》（*My Old Kentucky Home*）这首歌……

在那一瞬间，这首歌将连日来一直萦绕并深深困扰着龙之介的消极情绪压了过去：是的，龙之介心想，总会有人说，对于我们的生存而言，艺术是多余的。诚然，一个人在脑袋着火的时候，不会去想怎么才能最好地描写火焰。正如一个人在拉屎或者撒尿时，不会想着伦勃朗或歌德一样。然而，人之所以为人，正是因为有了这种“多余之物”，是它给了我们尊严，帮助我们超越这一切苦难，去唱一首任何地震或火灾都无法毁灭的歌……

快到日暮里的时候，龙之介遇上一个顺路的警察，两人一起走了一段。一路上，龙之介详细询问了关于此次地震、火灾以及近期的犯罪和暴动事件的各种传闻。对所有人来说，这些话题就像空气中仍旧弥漫着的烟雾和死亡的气息那样，那挥之不去的腐烂杏子的恶臭。

或许是因为龙之介头上戴着的头盔令人刮目相看，警察向他打开了话匣子。但警察坦言，尽管很多人被指控恶意攻击或从事革命活动，他本人却并未看到任何此类活动的证据。

就在日暮里车站外，龙之介和那位警察看见一个男人被绑在一根杆子上，已经死了。他的脸被打扁了，他的身上布满了可怕的伤痕，他的脖子上挂着一个牌子，宣称他是朝鲜人，并且是个纵火犯。此人一定是被缓慢折磨死的。甚至此时，当龙之介和警察站在他跟前的这个时候，在他可能已经死了几小时之后，仍有一位路过的人走上前去，用收起的遮阳伞狠狠击打着那具尸体。接着，那位路人又转向龙之介和警察，朝他们鞠了一躬，感谢他们杰出的工作，之后便扬长而去，手上还挥舞着那血淋淋的遮阳伞。警察摇了摇头，告诫龙之介要注意安全，之后与他道别，便走了。

在暮色中，龙之介望着那个朝鲜人的尸体发呆，脚下的大地仍不时起伏着。他看着那个朝鲜人的尸体，看着所有这些死去的人的尸体，望着这座城市的废墟，望着那仍不断升腾起的黑烟，他仿佛看见到处都是齿轮和轮子，在大地上呈现出半透明的颜色，在天空下闪着光，转动着，翻滚着，碾压着，呐喊着。

这时飞来了四只乌鸦，停在相邻的两根倾斜变形的杆子上。它们先是望向那具尸体，然后又望向龙之介。

龙之介摘下头盔，低下了头。最大的那只乌鸦将自己那血淋淋的喙朝向天空，叫了一声，两声，三声，最后是第四声。

灾难之后，官方记录表示，此次关东大地震的震级为里氏7.9级，开始于1923年9月1日上午11时58分，于四分钟后结束。

龙之介并不相信官方的记录。龙之介认为地震并未结束，且永远不会结束。龙之介知道，灾难还在来的路上。

* * *

任何被冠上社会主义者之名的人，不管是不是布尔什维克，都会被视为威胁。特别是自从最近的大地震以来，很多人都被冠以这样的罪名。但说到社会主义者，查理·卓别林也是一位社会主义者。如果我们要迫害社会主义者，那么我们岂不是也要迫害卓别林？想象一下，卓别林被一位宪兵中尉杀害的场景。想象一下，卓别林正迈着他的鸭子步，突然被人给捅死了。任何在银幕上看过他表演的人，都会对此感到愤愤不平吧。现在，若是把这种愤愤不平投射到当下的情境中……不管怎样，唯有一件事现在已经确定无误，那便是你，亲爱的读者，也已经在那黑名单之上了……

“圣河童”

如果你想过相对平静的生活，最好不要成为小说家。

——芥川龙之介《小说写作的十条法则》，1926年5月

1927年，昭和二年，7月15日上午晚些时候，我收到芥川龙之介的电报，让我尽快赶到他位于东京田端的家。我对此非常意外。

自从芥川上次到访长崎，我便很少再见到他，而那已是五年多前的事了，回想起那次到访，想起那时的事，简直恍如隔世。后来我在马来西亚的橡胶生意失败，赔了个精光，变得一无所有。去年我搬到了东京，落脚在偏远、便宜的城郊，希望能通过写作和出版谋生，指望着能把经济上的失败转化成个人的收获，无论如何，至少也圆了我长久以来的文学梦。尽管我和妻子的生活远算不上舒适，我还是成功出版了两本关于长崎的艺术和历史的书。然而，身处首都及其文学圈外围的我，仍难得见上芥川几面。我听人说，他本人那段时间过得也不如意，而这种说法在我最近一次也是难得的一次与他见面时得到了证实。那次见面发生在四五个月前。

那是今年早些时候，冬天已接近尾声，改造社[1]在歌舞伎座举行聚会，庆祝他们的“元本”系列图书大获成功。在节目表演间隙，我在过道里抽烟，芥川突然朝我冲来，双手抓着我的肩膀，一下子把我按到墙上，说道：“我受不了了！”

---

1 山本实彦于1919年创立的书店、出版公司，因出版每册售价一日元的《现代日本文学全集》而闻名，掀起了日本的“元本热”。

“怎么了？”我问道，同时对他刚刚所说的话、所做的举动，以及他的外表感到诧异。他看上去那么憔悴，几乎已是瘦骨嶙峋，脸颊深陷，鼻子显得更突出了，脸上呈现出某种淡蓝色，双唇则是病态的红色，头发长得盖住了额头。在长崎的时候，他经常画一些夸张的画像，把自己画成河童的样子。老实说，他那天看上去就和那些画如出一辙。

“我今天坐上从鹄沼开来的列车时，”他说话的时候，把眼睛睁大到不能再大为止，仿佛是在讲述一件最为怪异的事，“轨道两旁的土地都烧得通红！”

“怎么回事？”我问道，“是有什么地方着火了吗？”

但是芥川没有回答，他只是垂下双眼，自顾自地笑了笑，然后又突然抬起头来，又低下头去，然后又抬起头来看我，最后说道：“我的姐夫自杀了，你知道吗？”

“我知道。”我点了点头，说道，“我听说了。”

“这可真是无法承受的事……我到现在还是不知道该怎样应对。有太多事情要处理了……我再也受不了了……”

在歌舞伎座那昏暗狭窄的过道里，他整个人似乎都已不堪重负，他的脸看上去是如此疲惫不堪，如此孤立无助，如此痛苦。然而，在那痛苦和绝望之中，他仿佛又像是一个孩子。

我将一只手搭在他的肩膀上，轻轻地拍了拍他，说道：“是的，我们似乎都已经到了这样的年纪，上有老人要照顾，下有孩子要养育……”

“唉，”他叹气道，“我真的无法承受了。”

“可我们还有别的选择吗？”我说道。与其说是在提问，不如说是在陈述别无选择的事实。我想到了自己的财务状况，知道一个人的精神负担可以有多重，于是我对他说，同时也是对我自己说：“如果我们一直把眼下的境况当作一个负担，那它就真的会变得难以承受。倒不如把它看作随着我们年岁的增长必然要经历的一个过程，现在终于也到了我们承担起责任的时候了……”

芥川这次还是没有回答，又垂下双眼，自顾自地笑了笑。他靠在过道的墙上，一支接一支地抽着烟，我甚至不确定他有没有听到我说的话。下一个节目开始的铃声响起，人们陆续回到观众席。我和他道别，并再次劝他尽可能试着忍受当下的境况。而他抬起头，睁大了他那双美丽的眼睛看着我。我记得当时自己心里想的是，当他看着这个世界，当他看见轨道两旁被烧得通红时，这双美丽的眼睛到底看见了什么……

那个冬天的夜晚之后，我便没有再与他接触，直到那个夏天我突然收到他发来的电报。因此，那天从城市的西郊赶往田端时，我心里是忐忑不安的。

我抵达芥川家，已是当天下午四五点了。由于路途遥远，又加上天气炎热，我当时已是相当疲乏和难受。我进门，刚好遇见芥川家的女佣送下岛医生离开。下岛医生在俳句圈里广受尊敬，他同时也是芥川家的家庭医生，因此看到他从芥川家出来，我心里自然有些担忧。好在下岛医生此次到访纯粹是出于社交目的：他骄傲地向我展示了芥川刚刚赠予他的新书《湖南的扇子》的签名本。我多少松了口气。之后，我被带到位于二楼的澄江堂，这是芥川给自己的书房起的名字。“澄江”的发音既可以表示清澈的河水，也可以表示“隅田川”。

澄江堂内，芥川正坐在书桌前的地板上，一只手用黑色的笔画着那些细瘦的、爬虫般的形象，另一只手则不停地抽着烟。他的长发盖在脸上，他的目光专注在画画的纸上。

我咳嗽了一声，说道：“下午好，老师。”

芥川抬头茫然地看着我，似乎过了一会儿才认出我来。接着他点了点头，微笑着说道：“啊，永见君，你来了。这么热的天，真是辛苦了。谢谢你……”

“感谢你邀请我来，老师。”

芥川站了起来。他穿着松垮的浴衣，浴衣底下的深灰色内衣清晰可见，衣服底下的身体显得愈发消瘦。他的书房里堆满了书籍、报纸和各种资料，他走到其中一堆资料旁，拾起一个信封递给我，说道：“若不会给你造成太多的不便和打扰，我希望可以把这份手稿交托给你。”

我自然是满怀感激地接过信封，并准备打开。

“实在抱歉，我还有一个冒昧的请求。”芥川说道，“若你有意阅读信封里的拙著，能否还请晚些再看，对此我将不胜感激。”

“当然。”我回道，“谢谢你，我非常荣幸，老师。”

“是我的荣幸才对。”芥川说道，“我还有最后一个不情之请，能否请你陪我散一会儿步？我想请你去喝碗茶，吃些甜食。”

于是，在那个夏日，我们二人一直从黄昏散步到夜晚，并在一家甜食铺坐了几个小时。遗憾的是，我已经无法记起那天我们之间完整的对话了。不过，我记得我们俩喝第二碗红豆汤时，芥川忍着哈欠，突然说道："你知道吗？我最近失眠实在太厉害了。"

"是的，我时不时也会遇到这种情况。"我说道，"不过，一般都是在咖啡喝多了，或者烟抽多了之后。"

芥川一脸落寞地说道："如果我也是这种情况就好了。我是因为一直被一个噩梦纠缠。抱歉，我知道听别人讲述梦中之事有多么乏味……"

"哪里的话，"我说道，"如果向我讲述这个噩梦能多少帮到你，还请务必接着说。"

"谢谢。"芥川说道，"是这样的，我梦到在一个荒芜、废弃的庭园中，有一座铁城堡。这座城堡的窗户很小，窗户上还装着铁栅栏。在这座铁城堡里，只有一个房间。在这个房间里，只有一张桌子。在这张桌子旁边，坐着一个长得像我的生物，它在用我看不懂的字写着一首长诗。这首诗写的是在另一个房间里，有一个生物正在写着一首关于另一个房间里的另一个生物的诗。就像这样，反复，又反复……"

"这个梦你做过不止一次？"

"每晚都做。"芥川叹气道，"这个梦循环往复，没有尽头，但我永远无法看懂那首诗。这才是最可怕的地方：在无尽的永恒之中，我永远无法看懂那首诗……"

我不知道该说什么，甚至已想不起自己是否有再说些什么。但我记得自己当时心想，芥川那晚之所以执意在外头待到那么晚，迟迟不愿回家睡觉，想必就是因为这个。

那天，我回到家时早已经过了半夜。然而，我的好奇心战胜了我的疲惫，于是我打开信封，取出手稿，开始读了起来，读了又读……

河童：一篇附言

某日上午晚些时候，我收到托客的电报，让我尽快赶到他家去。

早先，我初到河童国之时，曾与一位叫拉普的学生成了朋友。之后，拉普又把我介绍给了托客。托客是位诗人，我经常去拜访他，在他那里消磨时光。他总是坐在书房里一边抽烟，一边写作。周围堆满了书籍、报纸和各种资料，有河童文本，也有人类文本——乔纳森·斯威夫特[1]与威廉·莫里斯[2]，平田笃胤[3]与柳田国男，奥斯卡·王尔德与阿纳托尔·法朗士——不胜枚举。他的周围还摆满了一盆盆的高山植物。一个女河童坐在房间的角落里，安静地做着女红。托客看上去总是无忧无虑的样子，总是带着非常热情的笑容和我打招呼，欢迎我的到来。我们会连着坐上好几个小时，谈论河童的生活和艺术。托客对艺术有着非常强烈的见解，坚持认为艺术不应该被生活的任何规则束缚，艺术要纯粹是

---

1 乔纳森·斯威夫特（1667—1745），爱尔兰作家，《格列佛游记》的作者。

2 威廉·莫里斯（1834—1896），英国设计师、诗人、早期社会主义活动家。

3 平田笃胤（1776—1843），日本思想家、理论家，复古神道领袖。

为了艺术，因此，一位真正的艺术家首先应该是一个超河童，要超脱于善恶而存在。托客并非唯一持这种观点的河童，他有时也会带我去超河童俱乐部。在这个沙龙里，在明亮的电灯下，我见到了其他形形色色的超河童：有诗人、小说家、剧作家、评论家、画家、音乐家、雕塑家；有专业的，也有业余的。他们抽烟，喝酒，聊天，叫喊，争论，打架，直到深夜，全都围绕着生活和艺术，以及二者的意义与价值。通常，这样的夜晚结束时，托客和我会互相挽着胳膊，跌跌撞撞地慢慢走回家，偶尔还会唱上一两首歌。如我所说，托客是我认识的最无忧无虑的河童，我猜不到他为何突然发来这样一封电报，于是我立刻往他家赶去。

到了他家以后，我被带上了二楼的“我鬼窟”。这是托客给自己的书房起的名字，意为“魔鬼的洞穴”或“魔鬼的巢穴”之类的，取自他有时会用的笔名“我鬼”。如往常一样，托客正坐在书桌前的地板上，四周被书和植物围绕，然而今天他的一只手在用黑色的笔画着细瘦的、像鸟儿般的形象，另一只手则不停地抽着烟。他的长发盖在脸上，他的目光专注在画画的纸上。

我咳嗽了一声，说道：“下午好，托客。”

托客抬头吃惊地看着我，似乎过了一会儿才认出我来。接着，他说道：“啊，啊，芥君，你终于来了。谢谢你……”

托客站了起来。他的身体显得愈发消瘦。他走到一堆书籍和资料旁边，拾起一个信封递给我，说道：“若不会给你造成太多的不便和打扰，我希望可以把这份手稿交托给你。”

我自然是满怀感激地接过信封，并准备打开。

“实在抱歉，我还有一个冒昧的请求。”托客说道，“若你有意阅读信封里的拙著，能否还请晚些再看，对此我将不胜感激。”

“当然。”我回道，“谢谢你。我非常荣幸。”

“是我的荣幸才对。”托客说道，“我还有最后一个不情之请，能否请你陪我散一会儿步？我想请你去喝碗茶，吃些甜食。”

于是那天，我们二人一直从黄昏散步到深夜，并在一家甜食铺坐了几个小时。遗憾的是，我已经无法记起那天我们之间完整的对话了。不过，我记得当我们俩喝第二碗红豆汤时，托客忍着哈欠，突然说道：“你知道吗？我最近失眠实在太厉害了。”

“是的，我时不时也会遇到这种情况。”我说道，“不过，一般都是在咖啡喝多了，或者烟抽多了之后。”

托客一脸落寞地说道：“如果我也是这种情况就好了！我是因为一直被一个噩梦纠缠。抱歉，我知道听别人讲述梦中之事有多么乏味……”

“哪里的话。”我说道，“如果向我讲述这个噩梦能多少帮到你，还请务必接着说。”

“谢谢。”托客说道，“是这样的，我梦到在一个荒芜、废弃的庭园中，有一座铁城堡。这座城堡的窗户很小，窗户上还装着铁栅栏。在这座铁城堡里，只有一个房间。在这个房间里，只有一张桌子。在这张桌子旁边，坐着一个长得像我的生物，它在用我看不懂的字写着一首长诗，这首诗写的是在另一个房间里，有一个生物正在写着一首关于另一个房间里的另一个生物的诗，就像这样，反复，反复，又反复……”

“这个梦你做过不止一次？”

“每晚都做。”托客叹气道，“这个梦循环往复，没有尽头，但我永远无法看懂那首诗。这才是最可怕的地方：在无尽的永恒之中，我永远无法看懂那首诗……”

我不知道该说什么，我甚至已想不起自己是否有再说些什么。但我记得自己当时心想，托客那晚之所以执意在外头待到那么晚，迟迟不愿回家睡觉，想必就是因为这个。

那天我回到家时早已经过了半夜。然而我的好奇心战胜了我的疲惫，于是我打开信封，取出手稿，开始读了起来，读了又读……

托客书：一篇附言

在人类居住的日本国，在他们首都东京的心脏地带，有一处叫作神保町的区域。那里汇集了上百家书店，有些是卖新书的大书店，但大部分都是卖旧书或珍本的小书店。不久前的一个晚上，我又顺流而下，到他们的地方去旅行。那天晚上我偷偷溜进田村书店，发现了一本叫作《大正物语》的故事汇编。在书中收录的各种有趣的故事之中，有一篇堀川保吉的作品。我此前从未听过这个名字，并且在我做了大量的调研之后，仍找不到关于这位作者的任何记录，除了他写的这篇故事……

一位作家之死[1]

……故事的开头，堀川写下了这段说明文字：

这篇蹩脚的故事取材自唐代杜子春的传奇故事，同时借鉴了备受尊敬的当代作家芥川龙之介先生对杜子春故事所做的广受好评的改编。因此我对以下的文字不做任何原创的声明，并就擅自挪用、改动在我之前的那两篇远超我的佳作向读者道歉，这实在是一篇拙劣的模仿之作……

接下来便是那个故事……

1

那是大正天皇死后的那个冬天，那晚的夜空漆黑一片，看不见星星，在浅草以北、千住以南的隅田川岸边，Y感到又冷又饿。Y曾经是一位知名作家，他的作品曾广受称赞。但Y没能抵挡住大城市里文人生活所带来的种种诱惑和恶习，面对那些肉体的享受和精神的消遣，Y先是挥霍光了他的才华，接着是他的财产。于是Y失去了曾被给予的一切：读者，出版商，真朋友和假朋友，

1 原文为法文。

职业情人和非职业情人，最后甚至连家庭也失去了。如今，Y发现自己在这个冬天的夜晚，在河岸边，已经无家可归，不仅没有食物，连一个铜板也没有，更没有人可以指望。Y抬头看了看漆黑的天空，又低头看了看漆黑的河水，接着往远方望去，望向那被污染的河面深处，他的双眼在风中刺痛着，他的声音在夜色中变得沙哑。“没有别的办法了……”

Y慢慢站起身，开始有条不紊地在岸边搜集起石头来。Y把找到的石头一块接一块地捡起来，然后一块接一块地放进他那破旧的薄外套口袋里，直到外套在肩上变得越发沉重起来。

Y慢慢朝着河边走去，他的脸上带着哀伤又无奈的笑容，缓缓迈入河中，一边涉水前行，一边哼着当时流行的《船夫之歌》的副歌部分：“我是河岸边的枯草。你也是那岸边的枯草。我是河岸边的枯草……”

“停下！等等！”一个声音喊道，“你在做什么？”

河水已经到了Y的腰部，他身上背负着石头的重量，又把脸转回了岸边。一位老人站在岸边，正张开双臂和手掌，向他呼喊示意，几乎是恳求般地劝说道：“停下！停下！回来，过来……”

但在波浪和水流的激荡声中，Y喊道：“不！不，我不配活着。我已决意赴死。”

“那我就去找你，”老人也迈进河里，朝着Y的方向涉水前行，“和你一起死。”

此时风越刮越大，水流也越来越湍急，老人的脚步越发不稳，很快就滑到水底下去了。Y摇了摇头，咒骂着自己的霉运，竟连死都不得安宁。Y转过身，在激流之中涉水往回走去，将老人从水底下拉起，又拖着他往岸边的方向走去。最终两人上了岸，倒在了岸边。

Y和老人此时并排躺在地面上，他们的脸面向天空，大口喘息着，浑身上下都湿透了。

“谢谢，”老人说道，“你救了我的命。”

Y没好气地冷笑一声，说道：“你让我别无选择。”

“不，”老人说道，“总是有选择的。”

Y又笑了，说道：“是的，霍伯森的选择[1]。”

“那也是选择。”老人说道，“接受或不接受，行动或不行动。”

Y叹了口气。“好吧，我已经做出了选择，我选择了行动。因为你，我又回到了这岸边，甚至连寻死这件事都失败了。我可真是谢谢你了。”

“别灰心嘛，”老人笑着说道，“说不定你一会儿就冻死了。不过，假设你一会儿没死的话，我还欠你一个人情，感谢你的救命之恩。要是你能活过今晚，当你醒来感受到清晨第一缕阳光之时，你就会发现我给你的报答之物。用或者不用，收或者不收，将由你来选择。”

Y的牙齿冻得直打战，四肢也冻得发抖，他闭上了眼睛，笑着说道：“如果我醒来发现你走了，就已经算是对我的报答了……”

---

1 相传托马斯·霍伯森（1544—1631）是一位英国的马舍老板，他允许顾客自由选择马匹，但前提是必须选择最靠近门的那一匹。后用“霍伯森的选择”指代实际上没有选择的选择。

2

冬天的阳光照在他的脸上，显得异常温暖。猛烈的光线在他的眼皮上起舞，河面上传来轮船的声音，清风吹来一阵福寿花的香味，不过Y感到后背和脖子隐隐作痛，于是他睁开了眼睛。他的头顶是一片明媚又蔚蓝的12月的天空，一朵云都没有，也看不见工厂排出的废气。就连他躺着的地面似乎都不那么硬了，他身上的衣服也不湿了，不过他的后背和脖子仍隐隐作痛。Y用手搓了搓脸，又揉了揉脖子，然后坐了起来，开始环顾四周：原来他刚才枕在一个风吕敷包的大包袱上，包袱布上印着红色和白色的波浪，里面包着一大捆东西，上面还打了一个结。

Y不确定自己是不是在做梦，他慢慢解开包袱上的结，打开包袱，一下就愣住了。Y愣在原地，先是眨了眨眼，又眨了眨眼，然后揉了揉眼睛，又揉了揉眼睛。接着Y转过头去，又看了看四周：空旷的河岸，繁忙的河道，都还在，都是真的。Y又揉了揉眼睛，又看了看。现在Y确定自己不是在做梦，又慢慢伸手摸了摸风吕敷里的东西：一沓又一沓的钞票，全是崭新的，平平整整地摆着。他从来没见过这么多钱，甚至连想都不敢想。在那一沓沓的钞票上方，还摆着一捆稿纸和一支钢笔。Y拿起钢笔和稿纸，马上开始翻阅起来。除了第一页之外，剩下的稿纸都是空白的。只见第一页稿纸上写着：一篇附言。

Y此时利索地往四周望了望，然后把稿纸和钢笔放回到那堆钞票上。接着，Y更加利索地把风吕敷打好结，然后拿起包裹，急匆匆地以最快的速度往城里奔去，回到城市去——头顶的蓝天此时成了一片漂白色，工厂刺耳的轰鸣声也离他越来越近——回到城市去，回到城市的灯光之中，回到他曾以为已经失去的生活里去……

一夜之间，Y便获得了做梦都想不到的巨大财富。而他也没有浪费时间，立马买下了本乡的一座房子，以及镰仓的一栋别墅。但是Y知道，这是他被给予的第二次机会，而他本不配拥有这第二次机会，因此他决心加以珍惜，珍惜这份礼物。于是Y用留给他的钢笔和稿纸，又开始写作了，而且很快便完成了一部私小说[1]。很自然地，他将其命名为《一篇附言》。

此书一出版，立刻被奉为杰作，不仅受到了各个年龄段读者的喜爱，还被视为这个世风日下、道德沦丧、利己主义横行的时代的一剂解药。

尽管备受人们推崇和爱戴，Y却很难再写出新的作品。他再一次没能抵挡住大城市里文人生活所带来的种种诱惑和恶习，那些肉体的享受和精神的消遣。Y的生活中又充满了享受和消遣：不管是新朋友还是老朋友，如今都是假朋友；不管是新情人还是老情人，如今都是职业情人。他们都再次向他蜂拥而来。他的夜晚总是在酒后的昏沉中度过，白天则总是充满了悔恨。他的钢笔

1 主要流行于日本大正时期的一种小说形式，特点为取材于作者自身经验，采取自我暴露的叙述法，又被称为“心境小说”。

和稿纸被束之高阁，不再被人想起。一天接着一天，一月接着一月，一年又接着一年过去了，直到他先是失去了镰仓的别墅，然后又失去了本乡的房子。这时，Y发现自己又回到了那漆黑一片、看不见星星的夜空之下，回到了隅田川岸边，已经无家可归，不仅没有食物，连一个铜板也没有，更没有人可以指望，只能看着水面的波浪，看着岸边的石头，他知道，现在已经没有别的办法了……

“我是河岸边的枯草。你也是那岸边的枯草。我是河岸边的……”

“哎呀，哎呀，哎呀，”寒冷的黑夜里传来一个熟悉的老人的声音，“没想到又在这里遇见你了。”

Y诧异地转过头，发现老人正坐在他的边上。

“真是太巧了，”老人说道，“我们竟然又碰到一块儿了。”

Y摇了摇头，说道：“根本不是巧合，对不对？你肯定一直在跟踪我，监视我。你是谁？你想要什么？”

“我只是一个欠了恩情债的人，”老人说道，“一个感恩的人，想要感谢救命的恩人。仅此而已……”

Y又摇了摇头，说道：“如果真是这样的话，那你早就还清了。所以，忘了恩情债的事吧，你不欠我了。”

“不！你怎么能这么说？”老人说道，“救命之恩是最大的恩情，永远是还不清的。所以还请你在这岸边的石头上躺下，当你醒来感受到清晨第一缕阳光之时，你就会再次发现我给你的报答之物。现在请你躺下，闭上眼睛……”

Y又吃了一惊，他发现自己突然陷入了一阵情绪和感官的狂风骤雨之中：空白稿纸上的期许，写作时笔下的那种迫切，评论家的赞扬，读者的追捧，美酒和女人的芳香，骄傲和贪婪，饕餮和欲望，昏沉和悔恨，破产和绝望，漆黑一片、看不见星星的夜空，河岸，石头，以及那河水……

“不，”Y说道，“不用了，谢谢。我退还你的礼物，我拒绝你的礼物。因为我不配得到它。请把它给别人吧。我只会再次挥霍它。我不想要了。”

“那么请告诉我，”老人说道，“你想要什么？”

这时，Y才第一次真正看清老人的模样：和他想象中性情古怪的慈善家大为不同，坐在他身旁的这位老人穿着破烂的衣服，一头长发又脏又乱，满身的污泥，看上去实在是饱经风霜。Y伸手抓着老人的手，把老人的一只手放在自己的手中捏了捏，然后说道：“我想像你一样生活，我想成为你这样的人。还请收我为徒，求求你了。请你教我……”

老人沉默许久，低头看着自己被Y紧紧握在手中的手。接着，老人慢慢抬起头来，望着Y的眼睛，说道：“你所求的绝非易事。你所求之事，须承受极大的痛苦和折磨。因此，请你考虑清楚，扪心自问，这真的是你想要的吗？”

Y把手握得更紧了，他点头说道：“是的，是的。相信我，求求你了。”

“如果你真的确定，”老人说道，“那我就如你所愿吧。”

Y兴高采烈地欢呼起来：“谢谢！谢谢！”

“不，”老人轻声说道，“你不必为此谢我，你也不会为此谢我。只是你要记住：这是你所求的，你的内心要坚定，务必保持内心坚定……”

Y点了点头，说道：“我会的，我会的……”

“那么，现在请你闭上眼睛……”

Y闭上了眼睛。

“等数到3再睁开，”老人说道，“1，2……”

“3”

风呼啸着，Y感到周遭的空气变得稀薄，脚下也有一种摇摇欲坠的感觉，他睁开了眼睛：世界消失了，只剩下四周的云朵和脚下的地面。Y试着想要站稳，胆怯地调整着双脚。他想要弄清自己身在何处，于是紧张又费力地瞥了一眼脚下：Y似乎正站在一堆流动的碎片之上，那堆碎片在他脚下不断翻滚，底下不断有空壳在爆裂，发出响亮的撞击声，碰撞着向下坠去，又从下方传来空洞绵软的回声。每一次爆裂，底下都会有冷火随之亮起又熄灭。Y因恐惧和眩晕而感到恶心，简直头昏眼花，于是他闭上眼睛，大喊道：“我在哪儿？我在哪儿？这是什么地方？”

这时Y感到有一只手搭在了他的胳膊上，平稳而坚定，于是Y再次睁开了眼睛。这时云散开了，他的身旁站着那位老人——老人穿着一身带着闪亮白羽毛的衣服，头发打理得干干净净，皮肤则呈现出半透明的颜色，就像新生儿一样。

Y伸手去抓老人的手，把老人的手紧紧地捏在自己的手中，越捏越紧，问道："我在哪儿？告诉我，这是什么地方？"

"看，"老人说道，"你一看就明白了。"

这时，Y才第一次真正看清这个地方，看清这是哪里：他脚下的，他头顶的，以及他周围的，根本不是地面，而是峭壁，堆积而成的峭壁，是由无穷无尽、不计其数的头骨和头骨碎片，牙齿和骨头，以及骨头的粉末堆砌而成的峭壁，一堆又一堆的碎片和粉末，四处散落着，全都漂浮在这永恒的潮汐之中，看不到尽头。

"这里是骷髅山。"老人说道，"我必须把你留在这儿，让你去面对必须独自面对的事。无论发生什么，无论你看见什么，你都不能开口说话，不能发出一点声音。因为只要你一开口，只要你发出一点声音，你就不能像我一样生活，你就不能成为我这样的人，你的愿望就将落空。所以不管发生什么，你都不能说话，一点点声音都不能发出。到时我便会归来。"

Y慢慢放开老人的手，说道："我明白。"

老人点了点头，走开了，往山下走去，越走越远，很快就成了一个小点，然后便消失在视野之外。

Y独自一人在山上，在不断变幻的潮汐中努力保持着平衡，他时刻处在恐慌中，胃里也随着突然涌来的气浪翻江倒海。他一直等啊等，心怦怦直跳，脑海中的想法有如乱麻，有时窃窃私语，有时震耳欲聋，他的身体和灵魂都在翻腾着……

"你是谁？"一个声音低语道，那是从他身后传来的，并且越来越近，现在贴到了他的耳边。Y可以闻到他口中传出的美酒佳肴的香味。那个声音再次低语道：“你是谁？”

但是Y没有回答，没有说话。他的嘴巴和眼睛都紧紧闭着，没有张开，没有说话。

“当然了，”那个声音笑道，“那老头让你不要说话。不过没关系，我们知道你是谁，你是堀川保吉，知名作家，曾备受评论家的赞扬和读者的喜爱，不过现在陷入了低潮，遇到了写作障碍，暂时出现了信心的危机。看看你现在这副样子，沉浸在自我怀疑和自我怜悯里，可真是舒服，真是省事。真是可悲！真是没用！只要你说出自己的名字，只要你承认自己的身份，一切都会归还于你，一切都会恢复原样。你的名声，你的销量，你的仰慕者和情人们，都还在呢，都在等着你呢，在你镰仓的别墅里，在你本乡的房子里。只要你睁开眼睛，张开嘴巴，然后承认，承认一句：我是堀川保吉，知名作家！”

Y仍旧没有回答，仍旧没有说话。他的嘴巴和眼睛都紧闭着，没有张开，没有说话。

“真是不出我所料，”那个声音叹气道，“作家是多么自负啊。享受自己所谓的痛苦，欢迎自己所谓的折磨。那么，就让我们看看你怎么享受真正的痛苦，看看你会不会欢迎真正的折磨……”

Y突然感到脖子上有一个绳索被拉紧了，有一把剃刀突然割进了他的手腕，他的血管里突然充满了流淌的毒药，他的肺部突然被灌满了水……

“说话！”那个声音吼道，“说话！这是你最后也是唯一的机会！只要说出你的名字，承认你的身份，说‘我是堀川保吉，知名作家’，那么一切都会归还于你，一切都会恢复原样。但是如果你不说话，如果你不承认自己的身份，那你就会死，死于自杀，并将永远背负诅咒，将在永恒之中死上千万遍，不断死去，没有尽头，永世不得超生。还不快说！现在就说！快说！”

但是Y仍旧没有说话，不愿说话……

“最后的机会，”那个声音低语道，“最后的机会……”

绳索拉得更紧了，剃刀割得更深了……

“堀川保吉……”

他的血管偾张着，他的肺部灌满了……

“知名作家……”

但Y没有说话……

“最后的机会……”

Y没有说话……

“那就只有死了，下地狱吧……”

Y仍旧没有说话，他的脖子断了，他的血流干了，他被毒死，被淹死，倒下了，倒下了，跌进了——

死

在这里，死亡地狱，无尽的死亡，无尽的地狱，他的脖子断了又断，他的血反复流干，不断被毒死，不断被淹死，看不到尽头，在这罪河之中，血色沸腾，在这骷髅山脚下，Y一遍又一遍地死去，一会儿被拉下去，一会儿被推上来，不断上下反复着，在这罪河之中，血色沸腾，一遍又一遍地死去，被拉下去又被推上来，不断上下反复着，每一次他都会瞥见一个一闪而过的身影，坐在那骷髅山的宝座之上，穿着乌黑的袍子，有着一张雪白的脸，头戴一顶灰白碎镜做成的王冠，残酷地倒映着他审判的一切，此时他望向了Y，怒视着Y，却又对Y露出了微笑，嘲笑着Y：那人便是阎罗，地狱之王！

“很显然，”阎罗说道，“你正饱受痛苦折磨。但是，你必定也相信，自己是罪有应得。因此，你必定会像一个殉道者一样，始终对此加以忍受。但是，你看！看看你的周围，看看是谁在与你一同受折磨，看看是谁因为你而受折磨，因为你……”

Y一遍又一遍地死去，被拉下去又被推上来，在这血色沸腾的罪河里，此时他发现自己并非孤身一人：在这血色沸腾的罪河里，还有一千个别的灵魂，同样在一遍又一遍地死去，被拉下去又被推上来，死上千次万次。那是他的朋友和旧情人，还有……哦不，还有他的妻子、他的孩子！不！还有他的父母，都在一遍又一遍地死去，被拉下去又被推上来，无穷无尽——

“只要你开口，”阎罗说道，“只要你一句话，他们就不用再受苦，他们就会被释放。只要你说一句话，说一个字……”

一遍又一遍地死去，Y看着他的父母、他的妻儿，一会儿被拉下去，一会儿被推上来，每次他们的嘴里都灌满了血，每次他们的眼中都充满了泪，他们苦苦哀求着Y——

“只要你一句话……”

Y一遍又一遍地死去，他的心和灵魂被一层层剥落，在朋友和情人，妻儿和父母痛苦绝望的注视下，他不断被拉下去又被推上来，这时他突然看见另一张脸，一张需要他费力去回想的脸，她的眼神之中没有哀求，她两眼向下低垂着，这时与他的目光相遇了，他终于回想起那个他以为自己已经忘掉的夜晚，那个他希望自己可以忘掉的夜晚，在南京一个昏暗、污秽的房间里，墙上挂着黄铜十字架，椅子被掀翻在地，瓶中酒也洒了一地，床上散落着钱币，在她那不情愿的双腿之间，他的身体抽动着，射出液体，感染着她，谴责着她，她的目光注视着十字架，她的名字到了他的唇边，那个他原本并不知道自己知道的名字，她的名字，她的名字是……Y喊道："欣！"

风呼啸着，Y再次感到周遭的空气变得稀薄，脚下仍是那摇摇欲坠的感觉，他睁开了眼睛：那血色沸腾的罪河，那些身在其中，一遍又一遍地死去的朋友和旧情人，妻儿和父母，消失了，全都消失了。Y又孤身一人回到了骷髅山上，站在一堆流动的碎片之上，那堆碎片在他脚下不断翻滚，底下不断有空壳在爆裂，他的脸上流下了热泪，他知道，自己失败了——

"是的。"老人说道，这时又回到了他的身边，仍是穿着一身带着闪亮白羽毛的衣服，头发打理得干干净净，皮肤呈现出半透明的颜色，就像新生儿一样。"你失败了。但你之前就已经失败了，如果你不开口说话，也只会再次失败罢了。"

"但是我本可以选择不说话，"Y说道，"那是我的选择。我知道我本是可以选择的。"

“是的，”老人微笑道，“总是有选择的。”

Y点了点头，望着那由无穷无尽的头骨和头骨碎片堆砌而成的峭壁，说道：“而我选择了骷髅山。”

“是的。”老人弯下腰来，从那无穷无尽的骷髅潮汐之中捡起一块头骨，举着这块头骨说道，“但是你之前就在这儿了，你一直都在这儿。这块头骨，以及所有这些头骨，都是你的头骨，每一块头骨都是你！而且只有你。这是你所有梦想、虚妄和欲念的巢穴。本就是你，从来都是你，也只有你……”

“我知道，”Y说道，“我知道。”

Y闭上了眼睛，可这时，这时他感到了阳光照在他的脸上，显得异常温暖。猛烈的光线在他的眼皮上起舞，河面上传来轮船的声音，清风吹来一阵福寿花的香味，他慢慢地，慢慢地又睁开了眼睛。他的头顶是一片明媚而蔚蓝的12月的天空，一朵云都没有，也看不见工厂排出的废气，然而他的后背和脖子仍隐隐作痛。此时Y坐了起来，开始看向四周：他又枕在了一个风吕敷包的大包袱上，包袱布上仍是印着红色和白色的波浪，里面包着一大捆东西，上面还打了一个结。但这次Y没有再去解开那个结，他没有再去打开那个包袱。这一次，Y站起身，向远方走去，越走越远，远离那个包袱，远离城市而去——

有人失去心智，有人失去行踪，有人二者皆失。

* * *

在与托客见面并彻夜读了他的手稿之后，我对托客的精神状况非常担忧，急切地想要与他人讨论此事。于是第二天上午，我便去拜会他的朋友马格——一位哲学家。

马格是一位非常热情好客的河童，他最喜欢的就是在家里招待客人。在那个灰蒙蒙的阴天，他的家里已经聚集了几位客人：佩普法官、查克医生，以及盖尔——一家玻璃企业的总裁。他们抽烟都抽得很凶，在七彩玻璃灯笼昏暗的灯光下，房间里一片烟雾缭绕。

他们此时正围绕着犯罪率攀升和刑法典的问题聊得热火朝天，于是我找了个位置坐下，点上一支烟，把对托客的担心暂且搁置一旁，加入了他们讨论的话题，问道："河童国有死刑吗？"

"有。"佩普法官答道，"不过，我们不像你们人类那样喜欢把人绞死。但是我得承认，我们偶尔会用电刑，不过非常罕见。通常来说，我们只需要宣读罪犯的名字及其所犯的罪行便可。"

"这样就足以杀死一个河童？"

"当然。"马格说道，"我们河童的神经可比你们人类的要纤细、敏感得多。"

"不过，"盖尔突然插话道，"有些人也会利用这个来杀人。说起来，就在前两天，还有一个人管我叫小偷！我差点心脏病犯了。当时我真的以为自己就要死了！"

马格点点头，说道：“就我所知，此类谋杀事件近来已愈演愈烈。我知道有一个律师就是这样被杀死的。”

“是吗？”我问道，“可是，具体是怎么回事呢？”

马格笑了笑，说道：“有一天，有个人把他叫作青蛙。你也知道，对河童来说，没有什么比被叫作青蛙更具侮辱性的了。谁能受得了被丑化成那样的冷血动物呢！”

“所以他就当场身亡了？”

“不，不是当场死的。”佩普法官说道，“但是接下来他每一天都会问自己，不断与自己争辩，我真的是一只青蛙吗？我定然不是一只青蛙吧！我想必就是一只青蛙吧！如此反复。他就这样日渐憔悴，最后死了。”

“这不算自杀吗？”我问道。

“不！当然不算。”马格说道，“把那个可怜的律师叫作青蛙的恶人心里可是清楚得很，他知道这么做会要了律师的命。这就是蓄意谋杀！”

“我听着还是像自杀。”我坚持道，“说到这儿，我很为我们的朋友托客担忧……”

“我也是啊。”马格喊道，“就在前两天，我刚好在街上撞见了我们的诗人朋友。他和平常无忧无虑的那个样子判若两人，一直在拿手帕擦额头，并且不停地四处张望。就在我们俩道别之时，托客突然大喊一声，紧紧抓住我的胳膊。你怎么了，我问他。你知道他怎么说的吗？他说他刚刚看见一只巨大的黑鸟驾驶着汽车，大笑着从我们的身旁飞驰而过……”

“真是太荒唐了。”盖尔哼了一声，“那个河童就是想寻求关注，就像所有的艺术家一样自恋……”

“我觉得未必。”佩普法官这时轻声说道，目光落在他的一支金色过滤嘴香烟的尾巴上。“我前两天夜里也看见他了。当时他抱着胳膊站在一座小房子前面，正透过窗户看着里面的一家子河童吃晚饭：一位丈夫，一位妻子，还有他们的三个孩子。我当然就问他，到底为什么要偷窥这一家子。但是托客只是叹了口气，又摇了摇头，说什么真羡慕这样的家庭生活，还说什么一盘美味的炒鸡蛋要比任何风流韵事或者艺术作品更加有益处……”

“托客这话也不无道理，”我说道，“但是我真的觉得我们应该鼓励他去寻求一些帮助。”

“我试过了。”马格说道，“我建议他去找我们这位好朋友查克医生聊聊，但托客就是不听，嘟囔着什么不是无政府主义者，什么我得始终记着这个，什么他永远都不会和医生扯上关系，哪怕是和我们这位好医生查克……”

查克医生调整了一下喙上架着的夹鼻眼镜，声明道：“没有救不了的病人。”

“你们都在白费唇舌。”盖尔说道，“那个河童太自恋、太沉迷自我了。自杀的事，他是想都不会想的，相信我……”

但就在这时，一声刺耳的枪声传来，发出巨大的回响，里里外外的墙壁和空气都在震动。

“托客！”马格大喊道，“这是从托客家传来的，我很确定。快，快，去托客家！”

我们立马都站起身来，飞奔向托客家，跑上二楼的“我鬼窟”。

在书房里，在一堆堆的书和资料之中，在一盆盆的高山植物之间，只见托客脸朝上躺倒在垫子上，他的右手还握着一把左轮手枪，鲜血不断从他头上凹进去的那个碟子里往外喷射、溢出，还有一个女河童跪在他的身旁，把头埋进他的怀中，大声地哭泣、哀号。

我克制着自己对接触河童那黏糊糊的皮肤的本能厌恶，轻轻地把她扶起来，问道：“到底发生了什么？”

“我也不知道。”她哭着说道，“他本来在写什么东西，我还没反应过来，他就已经拿起那把左轮手枪，顶在头上扣动了扳机。啊，我该怎么办？我到底该怎么办呀？”

“托客真的是太草率、太自我中心、太自私了。”盖尔对着佩普法官说道，“从来不会为别人着想，总是自己想怎么样就怎么样……”

佩普法官又点上了一支他的金色过滤嘴香烟，一句话也没有说，沉默地看着查克医生做他的工作。

查克医生正跪在托客身旁，检查他的伤口。接着，只见他站起身来，调整了一下夹鼻眼镜，宣布道：“已经没救了，托客死了。我知道他长期忍受着消化不良的折磨，对他这种心性的河童来说，光是这个理由就够了。”

“他的女河童说他当时在写什么东西。”马格自顾自地嘟囔道，从书桌上捡起一张手稿。大家都伸长了脖子凑上前去，我也走到马格身旁，低头去看上面的字——

如今我将要动身前往，
那与这俗世隔绝的山谷。
那里的岩壁陡峭，山泉清澈，
漫山遍野都是盛开的香草气息。

马格放下手稿，带着刻薄的笑容说道：“这些句子是模仿歌德的《迷娘曲》写的。这么说，托客就连最后的遗言，就连他的绝命书，他留下的最后几句话，都是从别人的作品里抄的。难怪托客一枪把自己崩了个脑袋开花。我们的诗人自己知道，他是已经完全地、彻底地江郎才尽了。”

当然，当他们都在读着、讨论着托客的临终遗言时，我想到的却是那篇《托客书》的附言，那个如今正摆在我自己书房的书桌上的手稿。我犹豫着是不是该说点什么。但这时外面不断有汽车到达，人群开始在外面聚集，房间里也开始有人涌入。音乐家克拉巴克已经赶到了，学生拉普也来了。与此同时，那个女河童仍在不停地痛哭。见到一个河童如此痛苦和不知所措，我的心里也深受触动。

我轻轻地搂着她的肩膀，带她到房间角落的一张沙发处坐下。在那里，还有一个非常年幼的河童，不超过两岁大，脸上还带着天真的微笑。我陪那个孩子玩了起来，希望能分散他的注意力，以减轻他那可怜的母亲的负担。可是过了一会儿，我感到自己的眼中也充满了泪水。坦白说，我在河童国待了那么久，那是我唯一一次流泪。

“实在是太不幸了，”盖尔说道，“太悲惨了，家里出了一个像托客这样自私自利、自我中心、自我沉迷的河童。大家说是不是？”

“确实。”佩普法官回应道，又点上了一支金色过滤嘴香烟。“托客一点都没有顾虑自己的家人，包括他那可怜的孩子。他没有给他们的未来提供任何依靠。”

“太棒了！”音乐家克拉巴克突然大喊一声，把所有人都吓了一跳。他的手中紧紧握着托客临终时写下的诗句。“我刚刚想到了一个绝妙的葬礼进行曲。我一刻都不能再耽误了。再见……”

克拉巴克的小眼睛里闪现出明亮的火花，他握了握马格的手，接着便朝门外飞奔而去。此时，周围的邻居都已经聚集到托客家门外，一个个都嚷嚷着要往里挤或往里偷窥。不过，克拉巴克并未被河童群吓倒，只见他左突右冲，硬是挤了出去，然后跳上汽车，伴随着发动机回火的轰鸣声，嗖地一下就不见了。

“都别看了！给人家一些尊重！”佩普法官喊道，然后当着门外聚集的河童群的面砰地关上门。这时，房间里突然变得安静了，就连坐在我身旁沙发上的女河童也停止了哀号。她的肩膀仍在起伏着，身体仍在抖动，眼泪也仍在流，但是她安静了。他的孩子在低头看着自己摊开的小手。空气中混合着托客的血的腥味和高山植物的花香味，我们全都陷入这突然的安静之中。

我站起身向马格走去。他正站在托客的尸体旁，低头看着他的尸体。我拍了拍马格的肩膀，说道：“很抱歉，但我要走了。”

马格没有回答，他的目光仍盯着他脚下躺着的诗人尸体。

我再次拍了拍他的肩膀。“马格，我要走了……”

“抱歉。”马格说道，把脸转向了我，“我只是在想……”

他的声音弱了下去，于是我问道：“在想什么？”

“唉，”他带着有些尴尬和犹豫的表情低声说道，“你知道的，就是在想我们河童的一生……”

“河童的一生怎么了，马格？”

他的目光从我身上挪开，又回到了我们面前的尸体上，然后用勉强能听见的声音说道：“唉，说到底，不管怎么样，到头来……我们河童，不管我们是怎么说的……如果我们不想虚度此生……那么，在我看来，我不得不说……我们需要信仰一个河童以外的力量……超越我们的……大过我们自身的‘东西’。”

“是的，”我说道，“但并非只有你们河童是这样。”

*　　*　　*

那次与芥川见面并彻夜读了他的手稿之后，又过了十天，芥川便升往了天堂。

如今，距离那个夜晚已经过去二十多年了。我写下这些话时，又坐在了一家甜品铺里。我点了两碗红豆汤，其中一碗是祭奠你的，老师——

我呈上一碗汁粉[1]，

献给在天堂的圣河童。

---

1 即日式红豆汤，主料是红小豆和年糕。

*　*　*

另一则作者笔记：

战后，永见德太郎在热海市——一座位于伊豆半岛的沿海城市——失踪了。后来，没有人再见过他，也没有找到他的尸体。他妻子过世后，妻子的墓成了两人共同的墓，两人共用一块墓碑。妻子过世的日子也被当作两人共同的忌日：昭和二十五年，1950年10月23日。

有人失去心智，有人失去行踪，有人二者皆失。

基督的幽灵

我正生活在最难以想象的、不幸的幸福之中。

然而奇怪的是，我无怨无悔。

我只是为家人感到难过，

因为我是一个糟糕的丈夫、父亲和儿子。

那么，再见了。

我试过了，至少不去有意识地在此为自己辩解。

因此请便吧，尽管嘲笑吧。

嘲笑这份手稿里的傻子。

《给我的朋友，久米正雄》

芥川龙之介，1927年6月20日

1 “黑与白”

这个夏天，这个没有尽头的夏天，在位于鹄沼海边的小屋里，我坐在书房的书桌旁，将我的《圣经》和其他几本书以及手稿纸和钢笔都放入了包里，然后我站起身来，站起身来……

迈着有些踉跄的脚步，我走出屋子，坐进一辆已经在等候的出租车里。我告诉司机，请他载我去东海道线的车站。司机开着车出发了，但我们行驶的速度非常慢，看上去不太可能赶得上开往东京的列车。道路两旁种着茂盛的松树。司机说道：“话说，近来这一带发生了好多怪事。我听说有人见到鬼了，大白天也有……”

“是吗？大白天也有？”我一边敷衍地回复，一边看着两旁闪过的松树，寻找着一丝阳光。

“我听说是这样。”司机说道，“不过只在下雨天有。”

“也许那个鬼喜欢淋雨。”我说道。

“有意思。”司机说道，“但我听说他穿着雨衣。”

我们在车站门口停下，此时开往东京的列车刚好驶出。我下了车，走进候车室，里面只坐着一个人，一个和我年纪相仿的男人正望着空气发呆，他的身上穿着一件雨衣。我意识到自己也穿着一件雨衣。我在想，刚才那位司机是不是因此才说了那些话。我又看了一眼那个男人，然后决定在车站对面的咖啡馆等待下一班列车。

我在角落找了一张桌子坐下，桌上铺着白色的油布，还镶着红花边。油布的涂层已经有好几处破漏，露出了里面肮脏的帆布。我点了一杯热可可，可它闻起来有一股鱼腥味，上面还漂浮着一层油脂。我把那杯可可推到一边，点上一支香烟，低头看着桌布上的红花边。

一包烟的时间过后，我登上了开往东京的列车。我一般坐二等座，但今天我决定坐三等座。整个车厢被一群远足归来的小学女生和她们的老师挤得满满当当。她们一刻不停地聊着天，我则抽着烟。

很不幸，在快抵达东京的某一站，一位我认识的女人带着一个小孩上了车。这个女人有着短歌诗人的名声，她的丈夫则是一位知名的漫画家。幸运的是，一直到列车驶入新桥，她都没有看见我。然而，就在我起身要在新桥站下车时，她突然冲着整个车厢大喊道："芥川老师！我没有认出来是您，差点儿没认出来呀……您消瘦了好多，看上去真是憔悴呀……我还以为您一定是……"

"是鬼！是鬼！"她身旁的孩子指着我大喊道。

我勉强挤出一个微笑。趁着她让孩子安静的时候，我赶紧说了声抱歉，然后下车，逃离那个女人和孩子。

我手上提着包，从车站往帝国酒店走去。街道两旁都是高楼大厦，像我今早路过的松树一样密密麻麻，遮天蔽日。可我望着经过的高楼时，发现我的视力再次出现了异常。我看见好多半透明的齿轮和轮子在转动、翻滚。这样的情况不是第一次发生了，但每次都是一样：齿轮和轮子的数量逐渐增多，直到填满并遮蔽我半边视野。这种情形不会持续太久，但是当齿轮和轮子消失时，紧接着就会有一阵无比剧烈的头痛。我的眼科医生将之归咎于抽烟，说是因为我烟抽得太多了，但我不相信。我现在唯一能做的，就是只用我的左眼去看，幸而左眼总是没有问题。可当我闭着一只眼睛跌跌撞撞地往酒店走去时，我仍能隔着闭着的右眼看到那些齿轮和轮子。

我走进帝国酒店，齿轮和轮子消失了，但是头痛开始了。我赶紧办完入住手续，往楼上的房间走去。我穿过一条空荡荡的走廊，走进我的房间。我在窗边的书桌旁坐下，闭上眼睛，开始按摩太阳穴。很快我便觉得好些了。这时门口突然响起一阵猛烈的敲门声，接着行李员带着我的包、帽子和雨衣走了进来。他把帽子和雨衣挂在墙上的挂钩上，然后就走了。我抬头看着墙上挂着的帽子和雨衣，它们看上去就像是我自己站在那里。更糟的是，我想起我的姐夫卧轨自杀前也穿着一件雨衣。我从书桌旁猛地站起身，把帽子和雨衣扔到房间的角落里，然后走进卫生间，用冷水冲了一把脸。我瞥了一眼水池上方镜子中的倒影，吓了一跳。我在镜中只看到了自己的头骨。我往后退了一步，走出卫生间，走出房间，又来到走廊上。走廊上仍是空荡荡的，可看起来像是监狱的走廊。我沿着走廊来到楼梯上方的一个平台处。平台角落里立着一盏高大的落地灯，灯光透过绿色的玻璃灯罩反射出来。那灯光终于让我平静下来，于是我在平台上的一把椅子上坐下。我从口袋里拿出一支烟，正准备点上，突然看到旁边的沙发背面挂着个东西——一件雨衣。我赶紧从椅子上站起来，又沿着走廊回到了我的房间门口。我定了定神，打开房门，走了进去，刻意不去看卫生间和里面的镜子，径直在窗边的书桌旁坐下。我坐着的椅子是一把摩洛哥风格的皮质扶手椅，颜色是那种类似爬虫身上的绿色。我的头痛似乎消退了一些，于是我打开包，拿出那捆手稿纸，给钢笔吸上墨水，开始试着动笔去写我在写的一个故事。可我手中的钢笔几乎一动不动，而当它开始移动时，它只是不断地重复写下同一个字："鬼……鬼……鬼……鬼……"

我再也忍受不了了，什么都忍受不了了，尤其是无法忍受我自己，忍受自己再待在这个房间里。我很确定自己听到了墙内有老鼠抓挠的声音，以及别的房间里传来的拍打翅膀的声音。我需要一些新鲜空气。我从书桌旁站起身，从角落里捡起我的帽子和雨衣穿上，然后便出门了。走廊里仍旧压抑得如同监狱一般。我走下楼梯，来到酒店大堂。一个穿着雨衣的男人在和一个行李员争吵。我没有理会他们，径直穿过酒店大门，然后开始在街上游荡。沿街的公园里栽种的树木的枝叶看上去也都是黑乎乎的，和今早海岸边的松树一样。但是每棵树都有着正面和背面，就像我们人类一样。我想起但丁的《地狱篇》里写到有些灵魂被变成了树[1]，于是决定越过电车轨道，到马路的另一边，到远离公园、靠近高楼建筑的那一边去，并急匆匆地朝着银座的方向赶去。

当我抵达银座时，太阳已经快要下山了，但街道两旁的商店

---

1 在《神曲·地狱篇》中，自杀者的灵魂被囚禁在扭曲的树木里，组成了自杀者丛林。——编者注

和让人眼花缭乱的人流反而让我更加压抑。所有人都悠闲地散着步，仿佛从不知罪孽为何物。我继续朝北边走去，渐暗的天光和亮起的电灯给人一种恍惚之感。我从一家西服店的橱窗前经过，路过一个又一个人体模型。经过一家书店时，我看到里面堆满了杂志和书，便经不住诱惑走了进去。我扫视着书架上摆着的各类书籍，接着从陀思妥耶夫斯基作品集里抽出一本翻阅起来。我随手翻到书名页一看，差点儿惊倒在地，竟是他的中篇小说《双重人格》。我吓得赶紧把它放回了书架上，又随手抓起一本书，希望打破魔咒。我低头看着手中的黄色封面，发现是一本希腊神话集，显然是给孩子们准备的。我随手翻开一页，随机读到一句话，再次让我差点儿惊倒在地——

“即便是诸神之中最了不起的宙斯本人，也不是这几位复仇女神的对手。”

我把书一扔，赶紧从书店里逃了出去，再次回到街上的人流之中。可我行走时，感到背后有一个冰冷的目光在凝视着我，在我的雨衣背后，有来自复仇女神的冰冷凝视——

这是从什么时候开始的？

但我继续前行，在暮色中走啊走，一直走到了日本桥。可能是出于习惯，我走进了丸善书店[1]，朝二楼走去。还是出于习惯，我拿起斯特林堡的《传说》翻阅起来，一次翻上几页。这本书讲

1 创立于明治初期的书店，从19世纪80年代开始积极引进西方书籍，二楼专门售卖外文原版书。

述的故事和我自己的经历差不多，不仅如此，它的封面还是黄色的。我把它放回书架上，又随机取下一本大部头，开始翻阅起来。这本书里也有与我有关的东西：里面有一幅插图，画着一排排的齿轮和轮子，上面还有人的眼睛和鼻子。我翻到书名页，发现这是一本德国精神病人的画作集。我心中突然涌上一股不信邪的劲儿，带着有如一种破罐子破摔、无法自拔的赌徒的心情，开始一本接一本地从书架上取下书来翻阅。我每翻到一页，都能读到一些可以刺激到我的内容，有时是一句话，有时是一幅插图。每一页都有？是的，甚至在看《包法利夫人》时，我都能感觉到自己就是那个资产阶级的包法利先生。

到了书店快关门的时间，我似乎成了店里最后一位顾客。我在高大的书架前转过身，迈着步子朝小陈列室里走去。首先映入我眼帘的是一张画着“圣乔治屠龙”的海报，海报标题里的“龙”字就是我名字里的那个“龙”字。更糟的是，半藏在骑士头盔下的圣乔治那狰狞的脸，像极了我一个仇家的脸。我受够了，我再也受不了了。我走出陈列室，走下宽阔的楼梯，离开了书店。

夜色已经降临，我走在日本桥昏暗的街上，一遍又一遍地想着我在写的这个故事。我本想写得更具有自传性，但这没有我原以为的那么容易。我知道这是因为自己的骄傲和怀疑主义作祟，并且我鄙视自己身上这些特性。与此同时，我又不禁感到，若我们都“脱下一层皮囊，每个人都是一样”。我打算把这个故事命名为《索多玛之夜》，或者《东京之夜》，又或者就叫《夜》。这段时间以来，我总是优柔寡断，此时也不例外。同样地，我认为歌德的自传标题《来自我的生活：诗与真》可以适用于任何人。然而，此刻我愈发明白，并非所有人都会被文学打动，更具体来说，我的作品很可能无法打动那些与我不同的人，那些有幸不曾像我这样生活过的人。

我走到一家旧货商店门前停下。橱窗里有一只天鹅标本。它伸着直直的脖子，它的翅膀已经发黄，像是被虫蛀了。笑声和眼泪同时涌上我的心头。我前方的路只剩下两条：发疯，或者自杀。我把目光从天鹅标本和橱窗上挪开，望向了天空。我心想，地球实际上是多么渺小啊，而我，在这无穷无尽、不计其数的群星照耀之下的我，又更渺小许多。就在这时，之前的晴空万里突然转为阴云密布，我感觉好像"有什么东西"铁了心要害我，于是我决定躲到电车轨道另一边的一个地下餐厅里去。

我在吧台点了一杯威士忌。

"我们只有黑与白[1]，先生。"

我把威士忌倒进苏打水里，喝了一小口，然后点了支烟，开始打量四周。在我的左手边，我看到墙上挂了一幅拿破仑的肖像，我又开始感到焦虑不安。拿破仑还是个学生时，曾在他的地理笔记本的最后一页上写道："圣赫勒拿[2]，一座小岛。"大部分人可能都会说这纯属巧合，但在拿破仑最后的日子里，他的心中一定因此充满了恐惧。望着拿破仑的肖像，我想起了自己的作品，其中

---

1 Black & White，一种威士忌品牌，因其酒标上印有一黑一白的两只苏格兰梗，国内通常翻译成"黑白狗"。

2 又译圣海伦娜岛。拿破仑于1815年滑铁卢战败后被流放至此，直到1821年死于岛上。

一句涌上我的心头，“人生比地狱还要地狱”，我曾在《侏儒的话》里如此写道。我又想起《地狱变》的主人公画师良秀的命运。还有那可怜的保吉……

我喝了一小口威士忌，又点上一支烟，然后向右手边望去，试图从自己的思想和句子中逃离。在我右手边的吧台上坐着两个二三十岁模样的男人，他们像是报社记者，在低声说着什么，而且不知为何说的是法语。我仍旧背对着他们，但能感觉到他们在看我，在上下打量我，从头到脚地打量着我，我能透过我的雨衣真切地感受到他们的目光聚集在我的身上，而且他们还知道我的名字，好像正在谈论着我：“好……太糟糕了……为什么？”

“为什么？那个魔鬼死了！”

“对，对……来自地狱的那个……”[1]

我把身上最后一枚银钱扔到吧台上，赶紧逃离这个地下餐厅，又回到大街上，回到了夜色和晚风之中。灯火通明的街道上全是人。我无法忍受碰见熟人，于是我选择只走最黑的路，就像小偷或杀人犯那样鬼鬼祟祟。我想到了拉斯柯尔尼科夫[2]，想象着自己是拉斯柯尔尼科夫，迫切地想要坦白自己的罪行。但我知道，我的坦白只会给他人带来不幸，包括我最亲近的家人。而且我根本无法确定自己要坦白的意愿是否真切。要是我的神经可以和普通人的一样稳定就好了。

---

1 以上三句对话，原文均为法文。

2 陀思妥耶夫斯基的小说《罪与罚》的主人公。

此时，我沿着运河边一条黑暗的道路走着，想起了养父母在城郊的家，想起他们每天都在盼着我回家。或许我的孩子也是一样。但我若回到家中和他们相聚，那种天然地将我束缚住的力量又使我害怕。我经过路堤旁停靠着的一艘驳船，它正随着运河的波浪起伏着，船里透出了微弱的灯光。即便是在这样的地方，也有一家人在住着，有男人女人在彼此仇恨着，为的是能彼此相爱……

可能是威士忌起了作用，我决定返回酒店，再次尝试去写作，以期能从这一天、这样的人生之中打捞点什么，聊以慰藉。

回到酒店房间，我点上一支烟，低头看着空白的稿纸。我又转身从包里取出一堆书来。最上面那本是《普罗斯佩·梅里美[1]书信集》，这些书信给了我继续生活下去的力量。可读到作者在生命的最后时刻成为一名新教徒时，我第一次看到了面具底下的那张脸：他是我们当中的一员，和我们一样，注定要穿过那条黑暗之路——

正如圣伯夫[2]所说："梅里美虽不相信上帝的存在，但他不能确信魔鬼也不存在……"

夜已深，我房间门外的走廊里应该没有人了。然而，我还是时不时能听到门外传来的翅膀拍打的声音。谁会在房间里养鸟？

我无法再继续忍受这一切，特别是那空白的稿纸，于是我走到床边，躺下，又打开《暗夜行路》[3]来看。主人公遭遇的所有那些精神上的挣扎，都令我感到熟悉而又痛苦。然而，与他相比，

---

1 普罗斯佩·梅里美（1803—1870），法国现实主义作家、剧作家、历史学家。

2 查尔斯·奥古斯汀·圣伯夫（1804—1869），法国文学评论家。

3 志贺直哉（1883—1971）创作的长篇私小说。

我觉得自己就像个白痴。热泪涌上了眼角，我任由其落下。在床上抽泣着，我终于感到了平静。但这并未持续多久，总是持续不了多久，我就又在右眼里看到了那半透明的齿轮和轮子，它们在不断转动、翻滚，数量逐渐增多，直到填满并遮蔽了我半边的视野。我知道离那头痛也不远了。现在我又能听到墙内的老鼠声了，甚至可能离我更近了，可能是在卫生间里，可能是在衣柜里，也可能是在床底下。那翅膀拍打的声音也是，翅膀拍打的声音越来越响，齿轮和轮子不断转动、翻滚，越来越快。够了，够了。我把书扔到一边，朝我的包走去，从里面取出0.8克的佛罗拿[1]，一心只想着赶紧让自己昏睡过去……

在梦中，还是那个梦，在一个荒芜、废弃的庭园中，有一座铁城堡。这座城堡的窗户很小，窗户上还装着铁栅栏。在这座铁城堡里，只有一个房间。在这个房间里，只有一张桌子。在这张桌子旁边，坐着一个长得像我的生物，它在用我看不懂的字写着一首长诗。这首诗写的是在另一个房间里，有一个生物正在写着一首关于另一个房间里的另一个生物的诗。我仍然试图读懂那个生物写的字。这时它却突然转过头来看着我，尖叫道："噶！噶……"

我睁开眼睛，屋里已经洒满了初夏清晨的明媚阳光。我从床上一跃而起，走到书桌旁，开始写作。我的笔在稿纸上飞速滑动着，那速度叫我自己也吃了一惊。我怀着狂暴的喜悦就这么写啊写，一支接一支地抽着烟，又从书桌上站起身，在房间里来回踱

1 一种安眠、镇静类药物。

步，仿佛自己正站在世界之巅，接着又回到书桌上，继续拿起笔来写啊写，没有父母，没有妻子，没有孩子，有的只是我笔下流动而出的生命，在这一页页的稿纸上不断显现。两页，四页，七页，十页，不断增加，越来越多。在我的笔下，在我的眼前，手稿不断增加，就这么不断增加。我不停地写啊写，带着一种狂乱的劲儿，不断给这个超自然的故事里描绘的腐朽世界增添进恐怖的怪物，其中一个便是我自己的写照——

床边的电话响了。

我站起身，走到床边，拿起电话，问道："请问是哪位？"

"噶，噶。"一个声音小声说道，"我是托客的幽灵……"

"什么？什么？"我惊呼道，"你说什么？"

"你准备好走了吗？现在能走了吗？"

"什么？你是谁？你到底是谁？"

"我是宇野[1]的夫人，"那个声音这时说道，"很抱歉打扰您……"

"怎么了？"我问道，"宇野出什么事了吗？"

"我给您家里打了电话，"她说道，"您的姨母说您在这儿。实在抱歉打扰您，但是宇野的情况越来越糟了……"

"不要担心，"我告诉她，"我会尽快赶到。"

"谢谢。"她说完便挂断了电话。

我把听筒在电话机上放好，又回到书桌旁，把我的书和手稿塞进包里，接着从角落里捡起我的帽子和雨衣，然后便出门了。

---

1 宇野浩二（1891—1961），日本小说家。

走廊里此时压抑得就像是在疯人院。我走下楼梯，来到了酒店大堂。一个穿着雨衣的男人又在和一个行李员争吵。我在前台办了退房手续，然后走出酒店大门，去叫出租车。我向一位年轻的出租车调度员走去，他穿着绿色的制服，但是我还没来得及开口，他便问道："您是A先生，是不是？"

"我是。"我说道，不知道还能说什么。

"我猜就是，"他说道，"我就知道。我特别爱读您的作品，老师。您所有的作品我都读过。能见到您真的很荣幸，老师。"

我碰了碰帽檐，鞠躬向他表示感谢，但心里感到恶心。我这样一个罪行累累的人，却还能获得这样的赞许和尊重，简直像是对我的一种嘲讽。我甚至连良心都已经丧尽了，剩下的只有神经而已。

"您是要打出租车吗，老师？"

我点了点头，接着说道："不过，请帮我安排一辆绿色的，只要绿色的车。"

年轻的出租车调度员笑了笑，说："没问题，老师。"

我再次向他表示感谢，然后坐进了一辆绿色的幸运出租车的后座。不知为何，每次我搭乘黄色出租车时，都会被卷入这样或那样的意外事件之中。我和司机说了地址，然后靠回到后座上，望着车窗外的建筑发呆，感到一切的一切都是谎言。政治、商业、科学、艺术，都不过是覆盖在生活之上的色彩斑驳的瓷釉，掩饰着所有的恐怖。我坐在出租车的后座，感觉自己像是要窒息了。我把窗户尽可能地打开，但我心头的那种压迫感仍挥之不去，反而越收越紧，越收越紧……

我们终于来到了神宫前[1]的主交叉口。本来应该能在这里拐进一条小路，但今天不知为何，我找不到那条路了。我让司机沿着电车轨道前前后后找了半天都没找到，最终我忍无可忍，决定放弃，走下了出租车。

不知怎么的，我走到了青山殡仪馆。自漱石老师的追悼会之后，在长达十年的时间里，我不曾从这座建筑门前经过。十年前的我虽也并不快乐，但至少那时我还拥有平静。我瞥了一眼馆内那铺了沙砾的院子，想起了漱石山房里娇嫩的芭蕉树，不禁感到自己也将命不久矣。然而，我又感到一定是“有什么东西”，在过了这么多年后，今天又把我带回到这个火葬场。我感到脊背一阵发凉，忍不住浑身颤抖了一下，仿佛是灵魂在颤抖。

我转身离开，往精神病院走去，口中情不自禁地祷告起来——

“主啊，主啊，主啊，求你不要在怒中责备我，不要在烈怒中惩罚我。因为你的箭射入我身，你的手压住我，压住我，压住我……”[2]

除了信仰、疯狂，或者死亡，我们还有何出路?

2 疯人之家

在位于赤坂的青山精神病院[3]的办公室里，身为院长同时也是著名短歌诗人的斋藤茂吉又闭上了眼睛。他感到疲惫不堪，情绪

1 神宫前为东京涩谷区的一个町。

2 见《圣经・旧约・诗篇》第38篇。

3 也称“青山脑科医院”或“青山脑病医院”。

消沉。疲惫是因为身为院长所肩负的责任和沉重的工作负担；消沉则是因为不喜欢这个地方，不仅是这家疯人院，这家医院，也包括这座城市和这个国家——东京，以及日本。

茂吉也曾逃离，逃离长崎，逃离日本，去了欧洲。他先是经文部省派遣，作为外派研究员前往维也纳，在维也纳大学神经病学研究所师从海因里希·奥伯斯坦纳[1]。他的研究成果，也是他的博士论文，在维也纳得以发表。这一论文也为茂吉获得了东京帝国大学的医学博士学位。但茂吉拒绝回国。他从维也纳又去了慕尼黑，师从埃米尔·克雷佩林[2]。不管是战后奥地利和德国的通货膨胀、经济萧条，还是他父亲过世，甚至连关东大地震的消息传来，他都没回日本。没有什么可以让茂吉回日本，直到1924年的最后一天，他收到了一封电报。

说来也怪，青山精神病院虽然躲过了1923年的地震和火灾，却在1924年的除夕之夜毁于一场大火。火势是从厨房开始的。当时厨房里正在准备新年的糯米团，在起火之后，火势又迅速蔓延到了主楼。最后共有二十三名病人、一名医生以及一名职工丧生。大火还焚毁了很多茂吉从欧洲寄回去的书。雪上加霜的是，他的岳父，同时也是他的恩师纪一，忘了续火灾险。这家医院是斋藤纪一一生的心血，也是他漫长医学生涯的辉煌见证，如今毁于一旦，老人自然是深受打击。

---

1 海因里希·奥伯斯坦纳（1847—1922），奥地利神经病学家。
2 埃米尔·克雷佩林（1856—1926），德国精神病学家，现代精神病学的创始人之一。

在不情愿地返回日本后，茂吉面临着没有保险导致的资金问题，以及当局和邻居们对于在赤坂原址上重建医院的反对。一方面要筹措资金，另一方面又要寻找新的院址，这些重担全都落在了他身上。最终确定的方案是，在青山医院的原址上重建一个分院，同时在松泽地区建一座面积更大的主院，但这一过程实在是漫长而又艰苦。在火灾过去了两年半之后，茂吉仍感到自己被浓烟包围。他又一次被困住了——

“在苦与悲的/边界之外/言语已失效/唯烈日迎面……”

门外传来了一阵敲门声。茂吉睁开双眼，搓了搓脸，看了一眼手表，然后叹了口气。他把这事忘了：自己答应了芥川龙之介，要一起去探望作家宇野浩二。

此时，门外再次响起了敲门声。茂吉从桌子后面站起来，喊道：“请进来吧。”

芥川打开门，就前来打扰一事向茂吉鞠躬致歉，并感谢他能抽出时间一同前去探望宇野。

“自春天以来，宇野精神崩溃的症状愈发严重，”芥川急忙说道，“情绪忽上忽下，忽高忽低，一会儿狂躁无比，一会儿又奄奄一息。宇野的夫人说他今天上午跑到街上去了，疯狂地对着往来的行人大喊大叫，交通都因此中断了。他的夫人实在是没有办法了，迫切需要人帮助，所以我答应她来找您帮忙……”

“那我们走吧。”茂吉一边从办公桌后走出，一边拿上包。但他同时感觉到，芥川本人状况似乎也不佳。

自他们初次在长崎见面，至今已有近十年了。茂吉从欧洲回来以后，与芥川见面变得更加频繁。他开始喜欢上这个人，可同时也为他感到担忧。芥川一向瘦削，可如今憔悴得简直叫人心疼。他肤色暗淡，头发和指甲又长又脏。可能是受了朋友宇野病情的刺激，他今天看上去有些狂躁，简直像着了魔一样。

“实在是叫人震惊，太可怕了，简直恐怖……我们任何一个人，随时都可能变得像宇野那样……我感觉发生在他身上的事仿佛正发生在我身上。”芥川一边滔滔不绝地讲着，一边咧着嘴，睁大了眼睛，然后故意做出惊恐的样子浑身一颤。

茂吉知道芥川害怕自己遗传母亲的疯病，也知道他饱受失眠之苦，因此在过去差不多一年的时间里，他都会帮他开助眠的药。可当他带着芥川从办公室出来，经过医院的临时建筑，往等候着的车走去时，他不禁怀疑他近来究竟是否睡过觉。

突然，芥川脱离了茂吉的带领，径直朝一小块草堆走去。他站在被焚毁的医院废墟边上，望向青山灵园的树梢处，露出了微笑，说道：“我才注意到，今天天气可真好，这清风真叫人舒爽。”

“是的。”茂吉说道，“我们去看宇野吧。”

在从青山去往上野樱木町的汽车上，芥川又变得异常激动起来。他仿佛在做一场关于精神病学的讲座，不断列举着数据，证明近年来入院人数的激增，并不时引用当下流行的那些术语，诸如“文明病”“城市病”“现代病”“我们时代的病”，甚至“美国病”，同时不断翻来覆去地重复道，“这一切实在是叫人震惊，实在太可怕了。这样的事随时可能发生在我们任何一个人身上，特别是我身上”，然后又故意做出惊恐的样子浑身一颤。如果不是茂吉知道他们二人长期的友谊，知道芥川本人的疾病和恐惧，他可能会以为芥川对宇野的精神崩溃抱着一种轻率无礼甚至幸灾乐祸的态度。

幸好当他们抵达宇野家时，宇野看上去比之前要平静了很多。他安静地坐在昏暗的楼梯下面，破败的走廊里的灯光落在他的右半边身上。对于茂吉这位陌生的来客，他竟没有一丝起疑。

“你近来似乎有一些精神崩溃的症状，”芥川此时用平静了许多的语气向宇野说道，“所以我带斋藤医生过来，看看你的情况。”

宇野露出微笑，轻轻点了点头，然后带着高兴甚至几乎是自豪的表情向茂吉宣称：“过去这几天，我感到头脑前所未有的清晰，一晚上睡两个小时绝对够了。”

“很好。”茂吉说着打开了他的医生包，取出一把小刷子，让宇野掀开浴衣，然后一边用刷子轻轻地在宇野那瘦骨嶙峋的胸口上划动，一边轻声说道：“会痒，是不是？”

“是的，”宇野扭动着身子咯咯笑道，“会痒。”

茂吉伸出舌头做了个鬼脸，笑了笑，接着说道：“好的，看上去你的神经只是有一点点过于敏感了，所以现在来一点镇静剂会比较好，你觉得呢？”

宇野又咯咯笑了，点了点头。

“而且你应该尽可能地多休息，多睡觉，对不对？这样你就会感觉好很多，对不对？那么，我们现在就来服一剂镇静剂，好不好？吃完我再给你多留一些以后吃，如果你想要的话，好不好？”

“说起来，我身上就有一剂很好的镇静剂。”芥川突然说道，把手伸进了口袋，拿出一个小包裹。

“不用，谢谢。我给他我带的就行。”茂吉从包里取出一小袋东西，然后把它们分成两半。他又从包里取出一根针头和一个注射器，说道:“保险起见，我们来抽一点血，就是检查一下……”

宇野仍非常平静，微笑着同意抽血检查。茂吉给他抽血时，他仍一直在笑，时而微笑，时而咯咯笑，然后又点点头，把镇静剂吞了下去，一直笑个不停，并且向他们许诺，会尽可能多地休息和睡觉，然后又愉快地向茂吉和芥川道别，开心地送他们到门口，还表示希望他们能再来看他，并嘱咐他们回去的路上要注意安全——

“毕竟谁都不知道，什么时候，灾难又会在谁身上降临……”

来到街上，芥川松了一口气，没想到此行如此顺利，他对茂吉能抽时间过来帮忙表示非常感激。“今天应该差不多了，如果您眼下没有特别要忙的事，并且觉得地点也合适，能否请您与我一同前往自笑轩[1]吃晚饭，以便我好好地向您表示一下感谢？”

“你实在不需要谢我。”茂吉说道，“不过说到和你吃饭，我一向是很乐意的。那就有劳你了。”

茂吉之前和芥川去过几次自笑轩，那似乎是芥川最喜欢的一家餐馆，离他在田端的家很近，他常常会去。茂吉原以为，去一家芥川熟悉并且离他家这么近的餐馆吃饭，再加上下午去探望宇

---

1 即天然自笑轩，芥川与夫人的婚宴在此举办。

野之事进行得非常顺利，应该能让芥川的情绪平复一些，然而，坐在出租车后座的芥川此时却仍表现得非常焦躁不安。

“宇野精神崩溃这件事把我们这些作家都吓坏了。大家都害怕自己会成为下一个。就在前几天晚上，室生犀星[1]还和我说，如果这样的事发生在他身上，他肯定会变成色情狂！他让我承诺，务必确保他的裤子时刻穿着，他的腰带时刻系着……不过，您不觉得我这么频繁地前去探望，宇野的家人会觉得我是在多管闲事吗？再说，精二[2]又会做何感想？您不觉得我会让精二脸上难堪吗？”

谷崎精二，爱伦·坡的日文译者，谷崎润一郎的弟弟，是宇野认识最久也最亲密的朋友之一。然而他只去探望过宇野一次。

“放心吧，你绝对不用担心精二。”茂吉说道，“他自己的神经那么敏感又虚弱，如果他去了，恐怕只会让宇野更加不安。”

“可我也很虚弱啊。”芥川说道。

“可你帮了宇野和他夫人很多忙。”

“您真的这么认为吗？真的这么想？”

“是的，是真的。”

“您确定吗？”芥川又问了一遍，“我觉得精二肯定恨死我了，每天这样去宇野家，去打扰人家……”

---

1 室生犀星（1889—1962），本名室生照道，日本诗人、小说家。

2 谷崎精二（1890—1971），日本作家、英文学者。

“我相信精二肯定非常感激你，因为他自己不情愿去。这件事看上去确实超出了他能承受的范围。”

“您说得对。”芥川说道，“精二唯一去的那次，他就只是坐在那里流泪。他和我说，那晚他无法入睡，一直想着宇野的状况，为他的未来感到绝望。他心里乱得不行，宣称他要是再去一次，恐怕也会染上宇野的病……可这样说来，我肯定也是有风险的了……”

“不，”茂吉平静但坚定地说道，“精神病本身是不会传染的。不过，你确实要多注意。你对友人状况的担忧和焦虑已经影响到你自己的健康了。”

出租车后座上的芥川点了点头，说：“您说得对。”

茂吉把一只手轻轻地搭在芥川的胳膊上，问道：“你自己最近睡眠怎么样，能入睡吗？”

“没怎么睡，”芥川说道，“而且只有吃了您开的佛罗拿才能入睡。卡莫丁已经完全不管用了。”

“吃佛罗拿总比完全不睡觉要好一些。”

“您说得对。”芥川再次说道，“无法入睡实在是太可怕了，简直无法忍受，完全无法忍受。但是就算吃了佛罗拿，我也只能睡半小时，最多不超过一小时。不睡觉实在是太危险了，可以说几乎算是一种暴行了。是的，一种暴行……”

出租车后座上的茂吉点了点头，说道：“我会让人给你送去一盎司[1]的佛罗拿，不过这次是从德国进口的，比日本产的要好很多。

1 1盎司约为30毫升。

我再给你送去一些努玛尔，你把它和佛罗拿换着吃，应该就不会成瘾了。还有，不要担心价格。日本产的药便宜些，进口货的价格也不贵，还不到你坐一次出租车回家的车钱。不要担心价格，这点很重要，所以还请放宽心。”

“谢谢。”芥川说道，“我还得处理姐夫死后给姐姐留下的那些债务，光是利息就要百分之三十！我真心地感谢您的好意，谢谢。”

“你不需要谢我，”茂吉说道，“没什么的。”

“并非没什么。”芥川低声说道，语气中带着悲伤。他转头望向了窗外的黄昏。

出租车驶过谷中，进入根津，然后又从不忍通驶向动坂，此时终于抵达了目的地。

茂吉和芥川从出租车里出来，走上一条没有灯光的小路，穿过大门和庭园，进到了自笑轩内。店主人热情地接待了他们，带着他们穿过木走廊，来到他们常坐的那张对着庭园的桌子。他们是唯一的一桌客人。

晴朗的白天现在已经变成了多云的夜晚，餐厅庭园中的灯笼和石头也已笼罩在一片阴影之中。

茂吉把望向窗外的脸转向芥川，微笑着说道：“正如我上次信中所说，你写的那篇《河童》实在是叫人惊叹。并且我希望，尽管眼下有各种问题要应对，你还是可以继续写作，并且从中获得一些宽慰。”

“谢谢，”芥川说道，“但您实在是过誉了。老实说，如果我有更多的时间，如果我能再多花些心思，那篇《河童》可以写得更饱满一些。现在我后悔当时草草收尾，因为还要去写《海市蜃楼》……”

“实在是一篇了不起的作品。”茂吉说道。

“谢谢，”芥川再次说道，“那可能是我唯一拿得出手的作品了。但即便是那篇作品，离我期望达到的水准还是相差甚远。我真的越来越觉得累了……”

“可至少你还在写作。”茂吉说道。

“一直在写。”芥川说道，“但这件事已无法像之前那样带给我平静了。下辈子，若有这样的惩罚，我宁愿能转世为沙子。”

这时，一位女服务员来到他们桌前跪下，和他们寒暄了几句，然后把两个大漆盘摆在茂吉和芥川跟前。

“我知道您特别爱吃鳗鱼和萝卜干，”芥川说道，“所以我让餐厅的人准备了您最喜欢的两个菜。”

“谢谢。你真是太体贴了，也辛苦餐厅的人了。”茂吉心里再次赞叹，不管芥川本人有多少糟心事要应对，他对友人总能那么体贴和细心。

“不过是一点微薄的心意。”芥川说道，“您的帮助，您的善意，还有您的诗歌，都在眼下这困难的时期里给了我很大的安慰。”

“谢谢。”茂吉再次说道，此时露出了微笑，“我相信这盘美味的鳗鱼一定也会给我们俩带来很大的安慰。”

“是的。”芥川点头微笑着说道，“我们开动吧。”

但芥川几乎没怎么吃，只是象征性地夹了几口菜，大部分时间都在拨弄盘中的食物，终于还是放下了筷子。

“我记得应该是一休[1]曾经说过，他说自己有三十年都是在一片朦胧和迷糊中度过的。可我花了三十年的时间，却一事无成，因此我不停地对自己说，自杀吧，自杀吧……”

“可不只你一个人这么想，”茂吉带着一丝笑意说道，试图以此让同伴的情绪轻松些，“我自己常常也有同样的想法。”

“是的，但是在您所遭受的所有这些痛苦和折磨之中，您通过诗歌、通过短歌创造了或者说寻见了怎样的美呀……我永远做不到，我总是失败……话说，我近来读了和田久太郎[2]的狱中日记……我想说的是，即便是一位无政府主义者，都能从他所受的折磨中苦练出美来。他描绘狱中的艰苦生活，曾写道‘万籁俱寂，唯闻跳蚤往来急’，以及‘薏米饭中昆虫伴，夏日孤云慢’。不过最妙的还是这句，‘狱中起痔疾，冰霜杰克[3]舞兵器’。这一切我都能感同身受，可以想象出他在狱中忍受痔疮煎熬的痛苦，但我同时又感到惊叹，乃至嫉妒，一位无政府主义者竟能写出如此的诗句……”

“久太郎，久太郎，刺杀未遂终身丧。”茂吉哼唱起当时流行

1 一休宗纯（1394—1481），日本后小松天皇皇子，幼年出家，是禅宗临济宗僧人，也是诗人、书法家和画家。

2 和田久太郎（1893—1928），日本无政府主义者、社会活动家、俳人。

3 西方民间故事里冬天的精灵，传说冬季天寒地冻的天气以及鼻头和手指冻伤都是由它带来的。

的一首顺口溜，“甘粕君，甘粕君，虐杀三人十年监[1]”。

“这时代可真是黑暗啊。”芥川说道，“可不管遭遇怎样恐怖的暴行，像和田这样的人都不会被黑暗压垮。在您的诗歌中也是一样，老师，您点亮一盏灯，继续前行。”

“我们还有什么选择呢？”茂吉轻声说道。

“我永远做不到，我总是失败。”芥川再次说道。接着他开始轻声引用起茂吉本人近期创作的诗句：

“我沉入自己/不再抗拒/听天由命似的/盘腿坐着/看长夜流过——”

茂吉此时可以听见雨水落在庭园石头上的声音，他叹了一口气说：“确实，这段时间似乎每个人都被一种末日和死亡的气息缠绕。同我一样，你似乎也陷入了厄运之中。然而，我们必须继续写作，不然还能怎样呢？”

“也许我该在您的新医院里结束我这半生，”芥川轻声说道，望向了庭园，望向了雨和夜，“并在那里度过我的余生……”

茂吉闭上了眼睛。数不清有多少次，他发现病人上吊或割喉自尽，有多少次，他不得不通知他们的家人，那经历过无数次的失败感，那永远伴随着他的失败感。茂吉又睁开了眼睛。他望向桌子另一头坐着的那个正凝视黑夜的男人，他很憔悴，肤色暗淡，

---

1 1923年9月关东大地震后，当时身为宪兵大尉的甘粕正彦在戒严令期间，趁乱逮捕并虐杀了著名的无政府主义者大杉荣、其妻伊藤野枝及其六岁的侄子，仅被判入狱十年。和田久太郎认为时任戒严司令官的福田雅太郎才是幕后凶手，试图刺杀福田但没有成功，被判了终身监禁，后于狱中自杀身亡。

头发和指甲都又长又脏。茂吉这时严肃而坚定地说道："你首先需要休息，所以你必须要睡觉。等到你休息好了，等到你的力量恢复了，那时你才能去思考你的未来，只有到那时，你才能再次去寻找光明……"

"您说得对。"芥川说道，"如今我望向未来，试图寻找光明时，我能看到的只有黑暗，我能感受到的只有恐惧……"

在自笑轩吃过晚饭，二人借了两把雨伞，来到餐厅门口打出租车。在上车之前，茂吉在伞下向芥川表达了谢意，芥川也同样向茂吉表示了感谢。接着茂吉说道："你记不记得我们初次见面？那还是在我长崎的办公室里。当时我心绪恶劣，因为那天我刚和夫人大吵了一架，她一早收拾东西去东京了。那时我痛恨长崎，感觉要一辈子困在那里了。后来我们聊到了石田，你提到了爱伦·坡，又提到漱石老师和《行人》，提到在这个世界上我们的出路唯有信仰、疯狂，或者死亡。你记得吗？"

"感觉好久远了，"芥川说道，"像是在另一个时代，另一个世界。一个更好的时代，一个更好的世界。不过，我当然记得……"

"在那三条出路之中，"茂吉继续说道，"我愈发接受并相信，信仰才是我们唯一的希望，我们唯一的可能。但我并非指对诸神或唯一神的信仰，而是指对于我们作品的信仰，对于创作的信仰，信仰文字的力量，通过艺术获得救赎……"

芥川打着借来的雨伞，点了点头。

"因此，芥川老师，"茂吉说道，"请你相信自己的作品，相信自己的文字……"

“谢谢。”芥川说道，“我感觉好多了，多亏了您，老师。”

茂吉把伞往上抬了抬，仰头望向芥川家所在的山坡，说道：“好在你家离这里很近。我希望你很快就能回到家中睡觉，希望你可以睡一个好觉。”

“谢谢。”芥川再次说道，“不过我打算回去先写点东西，接着吃药睡觉。这一切都多亏了您，老师。”

在那条漆黑、狭窄的小路上，在已经打开的出租车门旁边，茂吉露出了微笑，他拍了拍芥川的肩膀，说道：“只要一个人还能写作和睡觉，那么不管命运如何多舛，他都可以忍受。”

“谢谢。”芥川再次说道，也是最后一次说道。接着，在这雨夜之中，在茂吉坐进了出租车后座之后，在这最后的沉默里，芥川用几乎是耳语般的声音说道：“到了最后，只能如坡在弥留之际所说的，主啊，求你救我的灵魂……求你救我们所有人的灵魂……”

出租车沿着漆黑的小路往灯火通明的动坂驶去。茂吉坐在车后座，转过身去找芥川，想和他挥手道别，但芥川已经不在那里了。芥川已经走了。

3 又一篇赞美诗

耶和华——拯救我的神啊，我昼夜在你面前呼吁。

愿我的祷告达到你面前；求你侧耳听我的呼求！

因为我心里满了患难；我的性命临近阴间。

我算和下坑的人同列，如同无力的人一样。

我被丢在死人中，好像被杀的人躺在坟墓里。他们是你不再记念的，与你隔绝了。

你把我放在极深的坑里，在黑暗地方，在深处。

你的忿怒重压我身；你用一切的波浪困住我。（细拉）

你把我所认识的隔在远处，使我为他们所憎恶；我被拘困，不得出来。

我的眼睛因困苦而干瘪。耶和华啊，我天天求告你，向你举手。

你岂要行奇事给死人看吗？难道阴魂还能起来称赞你吗？（细拉）

岂能在坟墓里述说你的慈爱吗？岂能在灭亡中述说你的信实吗？

你的奇事岂能在幽暗里被知道吗？你的公义岂能在忘记之地被知道吗？

耶和华啊，我呼求你；我早晨的祷告要达到你面前。

耶和华啊，你为何丢弃我？为何掩面不顾我？

我自幼受苦，几乎死亡；我受你的惊恐，甚至慌张。

你的烈怒漫过我身；你的惊吓把我剪除。

这些终日如水环绕我，一齐都来围困我。

你把我的良朋密友隔在远处，使我所认识的人进入黑暗里。[1]

---

1 出自《圣经·旧约·诗篇》第88篇。

4 信仰的阁楼

在阁楼墙上挂着的十字架下，室贺文武[1]向龙之介微笑着问道：“你最近怎么样？”

室贺文武在位于银座的美国圣经公会[2]工作，既做看门人，也做杂工。他平时独自居住在这家宗教出版机构的阁楼上，大部分时间都在阅读和祷告。很多年前，他曾作为送奶工为龙之介的父亲新原敏三工作，因此他在龙之介幼年时便认识他了。

“还是照样神经过敏。”龙之介说道，脸上带着室贺熟悉并已习惯的悲伤而无奈的微笑，“一想到我可能还要像这样再过一个夏天，哪怕只是再过一个月，我都难受得无法想象……我的脑袋感觉很不对劲……哪怕是最琐碎的小事，都足以让我陷入彻底的绝望……日复一日，夜复一夜，我似乎只能靠着鸦片、士的宁[3]、泻药和佛罗拿活着……”

室贺递给龙之介一个苹果，说道：“你必须明白，药物无法治愈你，也无法帮助你。但只要你接受耶稣基督，只要你相信祂，祂就会帮助你，祂就会拯救你。”

---

1 室贺文武（1869—1949），基督徒、俳人，与芥川的生父新原敏三是同乡，曾为其工作。

2 美国《圣经》翻译、出版和推广机构，1816年成立于纽约，旨在促进《圣经》在全世界的流传。

3 马钱子中提取的一种生物碱，可作为中枢神经兴奋剂。

“如果祂可以就好了。”龙之介看了一眼墙上挂着的木十字架，又看了一眼手中的黄苹果。“如果我可以就好了。”

“你若能信，”室贺引用《马可福音》中的话说，“在信的人，凡事都能[1]……”

“但我信不足，求主帮助[2]。”龙之介叹息道。

“这并不难。只要你相信上帝，相信耶稣基督，并接受祂是上帝的儿子，相信祂的神迹，相信祂的权柄……”

“我可以相信魔鬼和他的权柄。”龙之介说道。

“那你为什么拒绝相信上帝呢？如果你相信有黑暗，那你肯定也要相信有光明，是不是？”

“但也有没有光明的黑暗。”

“对，但那只是暂时的。”室贺说道，“黑暗之后总会有光明，正像黑夜之后总会有白昼，如同神迹一般。”

“我不相信神迹。”龙之介说道，“如今这时代，恐怕只有魔鬼的神迹，不过即便如此，我也不太相信……”

“你为什么总提到魔鬼？”

龙之介沉默了一会儿，再次抬头望向墙上的十字架，接着说道：“实际上，我最近又读了一遍‘登山宝训’[3]。尽管我之前已经读过许多遍了，我仍意外地发现了很多之前没有注意到的新内涵。

---

1 出自《圣经·新约·马可福音》第九章第23节。

2 出自《圣经·新约·马可福音》第九章第24节。

3 又称“山上宝训”，指的是《圣经·新约·马太福音》第五章到第七章里耶稣在山上所说的话。

这也激励我着手去写自己的一个作品，是关于基督生平的。”

室贺站起身，走到老旧的书架前，取下一本《圣经》递给龙之介，说道：“请收下。”

“谢谢。”龙之介说道，他从室贺手中接过了《圣经》。“我向您保证，我会重读的。”

“那么，请从《马可福音》开始读吧。”

“为何？”龙之介问道。

“因为它简短而有力，并且包含了你需要相信的一切。”

“我会读的。”龙之介再次说道。

室贺伸手去握住龙之介的手和他手中的《圣经》，抬头望向了他的眼睛——他的双手冰冷，眼神空洞，如同死人一般——他恳求道：“请用心去读，龙之介，用灵魂去相信……”

5 贯通伤[1]

在家中，在书房，我读着《圣经》，读着《圣经》，读了又读，一遍又一遍，读着《圣经》，读着《圣经》，在家中，在书房，我在写作，我在写作，写了又写，一页又一页，我写了又写，在家中，在书房，我一直写到笔停下，笔停下，然后我也停下，我也停下……

1 贯通伤是指致伤物贯通机体，有入口及出口的开放性损伤，子弹和弹片是常见的贯通伤致伤物。

在黄昏，总是在黄昏，在夏日，总是在夏日，我从家中出来，从田端的家中出来，我开始行走，开始行走，手里提着包，手里总是提着包，我走啊走，包里装着《圣经》，包里总装着《圣经》，我走啊走……

我穿着暗色和服和旧木屐，带着包和雨伞，来到上野，走进公园，樱桃树上的嫩叶散发出浓烈的香气，傍晚的空气阴沉而潮湿，笼罩着这座城市，笼罩着我的皮肤，我走啊走，穿过这步步紧逼的黑夜和阴影，我自己的阴影，一个河童的形象，现在以及永远，始终是那个河童，那个我多年来不断画着的河童，那个我几个月来一直在写的河童：他正紧紧抓着我，紧紧贴着我，他拒绝离开，他不愿放手，一直跟着我走，始终伴我左右，一个被放逐的灵魂，祈求着回归，回归，归来，归来……

终于，终于，我从公园出来，来到灯火通明的广小路，我感到比以往任何时候都要更忧愁，都要更焦虑；我受不了了，无法再忍受。我必须找点乐子，找点乐子，然后忘却。忘却这世界，忘却我自己。我越过电车轨道，走进一家咖啡厅。我点了威士忌，一整瓶威士忌："最好是黑与白……"

"你平时不喝酒。"我的同伴说道。

"我完全不会喝酒，"我笑道，"但最近我爱喝两杯威士忌。最好是黑与白……"

"为什么爱喝黑与白？"

"我喜欢酒标上那两只苏格兰梗。"我喝了一小口酒，然后为了逗他，我故意浑身一颤，做出一副被酒劲击倒的样子，宣布道：

“哎呀，我已经完全醉了。”

我们似乎已经好久没有这样开玩笑了，也好久没有体会过笑声所带来的轻松的感觉了。可这时我抬头望向他，这时我才看清楚，他头上的伤口仍在透过头发往外渗血，子弹留下的伤口在往桌上滴血，一滴接着一滴，汇聚成了一摊，一摊血。我的好心情不见了，玩笑结束了。我向他凑过身去，说道:“我犯了一个错误。我应该换个牌子。”

“但这是你最喜欢的牌子。”

“但那两只狗，其实是一只狗。”我低声对他说道，“它的两种颜色，代表两种本性，是我们灵魂的两面，代表着我们自己的二元性。”

我突然心里一沉，又想到了在疯人院病房中的宇野，想到我对他的担心，对他家人的担心，以及对我自己和我家人的担心。

“你知道吗？宇野的母亲在餐馆找到他时，他正在吃桌子上花瓶里的玫瑰花，边吃边不停地说：我太饿了，我太饿了……但我想说，事实上，对于一个艺术家来说，这是一件幸事……是的，尽管他经受了很多，但我认为这对宇野来说是很棒的一件事！疯狂和精神错乱对艺术家而言并非可耻之事。甚至有人会说，宇野抵达了一个新的高度，一个更高的境界……”

我的同伴似乎并不赞同我的话，一直在摇着他滴血的脑袋，甚至有些恼怒。“话虽如此，可如果宇野的病不能很快痊愈，或者他再也无法写作，甚至因疯狂而死，那他的家人到底又将如何？他们要怎么活下去？”

“可是作为作家，我们无法避免这样的事。”我耸了耸肩说道，“我们生活在一个被诅咒了的时代。正如宇野本人前两天和我说的那样，我们是被‘世纪末’[1]的魔鬼附身了……”

“你真的信吗？相信这样的事？”

“是的，我信，”我说道，“我相信。”

“好吧，就我个人而言，对于历经苦难折磨的艺术家英年早逝这样的事，我曾抱有一种浪漫主义的想法，但现在我后悔了。那些爱过我的人，那些我抛下的人，他们都要比我弱小得多，他们都需要我做他们的依靠。我现在倒希望自己能活得久一些……”

“忘了果戈理[2]！忘了斯特林堡！”我从桌子上一跃而起，不仅把我的同伴吓了一跳，整个咖啡厅的人都被吓了一跳。我用伞指着门口，大喊道：“我们要找点乐子！我们应该去找乐子！噶！噶！到龟户去，到龟户去！”

在出租车的后座，我对他说：“你知道吗？隅田川的东岸，那是我幼时玩耍的地方：本所、两国，还有龟户。那时候，在洪水到来之前，清澄庭园里的卧龙梅的枝条生得又长又曲折，真的就像卧倒的龙一样。当时我简直着了迷，可又害怕极了……”

“我们曾去看过大名鼎鼎的龟户天神社[3]的紫藤，”他又说道，“可如今，每当我听到有人提起龟户，我想到的都是那场大地震

1 原文为法文。
2 尼古拉·瓦西里耶维奇·果戈理（1809—1852），俄国批判现实主义作家。
3 龟户天神社位于东京江东区，有“东京第一赏藤胜地”的美称。

和之后发生的惨事，想到平泽计七与中筋宇八[1]，想到大杉荣与伊藤野枝，还有其他惨遭杀害的人。据我所知，龟户如今仍是一个万分悲惨的地方，去那里恐怕只会让我们的灵魂遭罪，而不是快乐……”

“没错。”我说道。出租车此时正快速驶过言问桥，穿过小梅，向南往龟户驶去。“可到了晚上，当一切都笼罩在黑暗之中，你就看不到那些工厂了。这时，再去行走在那片土地上，去吸一吸那下水道的臭气，那便是现实，不是吗？对我们两位‘文人’[2]来说，这该是一件积极向上的事，能让我们带着焕然一新的活力和生命力，回归到我们的家和作品之中，回归到我们的文字和艺术之中！”

我知道他并未被说服，可已经晚了，出租车已经在神社北面某处停下。我付了车钱，走下车，来到一条运河边的街道。确实，从运河里传来的臭味相当浓烈。附近没什么人，更别提有什么“乐子”。不过，一会儿我便发现前方有一群年轻人，于是我戳了戳同伴细瘦的肋骨，笑着说道：“他们好像知道哪里好玩，我们跟着他们走……”

他还没来得及像平常那样抱怨和抗议，我已经抓着他那潮湿、细瘦的胳膊出发了。我们沿着那条街往下走，经过低于地面的旧房子，经过脏兮兮的算命和卖药的招牌，来到一个十字路口，左

1 1923年9月关东大地震后，军部和警察当局借机逮捕并杀害了纯工人工会会长平泽计七、成员中筋宇八以及南葛劳动会的川合义虎等八人，史称“龟户事件”。
2 原文为法文。

转，眼前出现了一条条狭窄的小巷和一排排隔板房。每条巷子的两边都排列着格子门，里面都亮着灯，每扇门的门板上都装着一块透明玻璃，不时有独身的男人在巷道处来回穿梭，停下来透过玻璃往房子里窥视。

“来都来了，”我说道，“不如我们也去看一看……”

于是我们也加入了那些沉默而严肃的男人的行列，走进最近的一条巷子，在其中来回穿梭着，停下来透过门孔往房子里窥视。偶尔能瞥见屋内女人的整张脸，但大部分时候只能看见她们的眼睛，那么努力地试图闪耀、微笑，想表现出欢迎和邀请。我时不时会停下来，转身向他眨眼、微笑。但我们没有逗留太久，很快就走到了巷道的尽头，来到了外面更宽阔的街道上。街上不仅有报刊亭和一家西餐厅，还有不少出租车。我知道我的同伴情绪不佳，能感觉到他已经看够了。然而我还是指着下一条小巷，说道：“如果我们半途而废，那就太遗憾了，不是吗？”

于是我又带头往下一条巷子里走去，走过一条又一条巷子，一间又一间房子，一个又一个门孔，直到门内的每一双眼睛都变成了同一双悲哀又绝望的眼睛。我们发现自己又回到了一开始的地方，回到了来时的地方。

“我们回家吧。”我的同伴说道。

“是的，我们可以直接回家。”我对他说道，“但是想想我们已经走了这么远，并且以后可能也不会再有这样的机会，不如我们再最后走一圈？”

他没有说好，也没有说不。他就这样跟着我，又把那些巷子来回逛了一遍，这里看看，那里瞅瞅，这次比第一次要更快一些，然后我们又回到了原点。

此时的空气已潮湿得让人更加透不过气，下水道的恶臭也愈发叫人难以忍受，我们头顶低沉的夜空此刻突然开始下起像水蛭一样巨大的雨滴。

“难道这个地方就只是这样吗？”我故意做出一副愤慨的样子说道，“好吧，我不得不说，这真的让人相当失望！”

“不只是让人失望，”他说道，“是让人绝望并且精疲力竭。”

“确实。”我一边附和，一边弯腰去按摩自己的大腿和膝盖。“我实在累得不行了。我觉得我一步也走不动了。”

这时雨下得更大了，他接着说道：“好吧，如果你还有力气走到大路上，我们可以在那里搭出租车。”

“我是真的想回家。”我对他说道，“说实话，很想。不过我也真的很希望可以先休息一下，就休息一会儿。”

“可要去哪里休息？”他望了望四周。

“你不觉得我们能在那些房子里要一杯茶喝吗？”我说道，“反正我们回去也要经过那些巷子。”

他摇了摇瘦小的脑袋，说：“我对此很怀疑。”

“但我们至少可以试试。”我坚持道，这时我站直身子，挺了挺胸，“我相信只要我们好好沟通，肯定能找到一家愿意的。不用担心，沟通的事就交给我来！”

于是我们第三次走进巷子里。我故意迈着大步往最近的一个格子门走去，他则不情愿地在后面跟着。我一边弯着脖子朝门孔内窥视，一边招呼他过来。透过玻璃，我们能看到一个大约二十五六岁的丰满女人，长着一张温柔又漂亮的脸蛋，正独自一人坐在屋内。于是我低声向他说道："要不我试试？"

"如果你想，如果你坚持。"

"不好意思，"我朝门内喊道，仍透过玻璃往里看，"我的朋友和我有点累了，想要休息一会儿。冒昧问一下，能否请我们进屋喝杯茶？"

可能是我们苍白的面孔以及透过玻璃往里看时直勾勾的眼神让她起了警惕心，只见她紧张地说道："屋里没人。"

我毫不气馁，马上又走到斜对角的另一家房子门前，向里窥视着问道："请问我们能进去喝杯茶吗？"

"请进，请进。"屋里传来一个女人的声音。我们能看见她的身影站起来，正朝着门口走来。但就在这时，仍探着头透过小玻璃窗往里看的我，突然看清楚了她的样子，看清了她的真面目。我往后一退，大声喊道："啊！啊！啊，不……"

"怎么了？"他问道，"什么情况？"

"太可怕了。"我一边低声说道，一边赶紧转过身跑，以最快的速度跑回了巷道上。

"怎么了？发生了什么？"他在我身后喊道。但是我没有停下，我无法停下，我只是拼命跑，一直跑到了街角，跑到了巷子的尽头，然后在街角处躲了起来，双手掩面，浑身颤抖着，一遍又一遍地嘀咕道："你看见没？你看见没？你看见没？你看见……"

"看见什么？"他问道，"看见什么没？"

我紧紧抓着他那黏糊糊的、皮包骨的肩膀，望着他那红色的小眼睛，问道："不是吧？你没看见？没看见我刚看见的？"

"看见什么？"他再次问道，"你刚看见什么了？"

"那个女人！"我喊道，"那个女人！"

"我只是瞥了一眼她的脸，但我没看出她有什么特别奇怪的地方。"

"那是个鬼！"

"谁？"

"她。"我再次颤抖了一下，"她站起来的时候，我看清了她的整张脸，她的整个身子……"

可他只是一个劲儿地摇着那受了伤的傻瓜脑袋，强忍着不笑出声来。我知道他在想什么：真要说这个鬼地方有谁看起来像鬼的话，那也是我，只有我。那个女人看到我可怕的脸时，没有惊恐地叫出声来，简直就是一个奇迹。

"我们回家吧。"他说道。

雨水拍打着出租车的车窗，我们俩一路上都没有说话，直到他让司机在上野的不忍池旁停车。他下车时叹了口气，正准备转身向我道别，这时我伸过手去抓着他那长着鳞片的冰冷的手臂，问道："请你和我说实话，你当时真的没有看到任何奇怪的东西？"

"完全没有，"他说道，"我很抱歉。"

"我真希望你当时回去看一眼。"

他露出了微笑，说："我很高兴自己没有那么做。"

街上的灯光以及车窗玻璃上的雨点给我们两个蒙上了一层奇

怪的黑影。我向他回以微笑，说道："我很抱歉。"

"我们很快会在峡谷中再见面。"托客说道，然后关上了出租车的门。出租车开走了，我回过头去看他，向他挥手道别。我看见他站在池边，一只手仍在捂着头顶上凹下去的那个碟子，试图不让血液喷射、溢出，另一只手则在挥舞着，道着再见，再见，再见，再见……

6 睡眠之家

"芥川，"内田百闲[1]说道，"芥川……芥川……芥川？"

芥川一动不动。他的下巴靠在胸口，他的长发盖住了脸，他的身子陷在藤椅里，在壁龛前，在二楼的书房里，在他田端的家中。

此时正是黄昏时分，夜幕快要降临。这是7月中旬的一天，有史以来最热的一个7月。即便是在这间灯光昏暗的书房里，热气也叫人难以忍受。百闲抹了抹脸，又抹了抹脖子。他坐在垫子上，周围全是报纸和书籍，三本不同版本的《圣经》摊开着摆在地上，四处散落着金蝙蝠牌香烟。百闲抬头望了望他的朋友：即便在这样炎热的天气里，即便在这样的状态下，他看上去仍是那么文雅。这时芥川睁开了眼睛，把脸转向百闲，半带着笑说道："抱歉。"

---

1 内田百闲（1889—1971），日本作家，与芥川同为夏目漱石门生，擅长写奇幻小说和幽默随笔。

“你怎么了？”百闲问道。

“我的胃一直在痛。”芥川说道，他的舌头艰难地在口中挪动着，吐字有些含糊不清，“我最近总睡不着，所以不得不吃一些药，然后又总会在自己还没有真正睡醒的时候醒来。”

“话说，你不该吃那么多药。”

他沉重的眼皮又合上了，他的身子又陷进了椅子里，然而他还是吃力地说道：“话说，你也不该喝那么多酒。”

百闲不知该对他说什么，该为他做什么，只能坐在那里，看着他睡睡醒醒。他自己的眼睛也在昏暗之中闭上，睁开，又闭上，他的脖子在热气之中悬着。

“关于钱的事……”芥川突然说道。

百闲坐直了身子，说：“是的，实在是不好意思……”

芥川缓缓站起身，脚下有些踉跄，摇摇晃晃地往门边走去。他伸手去够门上方挂着的一幅画，眼睛仍旧半闭着。他把手伸到画框后面，从里面取出一张崭新的二百日元纸币，递给百闲，说道：“还请收下。如果不够，我再安排。”

“谢谢，”百闲窘迫地说道，“绝对够了。只是给你添麻烦了，我实在是过意不去。”

“抱歉。”芥川说着，瘫坐回了椅子上。

百闲觉得自己该走了，好让他的朋友好好休息。但这时他意识到，自己连坐火车的零钱都没有。他咒骂着自己。他提醒了自己好多遍要准备些零钱。

“别担心。”芥川说道，又站了起来，看上去仍旧是晕乎乎的样子，“还请稍等片刻。”

芥川跌跌撞撞地走出房门，沿着走廊往陡峭的楼梯走去。百闲担心他会从楼梯上摔下去，于是跟着他来到走廊。他自己也觉得晕乎乎的。但是芥川似乎还能应付，只见他顺着楼梯下去，消失在百闲的视野之外。百闲仍旧站在原地，望着外面的院子，等着他回来。

自他们初次见面以来，芥川就对百闲非常友善，一直到现在，百闲仍想不明白为什么。他们真正相熟乃始于芥川加入漱石老师的木曜会[1]之后。可即便在漱石老师过世之后，在很多人都已经开始躲着百闲之后，芥川仍是忠诚、友善的朋友，一如既往。百闲抱怨自己在市谷的陆军士官学校的薪酬如何微薄，抱怨如此少的收入要养一个大家庭如何入不敷出时，是芥川给他介绍了在横须贺的海军机关学校的第二份工作，尽管当时二人才相识不久。百闲问芥川为何要帮他时，芥川只是笑笑，说道：“因为我们的祖母会为此高兴的。”

芥川似乎去了有好一会儿了。百闲正有些后悔自己当时没有跟着他下楼，这时却听见他从走廊另一头的梯子上来了。只见芥川摇摇晃晃地向他走来，他的浴衣的下摆向上卷着，两只手像是捧着什么东西。

芥川在百闲跟前停下了脚步。他站在那里，仍左右摇晃着，整个身子都在颤抖。可他却又露出了一个骄傲的微笑，把双手举

1 夏目漱石每周四与门生的聚会，也称“周四会”，“木曜日”即周四。

到百闲面前，只见手里捧着一大堆硬币。

“你怎么拿了这么多过来？”百闲问道。

“我费了半天劲，始终没能从钱包里挑出车费的数额，最后我只好把它们全部倒进手里。还请都拿去吧。”

百闲从他手中挑出一枚十钱硬币，说道：“谢谢，我现在要走了，再会了。”

芥川退回到书房内，两手一分，那一堆硬币噼里啪啦地全掉在了红木书桌上，响声传遍了整个屋子，和百闲的脚步声一道顺着陡峭的楼梯往楼下传去。只听见他的妻子朝楼上喊道：“你没事吧？你没事吧？你是不是摔倒了……”

7 “你准备好走了吗？”

一等战列舰宇野停进了横须贺的干船坞。它的朋友——战列舰A——则停泊在港湾。A是一艘比宇野年轻的船。它们时不时会在宽阔的水域上无声地交流。A有些可怜宇野，不仅因为它年纪大了，也因为它有时会航行失控（这源于建造师的一个失误）。为了不让宇野难过，A从不提起这个话题，并总是用最恭敬的语气与身经百战的宇野交流。可是一个多云的下午，宇野的货仓突然起火，只听见一声可怕的巨响，宇野侧倾进入水中。从未上过战场的A自然是吓坏了，简直不敢相信眼前的事。三四天之后，由于两侧已经没有了水压，宇野的甲板开始逐渐开裂。工程师们见此情形，更是加快了对它的维修工作。可宇野很快就彻底放弃了希望……A从横须贺港口向远方望着，愈发焦虑不安地等待着自己的命运，因为它开始感到自己的甲板也正在一点点地扭曲、变形，设计它的建造师们比宇野的还要糟糕，它边角的支架也越来越紧，潮水拍打着，开始灌进来，水位不断上涨着，波浪不停拍打着，海水没过了它的脖子和下巴，灌进了它的嘴，浸泡着它的头发，最后没过了它的脑袋——

我从藤椅上醒来，大口喘着气，感到呼吸困难，边呛边咳，嘴里有痰，下巴上则都是口水。我伸手想去擦干下巴和眼睛，手中的《圣经》掉到了地上。宇野的状况又恶化了，对于他的妻子和家人来说，情况已经变得难以忍受，斋藤医生只好安排将他收入位于王子[1]的小峰研究所住院治疗。我上次去看他，是在疯人院的病房里。当时宇野被绑在病床上，抬头盯着我，一边摇头，一边一个劲儿地说："你和我，我和你，我们是难兄难弟，龙之介，难兄难弟，我们被同一个魔鬼附身了，那个世纪末的魔鬼……"

"咻咻——砰砰——咻咻——砰砰——咻咻——砰砰……"

我从椅子上站起身，捡起地上的《圣经》，把它放回书桌上。我点了一支烟，走出书房，来到走廊的玻璃窗边，一边站着抽烟，一边看着我的大儿子和二儿子在洒满阳光的院子里玩"火车头"。

"咻咻——砰砰——咻咻——砰砰……"

他们不仅模仿火车头的声音，还挥舞着手臂，模仿火车前进

1 东京的一个町名。

的动作。我知道，不只是我的孩子会这样，很多孩子都会，但为什么呢？是否因为他们感受到了火车头的力量，那拉响汽笛轰鸣而过的喧嚣和速度，以及它那猛烈的暴力？也许他们也想要过像火车头一样猛烈的生活？不过话说回来，这样的念想并非只有儿童才有。成人也是一样，我们都一样，像火车头，沿着轨道向前猛冲着。但是冲向何方，又有谁知道呢？那轨道可以是很多东西：名声、女人、金钱、权力。可它们总还是轨道，是我们无法脱离的轨道。我们想尽可能自由且自私地在那轨道上追逐，却无视这一事实，即那是我们无法脱离的轨道。无数的世代，无数的社会，都曾试图给我们的引擎、给我们的欲望装上刹车，但都失败了，于是我们仍继续向前冲着，沿着那轨道——

"咻咻——砰砰……"

我转过身，不再去看院子里的孩子，踉跄着从走廊的窗户边走开，回到书房的书桌旁。我又点了一支烟，然后低头看着桌上摆着的两份未完成的手稿：一份是我的自传，我或许该将其命名为《屠龙的艺术》；另一份是我尝试为基督所作的传记，试图用我这样一个没有价值、失败的资产阶级无用文人的贫乏浅陋的语言去写"我的基督"，我已决定将其命名为《西方之人》。

事实上，由于截稿日期已到，我不得不先放手，并将它递交给了《改造》杂志。然而我却又放不下它，放不下祂，于是我又想再接着写……

此时看着这两份未完成的作品，又点了一支烟的我却不知该先写哪一个。这两份作品我都必须完成，并且必须在今天完成。

我正犹豫着，听见楼下传来了妻子唤我下楼吃午饭的喊声。

尽管天气炎热，又在院子里玩耍了半天，两个儿子却仍生龙活虎，仿佛有无限的精力。他们总是说个不停，哪怕在吃饭的时候也是一样。多加志不停踢着桌脚，我责骂了他两句，这时家里的气氛一下变了。两个孩子都不再说话，只是安静地吃着午饭。妻子也一言不发，低着头，眼里泛起了泪花。一次又一次，我作为一个父亲和一个男人，作为一个人，失败了。我被内疚和悔恨折磨，清楚自己只会给那些受了诅咒而不幸爱着我的人带去痛苦和煎熬，清楚如果我消失，如果我不在这里，从未来过这里，从此离开这里，他们会过得更好，会更幸福。

我从餐桌上站起身，爬上陡峭的楼梯，又回到了书房，回到了书桌旁。我拿起那份自传，把它塞进一个旧信封，在信封上草草写下“垃圾”二字，便将它丢在垃圾桶旁，准备烧毁。我已经没有力气继续写它了，没有力气继续抱着这样的心情像这样活着。

就没有人能发发慈悲把我在睡梦中掐死吗？

我坐回到书桌旁，又转向那份《西方之人》，更准确地说，是《续西方之人》。

只要我今天能完成这份手稿，在今天结束之前完成，我就能获得平静，就能在平静中死去。于是，我带着颤抖的手，再次拿起笔，拿起这把削过的短剑，再次开始写作，用我这样一个没有价值、失败的无用文人的贫乏浅陋的语言去写，去写“我的基督”。

“……这个我在最后的日子里开始爱上的，不再陌生的，但仍只是一个幽灵的基督，一个我盯着看了又看的十字架上的幽灵，尽管大部分人已经看倦了，尽管很多人试图将它取下，但我仍盯着看了又看的十字架上的‘我的基督’……

“这个因我而在日本出生的，这个由玛利亚—— 一个我们可以在所有女人身上，在燃烧的炉火中，在丰收的田野里感受到的，一个一辈子都带着‘流泪谷’[1]里永不磨灭的耐心生活的普通女人——所生的，由玛利亚和圣灵，既非魔鬼也非天使，而是那行走在超越善恶之外的彼岸的圣灵所生的‘我的基督’……

“他躲过了希律[2]，逃离了他的机器，那机器是所有想要避免改变和革命之人所依靠的；那害怕改变的希律和他那恐惧革命的机器，屠杀了数以千计的孩子和其间混杂着的‘其他基督’；然而对于这个满手鲜血、面色阴郁，最后在橄榄树和无花果树之间死去，没有留下一句诗歌的人，我们不能施以憎恨或唾弃，而只能是怜悯……

“他去往埃及，又回到加利利，接着住在拿撒勒，正如海军军官的孩子先是去往佐世保[3]，然后去舞鹤，接着又到横须贺一样，也许这些经历和变故促成了‘我的基督’的波希米亚精神？

“……他知道自己并非他父亲约瑟（一个多余的人）的儿子，明白自己是圣灵之子，并在这一真相的暗影中孤独地度过了童年，

---

1 见《圣经·旧约·诗篇》第84篇，“他们经过流泪谷，叫这谷变为泉源之地”。

2 即希律王，耶稣诞生时罗马帝国在犹太行省的从属王。据《圣经·新约·马太福音》第二章记载，希律因害怕耶稣诞生后成为犹太人的王，得知耶稣在伯利恒降生后，便下令屠杀伯利恒及其周边地区所有两岁以下的男婴。

3 佐世保、舞鹤与横须贺均为日本的军港城市。

后来他遇见了约翰，那位在他之前出生的基督，那位在他之前来的基督，约翰曾在最后的恸哭之中问他，你是那基督吗，还是我是基督？

“……他独自步入旷野，禁食四十昼夜，与撒旦对谈，但拒绝屈服，经受住了物质、权力以及人心渴望的一切俗世之物的诱惑，并‘暂时’[1]战胜了撒旦……

“他接着从一个村庄行到另一个村庄，先是独自前行，后来则是带着门徒，喜欢用寓言和比喻去讲道，如同一位古代的波希米亚人，一位古代的报人，用他天才的例证，用他诗意的激情，为旧火添上新柴，去燃烧，去照亮，用他的杰作——‘登山宝训’‘好撒玛利亚人’[2]‘浪子回头’[3]——以及他所有的话语将全部时代的旧习踩在脚下，让整个世界翻天覆地，让我们的世界翻天覆地，但他同时也播下了恐惧的种子，那是对改变的恐惧，因此他也树立了仇敌，许许多多的仇敌……

“然而他爱过许多人，也被许多人所爱，尤其是抹大拉的玛丽亚，那爱是如此诗意，如鸢尾花一般芳香，以至于超越了她的职业，也宽恕了她的罪孽……

“他看见野地里的百合花，那是所罗门极荣华的时候所穿戴的都无法比拟的，并以如此的诗意战胜了对明天的忧虑[4]……

---

1 见《圣经·新约·路加福音》第四章第13节：“魔鬼用完了各样的试探，就暂时离开了耶稣。”

2 见《圣经·新约·路加福音》第十章25—37节。

3 见《圣经·新约·路加福音》第十五章11—32节。

4 见《圣经·新约·马太福音》第六章28—34节。

“他施行神迹，尽管他厌恶行神迹，因为神迹有迎合大众之嫌，且会极大地消耗他的力量，令他怀疑自己话语的力量，怀疑他的话语和他自己，令他变得人性，过于人性……[1]

“他看见马大和玛利亚落泪，于心不忍，便将拉撒路从死里复活，以止住她们的眼泪，过于人性，实在是过于人性……

“他后来又拒绝了自己的母亲，以及所有像那样的爱，选择了耶路撒冷，选择了自己知道是必死的道路，以向我们展现我们所要寻找的，那直到如今仍折磨着我们的缺失之物，为我们启示前方的路，那是超越我们世界的，却又在我们灵魂之中的：通往天国之路，地上的天国……

“他登上高山，与已故之人对谈，脸面明亮如日头，衣裳洁白如光，但他知道今日已绝非昨日，红海也不再分开，于是他问道，我们该如何生活？

“……他接着从山上下来，为自己的一生做清算，那是他很快就要抛下的一生，这一生要开始复仇，向他自己复仇；那曾昭示了他的诞生的星辰，以及那曾给予他生命的圣灵，他们让他无法安宁，他们让他无法做自己，他诅咒着那棵无花果树……

“他骑着驴子进耶路撒冷，那时他便已背上了十字架，从始至终他都背着十字架。他说，恺撒的物当归给恺撒，神的物当归给神。他赶出神的殿里一切做买卖的人，推倒兑换银钱之人的桌子……

---

1 以下多处《圣经》典故不再一一注释，读者若有兴趣或疑问，可自行查阅《圣经》。

“他来到客西马尼园，那是他灵魂最黑暗的一晚，他心里甚是忧伤，几乎要死，他俯伏在地祷告，不停祷告，祷告叫那杯离开他……”

我停下笔，将笔放下，点了一支烟，从书桌旁站起身，往走廊走去。我站在玻璃窗前抽了一会儿烟，向下望着家里的院子，那黄昏之中的院子，静默的院子。上帝聆听我们的祷告，但祂等待。

我转过头去，不再看那院子，在黄昏和静默之中，再次迈着踉跄的脚步，又回到了书桌旁，回到了“我的基督”那里。

“……那杯并不离开他，他发现自己的同伴仍在睡觉，他知道时候近了……

“他在那一晚被出卖，被一个吻出卖，一个自杀，另一个也自杀，他在黎明时被人否认，被那些他留在身后的人否认……

“他来到彼拉多和众人面前，那时是，现在也是，他未被选中，他被人拒绝，但他一句话也没有说……

“他被戴上荆棘编的冠冕，被人唾弃并用芦苇抽打，接着上了木十字架……

“他活活地让钉子刺穿自己的手，又活活地让钉子刺穿自己的脚，他从十字架上俯视这世界，又从十字架上仰望向天国，接着喊道，以利！以利！拉马撒巴各大尼[1]？”

我再次停下笔，将笔放下。我擦了擦脖子，擦了擦脸，又擦

---

1 意为：“我的神！我的神！为什么离弃我？”

了擦湿润的眼睛，然后继续转向祂。

“……他在最后的呼喊中，在最后的话语中，又离我们近了一步，接着便为了我们舍弃了灵魂，为我们而死，他为我们而死……

“他……他……除了他还能有谁？

“……从人世升往天国的梯子被残忍地折断，仍倾斜地挂在大雨倾盆而下的昏暗天空之中……”

我再次停下，再次将笔放下，将头埋进手中，双手捂着脸，用手指擦着眼睛，在我的眼中，在我的脑中——

我的基督，我的基督，许许多多的基督：

我的基督是一面镜子，是普世之镜；我的基督是一位诗人，一位波希米亚诗人；我的基督是一位报人，一位古代的报人；我的基督是一位和平主义者，一位不抵抗的托尔斯泰，却更温柔，更加温柔；我的基督是一位共产主义者，为穷人而来，爱着穷人，并曾说过，狐狸有洞，天空的飞鸟有窝，人子却没有枕头的地方……

这些话语中蕴含着怎样骇人的恐惧，我的基督，他向我讲述，带着怎样骇人的恐惧，他向我讲述，诉说他那悲惨的一生，他那标杆般的一生，他向我和每一个圣灵的孩子讲述，向所有圣灵的孩子讲述；基督教有一天也许会消亡，毫无疑问，那一天已近在眼前，但基督的一生、耶稣的一生将继续感动我们，无论是在西方还是在东方，将永远感动我们，每一个圣灵的孩子，所有圣灵的孩子，感动我们并向我们讲述——从人世升往天国的梯子被痛苦地折断，仍倾斜地挂在大雨倾盆而下的昏暗天空之中——因为我们都是往以马忤斯去的行者，永远在找寻能让我们的心火热起来的基督。

此时已经入夜，屋内充满了恐惧和静默，我将手指从眼前拿开，把手从我的面前拿开，然后低头看着书桌，桌上四处散落着稿纸，以及打开的书；我开始把那些书都合上，把那些书都收起来，所有那些基督传：施特劳斯[1]、勒南[2]、法勒[3]以及帕皮尼[4]；把它们都合上，把它们都收起来，所有那些书，以及《圣经》。我的三本《圣经》：一本来自恒藤恭，一本来自室贺文武，还有一本我不会合上，不会收起来；那本我要带下楼去，要在睡前阅读，在今晚睡前……

这时我伸手越过那些书稿，从书桌的另一头拿起一袋佛罗拿，打开，吃下。接着我把稿纸全都捋了捋，把它们都捋平，然后堆成几堆，全部放到一边去。接着我再次拿起笔，拿起这把削过的短剑，最后一次去写作，我写了又写：一首写给我的医生的诗，接着是给友人们的信，那是我酝酿已久的，练习过多次的，然后是一封给妻子的信，再接着，便是那最难的一封，最痛苦的一封，我所写的最后的一封信——

给我的孩子们——

1. 永远不要忘记，人生乃是一场通往死亡的战斗。

2. 正因如此，不要把生命视作理所当然，而是要培养自

1 大卫·施特劳斯（1808—1874），德国神学家、作家，著有《批判性探究耶稣的一生》。
2 欧内斯特·勒南（1823—1892），法国哲学家、圣经学者，著有《耶稣的一生》。
3 弗雷德里克·法勒（1831—1903），英国牧师、作家，著有《基督的一生》。
4 乔瓦尼·帕皮尼（1881—1956），意大利记者、作家，著有《基督的故事》。

己的能力；把这作为你们的人生信条。

3.把小穴隆一视作你们的父亲，并要听取他的意见。

4.如果人生的战斗失败了，应当像你们的父亲一样选择自杀，以免给他人带去不幸。

5.要认清自己人生的宿命并非易事。但只要你们不依赖自己的家庭，并断绝这样的念头，便能找到与自己和解的道路。

6.你们应当怜悯自己的母亲，但不应为此改变自己的意愿。如此，你们往后便能使母亲幸福。

7.你们三位不可避免地都会遗传我的焦虑，对此你们都应当警醒，要多加小心。

8.父亲爱你们；如果我不爱你们，如果我舍弃了你们，或者不关心你们，或许我还能找到办法活下去。

芥川龙之介

我放下笔，把信都放进信封，然后把信封封上。我又拿起笔，在每个信封上写上收件人，然后把信封放在《圣经》上面，再次放下笔，最后一次放下笔。

我擦了擦脖子，擦了擦脸，又擦了擦眼睛，但我的眼睛是干的，我的眼睛是干的。我试图回忆自己有没有吃佛罗拿，但我想不起来了，于是我从书桌的另一头拿起一袋佛罗拿，打开，吃下。

我又擦了擦脖子，又擦了擦脸，再次从书桌旁站起身，最后一次从书桌旁站起身。我迈着踉跄的脚步，极为踉跄的脚步，走出书房，走进走廊。我的脚步踉跄，如此踉跄，在夜色中走过庭院，在这静默的夜晚，我沿着走廊穿行，然后又停下了脚步，转身往回走，回到书房，回到书桌前，我拿起那首诗，那首给下岛医生的诗，然后又把它放下，把它放回书桌上。我擦了擦脖子，擦了擦脸，试图回忆自己有没有吃佛罗拿，但我想不起来了，于是我弯腰从书桌上拿起一袋佛罗拿，打开，吃下。接着我又擦了擦脖子，又擦了擦脸，拿起《圣经》和上面的信，把那些信夹进《圣经》，然后拿上那首诗。接着我走出书房，最后一次走出书房，我沿着走廊穿行，迈着踉跄的脚步，极为踉跄的脚步，最后一次在走廊穿行，然后走下了楼梯。

我已搞不清时间，不知道现在是什么时候，只知道是夏天，永远是炎热的夏天，永远是那么热。不过现在是夜晚，永远是静默的夜晚，永远是那么静默。我来到一间房前，是我姨母的房间，屋里的灯还亮着，她总是亮着灯。我敲了敲门，敲了敲门，然后走进了房间，我走进了房间，看见她躺在铺盖上，于是我拿出那首诗，拿出那首诗，然后说："医生来的时候我可能还在睡觉，麻烦您到时把这个交给他，如果医生来了，就说我在睡觉，不用叫醒我，就让我睡着。"

我把那首诗递给她，她接过了诗，她接过了诗然后说，她说，她说，不知道她说了什么，不过我只是微笑，我微笑着，我微笑着说："谢谢，姨母，谢谢，谢谢。晚安，姨母，晚安，我要走了，姨母，我要走了……"

我离开她的房间，离开了她的房间，然后去我的房间，我们

的房间，我们睡觉的房间，我的妻子、孩子还有我。孩子们睡着了，手搭在脸上，我的妻子也睡着了，她的脸靠着墙。我看见了我的浴衣，我在中国买的那件浴衣，浴衣折好了放在床铺上，放在床铺上。于是我放下《圣经》，那本夹着信的《圣经》，脚步蹒跚地脱掉身上的衣服，又跌跌撞撞地穿上那件浴衣。

“你吃过平时吃的安眠药没？”妻子问道，抬了一下头，又低了回去，闭上了眼睛。

“吃了，”我说道，“我吃了。不用担心，我吃过了……”

接着，我把那些信从《圣经》中取出，把它们放进我的浴衣里，放进我浴衣的褶子里，然后躺下，在铺盖上躺下，把头枕在枕头上，然后打开《圣经》。我最后一次打开《圣经》，开始读了起来，我的眼睛闭上了，又睁开了，最后一次，我开始读了起来。看哪，我站在门外叩门，若有听见我声音就开门的，我要进到他那里去[1]……

接着在夜色之中，在夜色之中，我看见了祂，我看见了祂；不是一个暗影，不是一个幽灵，而是我爱的那个人，我爱的那个基督……

那位在十字架上的黄色基督，在那等待的十字架上，在那忍耐的十字架上，我的基督，我的基督，终于，终于，最后终于……

我不断下沉，下沉，这一次彻底地、永远地沉入了竹林中，沉入我们生命之间隔着的竹林中，竹林中……

祂是，祂是，祂就是，祂就——

---

1 出自《圣经·新约·启示录》第三章第20节。

事实之后，事实之前

鼻涕啊！

只在鼻头边缘

残留着

一丝夕阳。

——芥川龙之介《自嘲》，1927年7月23日那是昭和年间，在大正天皇死后的那个夏天，某一天的清晨，保吉正在鹄沼海滨的松木林间穿行。在死寂的松林的另一头，在低矮的沙丘的另一头，大海打着哈欠，天空阴云密布，一片灰蒙蒙。在松林的边缘，在沙丘之间，保吉发现自己来到了一个秋千架子跟前，只是架子，因为秋千座不见了，只剩下两条绳索还悬挂在架子上，好像一个海边的绞刑架。

一只乌鸦落在了那如今已是多余的秋千柱子上，然后又来一只，又一只，接着又一只。四只乌鸦扭头望向了保吉。保吉摘下自己的巴拿马草帽，点了点头。最大的那只乌鸦将自己巨大的喙指向天空，发出了一声，两声，三声，然后是第四声叫喊，刚好四声。

我该不该把这视为一个征兆、一个警示？

保吉不屑地哼了一声，笑了。他记忆中从未感觉如此糟糕过，这是他有生以来最糟糕的一段日子。因为天热，他什么都写不出来，甚至什么都读不进去。又因为天气潮湿，他总是失眠。哪怕是到了这里，到了海边，那热气和湿气也是前所未有地让人难受。真叫人无法忍受。这样已经好几天了，好几个星期了。不过今天早上，就在天亮之前，他听到了雨水落下的声音，一滴接着一滴，落在小屋和院子里，一滴接着一滴，落在池子和石头上，给屋子带来了一丝凉意，使他的脊背一阵颤抖。

保吉对着四只乌鸦吐了吐舌头，又把帽子戴上，然后接着往前走，沿着潮湿的深色沙丘、褪色的枯草以及零星长着的矮松树往前走着，他沿着海岸不断往前走着，江之岛上的房子和树木也显得越来越近，在这个愁人的、病恹恹的、阴沉沉的、压抑的、脏兮兮的灰色早晨。

保吉尽量不去看大海，不去望向大海，而是把目光限定在海岸边，限定在沙滩上。但是有一对黑色的车轮印，是手推车留下的车轮印，斜着从他身前穿过，他的脑海中再次浮现出了《麦田上的鸦群》[1]的画面，他再次感到怅然若失，并被这种情绪压倒。很久之前，曾经有一次，他站在一家书店门前，翻阅着一本介绍凡·高及其作品的画册集，突然，他一下就明白了什么是“绘画”。他知道自己看到的只是复制品，并且永远没有机会看到真迹，可即便是从这些作品的照片之中，保吉仍看见了什么，感受到了什么：那是看待这个世界并在其中生存的另一种方式，一种新的方式。看着樱桃树的树枝，看着一位女人脸颊的曲线，他曾感到自己又振作了起来，又恢复了力量。但如今他望着那黑色的车轮印，那沙滩上的两条印痕，他觉得，他感到，有人曾来过这里：那人头上缠着绷带，盖住原本应该是耳朵的地方，嘴里含着一支长长的烟斗，眼中带着想象的画面，走在去工作的路上，走向工作，走向疯狂，然后走向自杀和死亡。

“别那样想。”一个卖弄风情的女声传来，笑着说道，“现在

---

1 文森特·凡·高于1890年7月创作的画作，是其生前创作的最后几幅作品之一。

是新时期、新时代了！”

保吉往前方望去，看见沙滩上坐着一位剪着短发、撑着多余的遮阳伞的年轻女人，她的身后是一片低矮的竹篱笆，她正在和一位穿着斗篷式雨衣、戴着巴拿马草帽的男人说话。

“我怎么想不用你来教。”男人愤怒地提高了音量，站了起来。“听听你自己说的话！你还是人吗？”

“我还是人吗？”女人大喊道……

保吉没有停下来听他们之后的争吵，也没有去看他们接着吵架的画面，而是快步走开，远离他们的争吵，远离他们吵架的画面，远离一切争吵和吵架的画面，踩着沙子和贝壳，迈着尽可能快的步伐，走出沙滩，走到铺着鹅卵石和松果的路上。这时一只乌鸦不知从哪儿突然冒出来，一片阴影朝他笼罩而来。保吉抬头看了一眼，又往别处看去，突然脚下一绊，跌跌撞撞，差一点摔倒。

保吉看了一眼脚下，只见路边躺着一块木标牌，上面镶着黑边。他捡起木牌，试图看清那在海水中浸泡过又历经风雨的牌子上写着什么，但他只能辨认出上面的日期：1892—1927。这块牌子一定是某个葬在海上的外国人的，想必原本是钉在裹尸布上的。

保吉将木牌丢到一旁。木牌上的日期表明那人是35岁时死的，正是保吉现在的年纪。

我该不该把这视为一个征兆、一个警示？

保吉打了个冷战。出生于明治时期，活过了大正时期，现在来到了昭和时期，但他觉得自己被诅咒了，有一种不祥之感，觉得自己不再受这个世界欢迎，仿佛有什么人或者有什么东西要害他，要将他带离。

在阴云密布的海边，在灰蒙蒙的天空下，保吉不知该做什么，不知该去哪里，只是一直走着，大海在看着他，天空在跟着他，他走啊走，走啊走，直到他来到了一条街上，一条有着店铺的街道，那是他熟悉的街道和店铺，可街上空无一人，只有一只黑白色的狗坐在路上。

那只狗扭头望向了保吉，然后叫了一声，两声，三声，接着又叫了第四声。刚好四声，不多不少。

保吉已经碰见够多的征兆、够多的警示了。他朝着一家至少看上去还是开着的店铺走去，这是一家他相熟已久的店铺。店铺的屋檐底下仍像往常一样，挂着一个令人无法抗拒的亮红色的烟草标志。保吉先是在屋檐下的橱窗前停留了一会儿，微笑着看了看橱窗上展示着的一艘熟悉的三笠号战列舰的模型，上面还升着旭日旗。那个模型被装在一个库拉索酒瓶里，和那些炼乳的广告摆在一起。接着他走进了店铺，这个熟悉的、欢迎他的店铺。店门上方的彩色玻璃像往常一样，在店里的泥灰墙以及堆积如山的商品上投下了绿光。镰仓火腿仍是悬在屋椽子上，金线汽水的海报仍是挂在门后边，都还是老样子；英国的罐装可可，美国的盒装葡萄干，也都像往常一样整齐地摆放在货架上；牛肉大和煮罐头、苏格兰威士忌、马尼拉雪茄，以及埃及香烟，全都是老样子，一如既往，让人感到熟悉、宽慰和受欢迎。

保吉拿起一大盒常买的火柴，他非常喜欢火柴盒上的商标图案，甚至想过要把那商标用相框裱起来。但今天他看着上面那波涛汹涌的帆船图案，又想起了差点儿把他绊倒的那个木牌，以及那个葬身海上、消失在海中的男人。他又有了那种被淹没、透不过气的感觉，仿佛就要在陆地上、在这家店铺里溺水身亡。保吉的手心直冒汗，他把火柴盒放回架子上，用手帕擦了擦手掌，然后朝柜台后坐着的女人走去。

自从保吉第一次进店，他就认识这个女人了，那天也是他在海军学校开始教课的第一天，距今已过去八年了。其实，如果让他说实话，这个梳着西式发型、脸色苍白得像一只小猫的女人，正是他后来如此频繁光顾这家店的真正原因。然而今天，像平常一样坐在柜台后读着报纸的那个女人看上去有些变化，变得不太一样了，不再是以前的样子了。

“不好意思，”保吉说道，“请问你们有没有其他牌子的火柴，除了‘船牌’，比如‘天鹅维斯塔’火柴，有吗？”

女人并没有抬头看保吉，她看上去甚至没听见他说的话。不过，紧接着她从座位上站起来，往店铺后头走去。

真是奇怪，保吉心想，但他仍待在原地，等着她回来。他看了看竖着的算盘，又瞄了瞄柜台上摊着的报纸，上面的字都是上下颠倒的。

过了一会儿，女人从店铺后面回来了，手里还拿着一个盒子。但她仍旧不看保吉，甚至没往他的方向瞄一眼。女人坐回座位上，打开盒子，取出一颗黄油奶糖，剥开糖纸，把糖放入口中，然后拿起报纸，露出了报纸的头版，上面刊登的照片和标题一下便跳入了保吉眼中——

芥川龙之介[1]，知名作家，于田端家中自杀

保吉试图大喊，想表示抗议："别急呀！还没呢——"

女人把目光从报纸上移开，越过柜台，往地板上看去。她放下报纸，站起身来，从柜台后走出，捡起一盒不知怎么掉到了地上的火柴。女人把火柴放回货架，又回到座位上，继续看着报纸，翻过了那一页。

---

1 芥川龙之介，英文写作Akutagawa Ryūnosuke，本书献词中的"A"便是指他。

参考书目

本书所含十二篇故事的灵感及素材均来自芥川龙之介本人的小说、散文、书信和生活经历，以及他周围人的回忆和记录。

我在此附上本书写作过程中所有参考文献的完整清单。对于从未阅读过芥川作品的人，我建议从以下两本书开始：

Rashōmon and Seventeen Other Stories, trans. Jay Rubin (Penguin, 2006).

Kappa, trans. Geoffrey Bownas (Tuttle, 1971; Peter Owen, 2009).

这两本书也包含了非常有用的作者生平信息。这么多年以来，芥川的作品已被广泛地译介，不过很多译本已经绝版：

Akutagawa and Dazai: Instances of Literary Adaptation, trans. James O'Brien (Center for Asian Studies, Arizona State University, 1988; Kurodahan Press, 2004).

The Beautiful and the Grotesque, originally published under the title *Exotic Japanese Stories*, trans. Takashi Kojima and John McVittie (Liverlight, 1964 and 2010).

'A Bizarre Reunion', trans. Steven P. Venti, in *Kaiki: Uncanny Tales from Japan, Volume 3: Tales of the Metropolis* (Kurodahan Press, 2012).

Cogwheels and Other Stories, trans. Howard Norman (Mosaic Press, 1982, 2015).

'The Death Register', trans. Lawrence Rogers, in *Tokyo Stories: A Literary Stroll*, ed. Lawrence Rogers (University of California Press, 2002).

The Essential Akutagawa, ed. Seiji M. Lippit (Marsilio, 1999).

Die Fluten des Sumida, trans. Armin Stein (IUDICIUM Verlag, 2010).

A Fool's Life, trans. Will Petersen (Grossman Publishers, 1970).

A Fool's Life, trans. Anthony Barnett and Naoko Toraiwa (Allardyce, Barnett, 2007).

'General Kim', trans. Jay Rubin, in *Monkey Business* Vol. 3 (Villagebooks, 2013).

Hell Screen and Other Stories, trans. W. H. H. Norman (Hokuseido, 1948).

Hell Screen, Cogwheels, A Fool's Life, trans. Takashi Kojima, Cid Corman, Susumu Kamaike and Will Petersen, with a foreword by Jorge Luis Borges and introduction by Kazuya Sakai (Eridanos Press, 1987).

Japanese Short Stories, trans. Takashi Kojima (Liverlight, 1961).

Kappa, trans. Seiichi Shiojiri (Akitaya, 1947, and Hokuseido, 1951).

Kirishitan Stories by Akutagawa Ryūnosuke, trans. Yoshiko and Andrew Dykstra, in *Japanese Religions*, Vol. 31 (2006).

Mandarins, trans. Charles de Wolf (Archipelago, 2010).

'The Mirage', trans. Beongcheon Yu, in *Chicago Review*, XVIII, No. 2 (1965).

Rashōmon and Other Stories, trans. Takashi Kojima (Liverlight, 1952).

Rashōmon and Other Stories, trans. Glenn W. Shaw (Hara Shobo, 1964).

The Spider's Thread and Other Stories, trans. Dorothy Britton (Kodansha International, 1987).

Tales Grotesque and Curious, trans. Glenn W. Shaw (Hokuseido, 1930).

Three Strange Tales, trans. Glenn Anderson (One Peace Books, 2012).

The Three Treasures, trans. Takamasa Sasaki (Hokuseido, 1951).

'Travels in China', trans. Joshua A. Fogel, in *Chinese Studies in History* (1997).

Tu Tze-Chun, trans. Dorothy Britton, with woodcuts by Naoko Matsubara, and an introduction by E. G. Seidensticker (Kodansha International, 1965).

'Western Man, Western Man Continued', trans. Akiko Inoue, in *Posthumous Works of Ryūnosuke Akutagawa* (Tenri, Tenri Jihosha, 1961).

'Wonder Island', trans. Dan O'Neill, in *Three-Dimensional Reading: Stories of Time and Space in Japanese Modernist Fiction, 1911–1932*, ed. Angela Yiu (University of Hawai'i Press, 2013).

以下文献包含了对芥川生平及作品的研究：

Akutagawa Fumi, *Tsuisō Akutagawa Ryūnosuke* (Chūō Kōron-sha, 1981).

Bates, Alex, *The Culture of the Quake* (University of Michigan, 2015).

De Vos, George A., with Hiroshi Wagatsuma, 'Alienation and the Author; A Triptych on Social Conformity and Deviancy in Japanese Intellectuals', in *Socialization for Achievement*, ed. George A. De Vos (University of California Press, 1973).

Fowler, Edward, *The Rhetoric of Confession: Shishōsetsu in Early Twentieth-Century Japanese Fiction* (University of California Press, 1988).

Fukasawa, Margaret Benton, *Kitahara Hakushū: His Life and Poetry* (East Asia Program, Cornell University, 1993).

Hibbett, Howard S., 'Akutagawa Ryūnosuke', in *Modern Japanese Writers*, ed. Jay Rubin (Scribner's, 2001).

Hibbett, Howard S., 'Akutagawa Ryūnosuke and the Negative Ideal', in *Personality in Japanese History*, ed. Albert M. Craig and Donald H. Shively (University of California Press, 1970).

Hirotsu Kazuo, *Shinpen Dōjidai no Sakka-tachi* (Iwanami shoten, 1992).

Iga, Mamoru, 'Ryūnosuke Akutagawa', in *The Thorn in the Chrysanthemum* (University of California Press, 1986).

Ishiwari Tōru (ed.), *Akutagawa Ryūnosuke Shokan-shū* (Iwanami shoten, 2009).

Ishiwari Tōru (ed.), *Akutagawa Ryūnosuke Zuihitsu-shū* (Iwanami shoten, 2014).

Karatani, Kōjin, 'On the Power to Construct', in *Origins of Modern Japanese Literature*, trans. Brett de Bary (Duke University Press, 1993).

Keene, Donald, *Dawn to the West: Japanese Literature of the Modern Era* (Holt, Rinehart and Winston, 1984).

Kondō Tomie, *Tabata Bunshi-mura* (Chūō Kōron-sha, 1983).

Kuzumaki Yoshitoshi, *Akutagawa Ryūnosuke Miteikōshū* (Iwanami shoten, 1968).

Lippit, Seiji M., 'Disintegrating Mechanisms of Subjectivity: Akutagawa Ryūnosuke's Last Writings', in *Topographies of Japanese Modernism* (Columbia University Press, 2002).

Matsumoto Seichō, *Shōwa-shi Hakkutsu* (Bungei Shunjū, 1978).

Morimoto Osamu, *Akutagawa Ryūnosuke Denki Ronkō* (Meiji shoin, 1964).

Napier, Susan J., *The Fantastic in Modern Japanese Literature* (Routledge, 1996).

Niina Noriaki, *Akutagawa Ryūnosuke no Nagasaki* (Nagasaki Bunkensha, 2015).

Richie, Donald, *Rashōmon* (Rutgers, 1987).

Schencking, Charles J., *The Great Kantō Earthquake* (Columbia University Press, 2013).

Sekiguchi Yasuyoshi (ed.), *Akutagawa Ryūnosuke Shin-Jiten* (Kanrin shobō, 2003).

Suter, Rebecca, *Holy Ghosts: The Christian Century in Modern Japanese Fiction* (University of Hawai'i Press, 2015).

Uchida Hyakken, *Watashi no 'Sōseki' to 'Ryūnosuke'* (Chikuma shobō, 1993).

Ueda, Makoto, 'Akutagawa Ryūnosuke', in *Modern Japanese Writers and the Nature of Literature* (Stanford University Press, 1976).

Weisenfeld, Gennifer, *Imaging Disaster: Tokyo and the Visual Culture of Japan's Great Earthquake of 1923* (University of California Press, 2012).

Yamanouchi, Hisaaki, 'The Rivals: Shiga Naoya and Akutagawa Ryūnosuke', in *The Search for Authenticity in Modern Japanese Literature* (Cambridge University Press, 1978).

Yamazaki Mitsuo, *Yabu no Naka no Ie* (Bungei Shunjū, 1997).

Yoshida Seiichi et al. (eds), *Akutagawa Ryūnosuke zenshū*, 8 vols (Chikuma shobō, 1964–5).

Yu, Beongcheon, Akutagawa: *An Introduction* (Wayne State University Press, 1972).

以下文献记录了芥川生活过的时代：

Bargen, Doris G., *Suicidal Honor* (University of Hawai'i Press, 2006).

Beongcheon Yu, *Natsume Sōseki* (Twayne, 1969).

DiNitto, Rebecca, *Uchida Hyakken: A Critique of Modernity and Militarism in Pre-war Japan* (Harvard University Press, 2008).

Dong, Stella, *Shanghai* (William Morrow, 2000).

Gluck, Carol, *Japan's Modern Myths* (Princeton University Press, 1985).

Heinrich, Amy Vladeck, *Fragments of Rainbows: The Life and Poetry of Saitō Mokichi* (Columbia University Press, 1983).

Irwin, John T., *The Mystery to a Solution: Poe, Borges, and the Analytic Detective Story* (Johns Hopkins University Press, 1996).

Karatani, Kōjin, *History and Repetition*, trans. and ed. Seiji M. Lippit (Columbia University Press, 2012).

Kawabata, Yasunari, *The Scarlet Gang of Asakusa*, trans. Alisa Freedman, with a foreword and afterword by Donald Richie (University of California Press, 2005).

Keene, Dennis, *Yokomitsu Riichi Modernist* (Columbia University Press, 1980).

Kurosawa, Akira, *Something Like an Autobiography*, trans. Audie E. Bock (Vintage Books, 1983).

Lifton, Robert Jay, Katō, Shūichi, and Reich, Michael R., *Six Lives, Six Deaths* (Yale University Press, 1979).

Mansfield, Stephen, *Tokyo: A Cultural and Literary History* (Signal Books, 2009).

Mitford, A. B., *Tales of Old Japan* (Macmillan, 1876).

Ōgai, Mori, *Not a Song Like Any Other: An Anthology of Writings by Mori Ōgai*, ed. J. Thomas Rimmer (University of Hawai'i Press, 2004).

Ōgai, Mori, *Youth and Other Stories*, trans. and ed. J. Thomas Rimmer (University of Hawai'i Press, 1994).

Poe, Edgar Allan, *The Complete Tales and Poems* (Penguin, 1982).

Rimmer, J. Thomas, *Mori Ōgai* (Twayne, 1975).

Saito, Satoru, *Detective Fiction and the Rise of the Japanese Novel, 1880–1930* (Harvard University Asia Center, 2012).

Saitō, Mokichi, *Red Lights: Selected Tanka Sequences from Shakkō*, trans. Seishi Shinoda and Sanford Goldstein (Purdue Research Foundation, 1989).

Seidensticker, Edward, *Low City, High City* (Harvard University Press, 1983).

Seidensticker, Edward, *Tokyo Rising* (Charles E. Tuttle, 1991).

Songling, Pu, *Strange Tales from a Chinese Studio*, trans. John Minford (Penguin, 2006).

Sōseki, Natsume, *Kokoro*, trans. Edwin McClellan (Regnery Publishing, 1957).

Sōseki, Natsume, *The Tower of London: Tales of Victorian London*, trans. and with an introduction by Damian Flanagan (Peter Owen, 2004).

Sōseki, Natsume, *The Wayfarer*, trans. Beongcheon Yu (Tuttle, 1969).

Tanizaki, Jun'ichirō, *Red Roofs & Other Stories*, trans. Anthony H. Chalmers and Paul McCarthy (University of Michigan Press, 2016).

Tietjens, Eunice, *Profiles from China* (Ralph Fletcher Seymour, 1917).

Tyler, William J. (ed.), *Modaniizumu: Modernist Fiction from Japan, 1913–1938* (University of Hawai'i Press, 2008).

Uchida, Hyakken, *Realm of the Dead*, trans. Rachel DiNitto (Dalkey, 2006).

Waley, Paul, *Tokyo: City of Stories* (Weatherhill, 1991).

Waley, Paul, *Tokyo Now and Then* (Weatherhill, 1984).

Yokomitsu, Riichi, *Shanghai*, trans. Dennis Washburn (Centre for Japanese Studies, University of Michigan, 2001).

致 谢

本书中部分章节与段落此前曾以其他形式（部分有较大修改）发表如下：

《灾难之后，灾难之前》，曾收录于《三月是毛线做的》（*March Was Made of Yarn*）一书，此书系为纪念2011年日本东北地方太平洋近海地震一周年所作，于2012年由Vintage出版社在美国和英国出版发行。

《二重奏故事》，曾以《龙之介之后，龙之介之前》（*After Ryūnosuke, Before Ryūnosuke*）为题于2013年发表在日本文学刊物《麻烦事》（*Monkey Business*）上。

《战争之后，战争之前》（*After the War, Before the War*）曾于2014年发表在《格兰塔》（*Granta*）第127期上。

《蛛丝之后，蛛丝之前》（*After the Thread, Before the Thread*）原为《幽灵》（*Fantasma*）一书所作，此书同时收录了以上三篇故事的意大利语译本，由il Saggiatore出版社于2016年出版。

最后，《圣河童》（*Saint Kappa*）部分内容系为第12届“弥合鸿沟（Bridge the Gap）”论坛活动所作，并以《坠毁之后，坠毁之前》（*After the Crash, Before the Crash*）为题，以小册子的形式于2016年3月4日呈现给与会听众。活动由日本北九州当代艺术中心组织，于意大利热那亚举办。

*　*　*

我想感谢以下诸位：伊恩·巴赫拉米（Ian Bahrami）、史蒂芬·巴伯（Stephen Barber）、安德鲁·本波（Andrew Benbow）、伊恩·库萨克（Ian Cusack）、沃尔特·多诺休（Walter Donohue）、迪迪埃·弗斯提诺（Didier Faustino）、劳拉·欧德菲尔德·福特（ Laura Oldfield Ford）、卢卡·弗门顿（Luca Formenton）、朱塞佩·杰纳（Giuseppe Genna）、让-保罗·格拉提亚（Jean-Paul Gratias）、弗朗索瓦·格埃里夫（François Guérif）、让娜·居永（Jeanne Guyon）、迈克·汉德福特（Mike Handford）、五十岚祐香（Yuka Igarashi）、石黑一雄（Kazuo Ishiguro）、詹森·詹姆斯（Jason James）、琼·乔纳斯（Joan Jonas）、罗伯·克来特（Rob Kraitt）、贾斯汀·麦卡利（Justin McCurry）、索尼·麦塔（Sonny Mehta）、戴维·米切尔（David Mitchell）、长岛俊一郎（Shunichiro Nagashima）、冈野和夫（Kazuo Okanoya）、安娜·帕莱（Anna Pallai）、理查德·罗伊德·帕里（Richard Lloyd Parry）、罗杰·帕尔沃斯（Roger Pulvers）、苏科德夫·桑度（Sukhdev Sandhu）、

佐波纯三（Junzo Sawa）、凯蒂·肖（Katy Shaw）、安娜·希尔曼（Anna Sherman）、柴田元雪（Motoyuki Shibata）、坡林·堂（Pelin Tan）、彼得·汤普森（Peter Thompson）、保罗·提凯尔（Paul Tickell）、利克里特·提拉瓦尼加（Rirkrit Tiravanija）、戴维·特纳（David Turner）、罗伯·特纳（Rob Turner）、凯特·沃德（Kate Ward）、山部彦（Gen Yamabe），以及身处各地的我的家人。最后还有马代奥·巴塔拉（Matteo Battarra）、安古斯·卡吉尔（Angus Cargill）、哈米什·马卡斯奇奥（Hamish Macaskill）、三宅明子（Akiko Miyake），以及乔恩·雷利（Jon Riley）。若没有他们，本书必定无法完成。